FVA

Laura Vogt

DIE LIEGENDE FRAU

Roman

FRANKFURTER VERLAGSANSTALT

Erster Tag
8. Juni

Romi

Es ist ein Zimmer, in dem ich liege, aber welches. Alles um mich verschwommen: schemenhafte Flächen, nur die Weckerziffern leuchten deutlich, sechs Uhr dreizehn. Ich setze mich auf, das Heft neben mir. Mit den Fingerkuppen wische ich über die Notizen, die einzelnen Buchstaben bilden Furchen im dünnen Papier; es ist Dennis' Zimmer, er schläft, sein Atem geht ruhig, im Gegensatz zu meinem. Sechs Uhr vierzehn. Ich muss los, um halb; ich muss pünktlich sein, muss zu Nora, davor nach Hause, zu Phil und zu Leon, dorthin, wo ich lebe, wo ich mich eingerichtet habe, mich weiterhin einrichte, einzurichten versuche, und nicht nur dort; unsere Wohnung. Phils Wohnung. *Sein* Erbe, auch der Küchentisch, an dem er saß, vorgestern, während ich fragte: »Ist es noch immer okay für dich, wenn ich morgen bei Dennis übernachte?« Und schnell hinzufügte: »Auch wenn ich die Nächte darauf schon weg bin?«
Phil hob die Schultern wenige Zentimeter, und seine Brauen, wie dicke Pinselstriche über den hellen Augen, blieben unbewegt. Früher wäre ich mir sicher gewesen, dass dieser Blick »Ja« bedeutet. Früher, das heißt bis vor einhundertundzwei Tagen, als wir noch dieses eine *Wir* waren: ein Mann, eine Frau, ein Kind an der Hand und ein Embryo in einem Bauch, von dem wir noch nicht

wussten; *wir*: fast so weit, umzuziehen, ins Dorf, was wir schließlich auch machten, trotz allem. Trotz Dennis, trotz der Verwischung der Bedeutungen von Worten; Monogamie, Liebe, Familie, *wir*.
Die Buchstaben auf der Papierseite, meine Finger, die darübergleiten; ich ziehe meine Hand zurück, lege die Hände in meine Kniekehlen, lasse den Kopf auf die Knie sinken; mein Rücken: gekrümmt, von Scham und schlechtem Gewissen. Da kommt ein nächstes Bild, schon wieder dieses, satte Farbtöne: der Mann, die Frau mit Schwangerschaftsbauch und das Kind sitzen auf einem Sofa in einem frisch gestrichenen Wohnzimmer und lächeln, glücklich und gelassen.
Aber diese Frau bin ich im Grunde nie gewesen. Welche Frau bin ich dann? Ich löse die Umklammerung, knipse die Nachttischlampe an.

Notiz
Anzahl der Tage, die wir auf dem Land wohnen: siebenunddreißig.
Anzahl der Kisten, die komplett ausgepackt sind: drei.
Seiten, die ich überarbeitete seit dem Umzug, berufsbedingt: dreiundzwanzig.
Neue Aufträge, die reinkamen: null.
Bilderbücher, die ich las für Leon: zwanzig; jedes mindestens fünfmal.
Tage bis zu meinem dreißigsten Geburtstag: vierunddreißig.
Anzahl der Männer, die ich liebe: zwei.
Anzahl der Betten für mich allein: null.
Was zu tun ist: beim Verlag nachhaken!

Das Heft liegt leicht in meinen Händen, egal, ob ich in Dennis' Bett sitze wie jetzt oder in dem von Phil und mir. Als hätte all das kein Gewicht, die Zahlen, die Wörter, ich selbst. Erstaunlich, dass der von Feuchtigkeit gewellte Umschlag und die drei locker gewordenen Heftklammern das Ganze überhaupt noch zusammenhalten.
»Ich habe nichts dagegen«, hatte Phil vorgestern geantwortet.
Ich musterte ihn, seine hohe Stirn, das rötliche Haar; sein aufmerksamer und gleichzeitig leicht zurückgezogener Blick begegnete meinem. Nichts hat sich verändert an ihm in den letzten Monaten, scheinbar, nur dieses Etwas an Mattheit, dieses Auflösen seiner Konturen ab und an ist neu.
»Wirklich?«, fragte ich.
»Wir haben doch schon alles besprochen, was Dennis betrifft«, antwortete Phil. »Und auch das mit der Berlinreise.«
Aber Berlin ist gestrichen, seit gestern Nachmittag. Kein Städtetrip mit Nora und Noras zweiter bester Freundin, Szibilla. Nora ist krank, ist bei ihrer Mutter; und ich sollte los, sollte aufstehen, mich anziehen. Im Moment will ich gerade nur eins: noch drei Minuten liegen, bei Dennis, in seinem Zimmer mit dem gelben Teppich, dem Sessel, dem Schreibtisch.
Ich blättere im Notizheft ein paar Seiten nach vorne.

Notiz
Ein Haus in der Stadt, eine Fassade von schräg oben betrachtet. Ich blicke durch ein gekipptes Fenster und erkenne

zuerst nur Umrisse, weil sich Licht in den Scheiben spiegelt. Ab und an ist das Lachen einer Frau aus dem Innern des Gebäudes zu hören. Nun sehe ich einen Sessel, einen gelben runden Teppich und einen großen weißen Schreibtisch, auf dem sich drei Stifte befinden – ein stumpfer Bleistift, ein Caran-d'Ache-Kugelschreiber, ein Werbestift von PostFinance. In der hinteren Ecke bemerke ich erst, als ich mich direkt vor der Fensterscheibe befinde, ein Bett. Es ist 140 Zentimeter breit, weiß bezogen, daneben stehen zwei Tassen; ich bin jetzt inmitten des Raumes. Im Bett liegen ein Mann und eine Frau, Körperteile verschwinden unter einer Decke, andere kommen hervor: ein Bein, ein Kopf, Zehen, ein nackter Bauch, eine helle Brust und Hände, die nacheinander greifen; ich gehe näher heran, erkenne: ich bin die Frau, die da liegt, und lache schon wieder laut heraus, als ich den anderen Körper umschlinge mit meinen Armen, ihn zu mir ziehe, in mich hinein; dieser feste, gleichmäßige Druck, wenn er kommt, und ich will dann sofort auch, ich will dann kommen, nah zu ihm und näher, und ich muss lachen, denn es sprudelt überall aus mir heraus, während er mich weiter streichelt, als ginge es darum, etwas nachzuzeichnen mit seinen Händen auf Rücken und Po, so lange, bis auch er vergisst und erneut erbebt.
Ich ändere abermals die Perspektive; ich verlasse den Raum. Ich habe nichts gesehen, im Grunde nichts erkannt. Der Blick geht wieder von schräg oben auf das Fenster von außen, auf die Hausfassade, der Himmel dunkelt ein, Regentropfen lösen sich, aber noch immer ist es warm. Sommer. Schweißtreibend.

Auf der zweiten beschriebenen Seite, in der Ecke unten rechts, kleinere Schrift, steht:

»Ich denke, dass Denken eine Art Fühlen und Fühlen eine Art Denken ist.« (Susan Sontag, 1978)

Das habe ich geschrieben, notiert, habe ich? Nur wann, wann war das noch mal, vor ein paar Tagen, im Zug, oder morgens, neben Dennis; nein, in der einen Stunde, am Schreibtisch; kein Datum, keine Uhrzeit. Nur diese Worte, meine Worte, die jetzt wie Fischchen im seichten Wasser in alle möglichen Richtungen strömen, auf einmal fern jeglicher Verbindung, schon nicht mehr sichtbar. Ich schlage die nächste leere Seite auf und notiere, automatisch; als würde sich nur durch das Notieren von Fakten, von Zahlen, ein Netz knüpfen, das wenigstens einige der Fische einfängt und sie mich betrachten lässt.

Notiz
Anzahl der Tage, bis das Baby kommt, laut Frauenarzt: hundertfünfundfünfzig.
Anzahl der Nächte, die ich bis dahin bei Dennis verbringe, im Haus in der Stadt: zweiundzwanzig.
Anzahl der Stunden, die ich heute im Zug sitzen werde, ins Rheintal: anderthalb.
Anzahl der Tage, die ich dort bleibe, im Hotel (Wellnesshotel??): fünf.
Anzahl der Franken, die das kostet, die Übernachtungen allein; Geld, das ich nicht habe: fast fünfhundert.
Aber ich muss dahin, zu Nora. Was ich hoffe: Dass es ihr bald besser geht. Dass wir uns wieder begegnen können, so richtig, trotz der Distanz in den letzten Wochen. Dass wir uns endlich alles erzählen können. Alles über die letzten Monate. Niemand kennt mich besser als Nora.

Sechs Uhr siebenundzwanzig. Dennis liegt neben mir mit seitlich ausgestreckten Armen, die Decke reicht ihm bis zu den schmalen Hüften, sein nackter Brustkorb hebt und senkt sich, seine Haut wirkt grau im fahlen Morgenlicht. In einer Dreiviertelstunde muss ich zu Hause sein, bei Leon, mit ihm frühstücken, seine Sachen packen, auch meine, ihn zu Phils Eltern bringen, dann weiter.
Ich sehe Zahlen, schwarz und fett, 6 - 2 - 7, 6 - 2 - 8, absehbare Folgen, ich greife einen Zettel. Kaum mustere ich ihn, zerfällt er zu glitzerndem Staub, formiert eine neue Zahl, 217, pulsierendes Neongelb, 2 - 1 - 7. Spucke sammelt sich in meinem Mund, meine Zunge wächst und wächst, und mit ihrer Spitze berühre ich die Zahlen einzeln, weich und glitschig sind die Zwei und die Eins, nur die Sieben hat Kanten, schneidet mir ins Fleisch. Etwas rinnt über mein Kinn, tropft auf mein Schlüsselbein, fließt zwischen den Brüsten bis zum Bauch und weiter runter; ein Kitzeln breitet sich aus, und ich gebäre eine Sieben, und da kommt noch eine und noch eine, in allen Farben, verschwinden unter der Decke, im Dunkeln. Ich schlage die Augen auf; so eine Frau bin ich auch. Drehe mich auf den Bauch. Ein Scheppern, der Wecker fällt. Dann höre ich Dennis' langsames Atmen. Ein. Aus. Ein. Aus. Ein. Stille; wie vor einhundertundzwei Tagen, im Zimmer 217, als Dennis schlief, für eine einzige Stunde, und ich ihn betrachtete, die ganze Zeit.
Wahrscheinlich ist es gut, zu verreisen, nicht ins lärmende Berlin, sondern zu Nora. Dinge hinter mir lassen, Dinge ordnen. Sicher wird mir Nora dabei helfen. Sicher werden wir wieder zueinanderfinden in den nächsten Tagen.

Szibilla

Die Geschlechtsorgane der Frau sind die beiden Eierstöcke, die beiden Eileiter, die Gebärmutter und die Scheide.
Ich klappe das Buch zu. Erscheinungsjahr 1981, Lehrmittelverlag Zürich. Lasse es neben die Liege fallen. Durch die hohe Fensterfront sehe ich direkt auf zwei Rottannen. Trocknen in der Hitze vor sich hin. Hier drin herrscht das feuchtwarme Klima eines überheizten Schwimmbads. Ob Romi schon angekommen ist? Bald Mittag. Die Maschine läuft noch immer nicht. Gleich rufe ich den Miele-Techniker persönlich an. Sobald die verfluchte Blutung begonnen hat. Ich kann es kaum erwarten. Bis ich das alles hinter mir habe. Diese elenden Unterleibsschmerzen. Und alles, was damit zu tun hat.
Ein defektes Antriebssystem. Und das vor Pfingsten! Wie der Haustechniker gestern die Schultern hochzog. Beiläufig. Bloß sagte: Das müsse sich der Herstellungsvertreter anschauen. Was allerdings schwierig werden könnte. Ihn am gleichen Tag noch herzubekommen. Ich warf ein: Wir sind eine Wäscherei, kein Einfamilienhaushalt! Dass es eile, werde auch Herrn Rüttimann klar sein! Der Interne erwiderte, dass ich es gerne versuchen könne. Und ergänzte: Ich hätte ja einen guten Draht.

Kaum war er abgezischt, hatte ich Romi am Apparat. Leons Kreischen im Hintergrund. Noras Mutter habe eben angerufen, sagte Romi. Nora sei zu ihr gekommen. Sei krank. Nichts Schlimmes, aber nach Berlin zu reisen sei nicht möglich. Ans Telefon gehe Nora nicht. Romi habe schon mehrere Male versucht, sie zu erreichen. Ob ich wisse, was los sei?
Als hätte Romi keine Möglichkeit gehabt, Nora direkt zu fragen in den letzten Wochen und Monaten. Der Wäscheberg vor mir. Ein Plan musste her. Wir sollten ins Rheintal reisen, meinte Romi. Möglichst günstig. Airbnb? Ich sah es vor mir: schmuddlig. Verlebt. Wenn schon, dann Hotel, sagte ich. Es gebe da was. In der Nähe von Noras Mutter. Ein einfaches Wellnesshotel.
»Zu teuer!«, entgegnete Romi sofort.
»Dann bezahl ich dir was dran«, sagte ich. Und Romi: Das könne sie nicht annehmen. Und ich: Wenn Urlaub, dann richtig. Und Romi: Es gehe doch nicht um Wellness, sondern um Nora! Und ich: Für mich gehe es um beides. Ich bräuchte dringend Erholung. Genau für solche Anlässe hätte ich das Geld meiner Mutter auf der Seite. Und Romi: Besteht die Welt eigentlich nur noch aus Erben? Und ich: Ich würde das jetzt mal checken mit dem Hotel. Mich später nochmals melden. Und auch sonst hätte ich noch zu tun.
Rechts der Rottannen freie Sicht bis zum Talboden. Ein Wirrwarr von Gebäuden, Straßen, Wiesen. Dazwischen Autodächer, in ständiger Bewegung. Der Rhein in der Ferne: ein gespannter Strick.
Mein Team wird heute irgendwie zurechtkommen. Mit einer Waschmaschine weniger. Murren gestern auf

meine Ansage hin: »Zusatzschicht am Samstag!« Ich relativierte: Ein Morgen müsste reichen. Nur für eine der Textilreinigerinnen. Maximal zwei. Unschön, das sei mir schon klar. Aber nichts zu machen. »Wir wollen doch keine Toten wegen einer Keimübertragung riskieren, nicht wahr?« Lange Gesichter. Ironie ist ihnen ein Fremdwort. Leider.
So oder so. Kein idealer Urlaubsbeginn. Wobei ich mir sicher bin, dass Nora nicht krank ist im üblichen Sinne. Dass sie vielmehr »auf die andere Seite« musste. Wie sie es nennt. Sich sammeln. Im Stillen. Kein Zuckerschlecken. Aber wichtig. Für sie. Und sie wird ihre Gründe haben, warum sie in dem Zustand ausgerechnet zu ihrer Mutter gereist ist.
Es hat sich angedeutet. Dass es wieder einmal so weit kommt. Seit dem Kaffeetrinken im Buena Onda. Zu dritt. Dass Romi nichts aufgefallen ist, erstaunt mich nicht. Kennen wir ja. Zu beschäftigt. Diesmal mit ihrer zweiten Schwangerschaft. Erzählte, wie sehr sie sich freue. Auf das Kind. Trotz andauernder Müdigkeit. Die man ihr ansah. Sie war fahrig. Auch einen zweiten Mann erwähnte sie. Praktisch im gleichen Atemzug.
Sie sollte sich besser den Kopf frei machen. Sich endlich auf das Wesentliche konzentrieren. Auf die Lebewesen, die schon existieren. Ihr erstes Kind zum Beispiel. Und den ersten Mann. Und Bäume. Auf die Beschäftigung damit, was der Mensch mit diesem Planeten anstellt. Statt sich weiter ziellos zu vermehren.
Nora hatte ihre Haare frisch geschnitten und gefärbt. Das Rubinrot über ihrem schmalen Gesicht ließ sie vital wirken. Die kräftige Farbe lenkte von ihrer Verlorenheit

ab. Zusammen mit dem Weiß ihrer Haut erinnerte sie mich an van Goghs *Mandelblüten in Rot.* Noras Hände wie die Äste auf dem Bild. Dürr. Sie gestikulierte mit ihnen in der Luft, während sie redete. Unsere geplante Reise nach Berlin erwähnte. Dass sie sich was überlegt habe. Was wir davon halten würden, wenn Romi mitkäme? Dass wir viel zu lange nichts zu dritt unternommen hätten. Und es Romi guttun würde. Ein paar Tage Luftwechsel. Die Wohnung von Noras Bekannten sei groß genug. Jede könne dem nachgehen, auf was sie Lust habe.

In Romis grüne, fast wimpernlose Augen kam plötzlich Leben. So ein bestimmter Glanz. Wie ein Schalter, der gedreht wird. In einer Sekunde von Stand-by auf Power.

»Also, ich wär dabei«, sagte sie. Sie müsse sich nur noch mit Phil absprechen. Wegen Leon. Pfingsten sollte aber passen. Wo denn Meret in der Zeit sei?

»Bei meiner Mutter«, antwortete Nora. Wandte sich mir zu und fragte: »Das wäre doch okay für dich? Wenn wir zu dritt reisen?«

Ich merkte es. Wie wichtig Nora das war. Zögerte. Keine Lust auf ewige Gespräche über Kinder. Darüber, was eine Schwangere essen darf, was nicht. Darüber, wie schön die Vorfreude sei. Im Untergrund brodelt es doch bereits. Resultat: Desaster! Nora wirkte plötzlich fast bettelnd. Da kippt was bei ihr, fürchtete ich. Schob alle Zweifel beiseite. Nur für sie. Ich sagte: »Solange jede ihr eigenes Zimmer hat – ja, von mir aus.«

Klar wäre ich lieber mit Nora alleine verreist. Zu zweit ist es einfach. Alles ergibt sich. Romi hingegen schießt überall gleich rein. Hastet von einem zum nächsten.

Das habe ich schon damals geahnt. Erstes Treffen. Wie sie da stand. Mit ihrem Schwangerschaftsbäuchlein. Wartete. Den Kopf immer wieder zur Uhr drehte. Dabei waren wir pünktlich, Nora und ich. Hätte sie nicht zur Uhr geschaut, hätte sie uns gesehen. Romi wollte ja unbedingt Mama werden. Anstatt zuerst mal den Master abzuschließen. Sich beruflich zu orientieren. Und dann weiterzuschauen.
Jemand springt ins Wasser. Schwappende Wellen. Die Schmerzen werden stärker. Ausgehend von meiner Gebärmutter. Deren Existenz niemand leugnet. Laut dem Buch neben meiner Liege gibt es hingegen kein äußerlich sichtbares weibliches Geschlecht. Keine Vulva. Nur Eierstöcke, Eileiter, Gebärmutter, Scheide. Nora ginge an die Decke, würde sie das lesen. Ich sollte das Buch nachher schleunigst in die Hotelbibliothek zurückbringen. Ein Lehrmittel. So was habe ich nicht mehr angerührt, seit die Lehrerin in mir die Kreide abgegeben hat. Und gleichzeitig das letzte Staubkorn Idealismus verflog. Brauche ich nicht. Nicht mehr. Ich brauche funktionierende Maschinen und zuverlässige Mitarbeiterinnen!
Bei Romi ist das anders. Mit dem Idealismus. Ich ging nicht weiter auf sie ein. Als sie nochmals davon berichtete. Von ihrem Liebes- und Familienglück. Noch nicht mal Théophile habe ich zitiert, um zu sehen, wie sie reagiert. Aber da stand meine Menstruation nicht gerade an. Sonst hätte ich mich sicher nicht zügeln können. Parallel zu den Blutklumpen lösen sich die ehrlichen Worte. Und machen Platz für Wut.
Théophile sagt es längst. Dass das erste Menschen-

recht lauten sollte, nicht in diese Welt geboren zu werden. Depressionen, Krankheiten, Naturkatastrophen. Gewalt, Ungerechtigkeit, Zerstörung. Oder: Scham, Überforderung und Chancenungleichheit – so könnte es Nora sagen. Wenn sie reden würde. Wenn sie wieder »auf dieser Seite« wäre. Aber das kommt schon. Schneller, als es ihrer Mutter vielleicht lieb ist. Und auch Romi. Die offensichtlich nie darüber nachgedacht hat. Was Mütter alles anrichten. Ohne es zu merken.
Romi hat anscheinend tatsächlich keine Ahnung davon, wer Nora sonst noch sein kann. Neben der stets erreichbaren Freundin. Der Draufgängerin. Der Partynudel. Dabei ist es nicht das erste Mal. Dass sie sich hinlegt und nichts mehr sagt. Nur ist es schon lange nicht mehr vorgekommen. Aber Nora ist ein Stehaufmännchen. Eine Stehauffrau. Jetzt braucht sie ein wenig Zeit. Ein paar Stunden ganz für sich. Danach schaue ich bei ihr vorbei. Dann wird auch in der Wäscherei alles geklärt sein.
Eine junge Frau schießt aus dem Wasser. Hält sich am Beckenrand fest. Spitzt die Lippen. Spritzt einem Mann eine Ladung Wasser mitten ins Gesicht. Lacht. Ich halte das heute nicht aus. Diesen Lärm.
»Entschuldigen Sie, ist hier noch frei?«
Das Geräusch der nassen Badelatschen auf den Fliesen. Das freundlich zugewandte Gesicht eines älteren Mannes. Als würden wir uns kennen. Er deutet auf die Liege neben meiner. Ich nicke. Ich sollte hoch, zurück in mein Zimmer. Mich ausruhen, bis Romi ankommt.

Romi

Notiz
Meine Verspätung in Anzahl Minuten: dreiundsiebzig.
Anzahl Liebespaare, die in meinem Zugwagen turtelten: drei.
Anzahl Seiten, die ich las, im Langinterview mit Susan Sontag: drei.
(Zum Beispiel: »Fast alles, was ich mache, scheint genauso viel mit Intuition wie mit Verstand zu tun zu haben.«)
Nachrichten von Dennis: sechs.
Nachrichten von Szibilla: eine.
Nachrichten von Nora: null.
Nachrichten von Phil: null.
Mails gecheckt: fünfmal.
Neues: nichts.

Das Erste, was es zu tun gilt: den Nachtvorhang zuziehen; der Stoff liegt fest und unbeweglich in meiner Hand, wie mit Wachs beschichtet, schwingt dann doch mit, von oben nach unten, eine trotzige Bewegung. Das Zimmer jetzt dunkel, ich lege mich hin, ins gemachte Bett. Die Übelkeit wird stärker, Druck in meinem Hals; ich komme nicht zur Ruhe. Rapple mich auf, schiebe den Vorhang wieder zur Seite, Staub glitzert in der Luft; ich öffne das Fenster. So ist es besser. Mein Blick geht direkt auf die Straße vor dem Gebäude; folgt man ihr, erreicht man etwas weiter oben, seitlich vom Hotel, den Parkplatz: er ist bis auf eine einzige Lücke belegt. Vis-à-vis von meinem Fenster, auf der anderen Seite der Straße, liegt ein großer Bauernhof, wie verlassen, ein hämmerndes Geräusch ist zu hören; abrupt bricht es ab. Am Straßenrand steckt eine hölzerne Bauernfigur im Gartenbeet, mit ihrem dicken, überdimensional großen Finger zeigt sie zur Aufschrift auf dem Schild neben sich: Hofladen. Selbstbedienung. Auf dem Gehsteig davor spaziert ein Paar hügelaufwärts. Er schlingt seinen Arm um ihre Taille, sie geht tänzelnd neben ihm, berührt ihn alle paar Meter kurz am Hintern, wie aus Versehen; die beiden aus der Rezeption vorhin. Ein Mann, eine Frau, vielleicht ein Embryo in ihrem Bauch, wer weiß.

Ein unangenehmer Geruch klatscht mir entgegen, die unsichtbare Wolke drückt sich in den kleinen Raum. Ich schließe das Fenster, der Fensterflügel schlägt dumpf an den Rahmen; ich würge. Lasse mich nach unten gleiten, auf den grünen Teppich mit den gelben kleinen Punkten, lehne mich mit dem Rücken an die Wand und greife nach dem Notizheft. Ich atme tief ein und aus, so wie es mir die Hebamme erklärt hat; wäre es nur nicht so muffig im Zimmer, dann wäre Entspannung möglich.

»Ab heute sind wir ausgebucht«, hatte mir die junge Rezeptionistin gesagt und ihr trachtenähnliches Kostüm beim Ausschnitt zurechtgerückt. »Ein Glück, dass überhaupt etwas frei war für Ihre Freundin und Sie. Gerade an Pfingsten wollen sich ja viele was gönnen.«

Sie fokussierte den Bildschirm vor sich und fuhr fort: »Frau Szibilla Jakab hat ein größeres Zimmer erwischt. Aber ich bin mir sicher, Sie wissen auch den kleineren Raum zu schätzen. Er wurde bereits für Sie hergerichtet. Auch Frau Jakab konnten wir ein verfrühtes Check-in ermöglichen.«
Mit einem Lächeln reichte sie mir vier Getränkegutscheine in Kreditkartengröße, schwarze Lettern auf goldenem Grund; sie zwinkerte mir zu, als sie den Schlüssel nachreichte.
Ich schulterte meinen Rucksack.
Sobald es sich ergebe, könne ich in eines der Zimmer mit etwas mehr Komfort und Talsicht wechseln, spätestens am Montagmittag. Und falls ich hungrig sei: Das Mittagsbuffet sei gleich parat, da gebe es allerlei Leckereien zu einem fairen Preis.
Ich tippe Szibillas Profil an, es klingelt arrhythmisch zum Sekundenzeiger über der Zimmertür; noch bevor die Combox sich meldet, drücke ich auf das Zeichen mit dem roten Hörer. Elf Uhr siebenundfünfzig. Ich lege das Telefon auf den Boden, neben das Buch von Susan Sontag. Bestimmt genießt Szibilla gerade die Weitsicht aus ihrem luxuriöseren Zimmer. Oder sie sitzt bereits im Speisesaal und knackt Crevetten. Phil würde es hassen, diese Dekadenz; Mittagspause, sicher hat er sich in die Sonne gesetzt, auf eine der Bänke, Pflaster unter den Füßen, die ZHAW im Rücken, und studiert eins seiner Hobby-Bücher, wie er es nennt: »Bessere Welt: Hat der Kapitalismus ausgedient?«
Ich schiebe mir das Begrüßungsbonbon in den Mund. Familie Mäder und das ganze Buche-Team freue sich,

dass ich da bin, steht auf der Karte, die sich auf dem kniehohen Tisch zwischen Bett und Fenster befindet. Gleich mache ich mich auf zu Nora. Wir werden uns zusammentun, endlich, wir werden Lösungen finden; für ihre Probleme, für meine. Nur noch eine Minute.

Notiz
Anzahl der Minuten am Telefon mit Noras Mutter gestern: knapp drei.
Ihre Stimme: leise, bedächtig; während wir redeten, hatte ich immer wieder ein Bild vor mir: Ein Tuch liegt über einer frisch gewetzten Messerklinge, und ich ahne, dass das Tuch jeden Moment durchtrennt wird, die Klinge freigelegt.
Der Name der Mutter: Annegret. (Wird lieber Anni genannt.)
Sie betonte, wie wichtig es für Nora sei, sich auszuruhen, zu schlafen, wieder zu Kräften zu kommen.
Anzahl Sekunden, die ich überlegte, doch nach Berlin zu fahren, allein: zehn.
Anzahl der Worte, die ich Anni beim zweiten Anruf auf den Telefonbeantworter sagte: zu viele. Dass wir anreisen würden, Szibilla und ich, am nächsten Tag. Dass ich hoffte, nicht zu aufdringlich zu sein. Dass ich unser Kommen wirklich wichtig fände. Usw.
Anzahl der Treffen mit Nora in den letzten einhundertundzwei Tagen: fünf. Das längste davon vor anderthalb Monaten. Zu dritt; mit Szibilla. Noras Wunsch: zuerst ins Kino, dann ins Buena Onda. Aber sie war anders als sonst, wirkte nervös, den ganzen Nachmittag.
Kurz vor Aufbruch zu zweit in der Toilette. Nora auf einmal so ruhig. Sie fasste mich ums Handgelenk, blickte

mich lange an, völlig ausdruckslos; ich umarmte sie, um die Spannung zu brechen, und sie sagte mir ins Ohr: »Ich beneide dich. Weißt du das?«

Noch einmal wähle ich Szibillas Nummer. Die Combox meldet sich. Ich lege das Handy auf den Tisch. Ich muss los, zu Nora.

Szibilla

Er sei schon auf dem Weg. Sagt der Miele-Techniker. Rüttimann. Gleich treffe er im Sonnmatt ein. Schaue sich das defekte Gerät an. Da dürfte kein größeres Problem dahinterstecken.

Ich lege auf. Schiebe das Telefon neben den Laptop. Zwei Klicks. Das Bild füllt den Desktop aus. Eine Waage mit zerstückelten Fleischteilen drauf. Frisch vom Metzger. Könnte man meinen. Wäre auf dem Bild nicht auch ein grünes Operationstuch zu sehen. Und der Uterusmanipulator nach HOHL. Länglich, mit Blutspuren dran. Darunter steht: 323 Gramm wiegt die Gebärmutter mit den zerstückelten Myomen, fünfmal mehr als normal.

Der Wasserkocher piept. Ich greife danach. Sprudelnd ergießt sich das Wasser in die Porzellantasse wie aus Großmutters Zeiten. Reißt die gefriergetrockneten Kaffeekrümel mit. Verbindet sich zu einer dampfenden braunen Brühe. Schon hab ich mir die Zunge verbrannt. Der Laptop rauscht derart laut, dass man meinen könnte, er explodiere gleich. Romi rufe ich später zurück. Zuerst muss das Dolormin wirken.

Plötzlich war sie da. Die Blutung. Etwas zu früh. Der dunkelrote Fleck auf dem weißen Bademantel vorhin. Schnell ein Tuch um die Hüften gewickelt. Im Bade-

korb nach einem Tampon gekramt. Dann den Mantel zu einem Knäuel gerafft. Weg mit den Zeichen meiner Reproduktionsfähigkeit. Auf dem Weg zur Toilette in den Behälter für gebrauchte Frotteewäsche. Mein Bauch nur noch pochender Schmerz. Der mich dermaßen konkret erinnerte. Wie jeden Monat. Daran, was Menschsein alles in allem bedeutet.
Mir die Gebärmutter entfernen lassen. Ohne großes Tamtam. Wie in den Siebzigern. Wegkommen von diesem großen Schmerz. Vom Dolormin-Schlucken. Von dieser Demütigung, die andauert.
Ich läge auf einer himmelblauen Liege. In einem Kostüm aus Papier. Nur meine Vulva entblößt. Der Arzt hätte nicht diesen sezierenden Blick. Nichts Angewidertes. Auch sonst nichts von dem, was ich von Ärzten kenne. Sondern etwas Eigensinniges. Aufständisches. Wie Théophile. »Nehmen Sie mir dieses Ding raus, Herr Doktor. Und zwar schnell«, würde ich ihm sagen. Ihn dann hantieren lassen. Und kurz darauf würde sie sich vor mir auf dem Operationstuch befinden. Meine Gebärmutter. Nicht nur ihr Inhalt wie damals. Sondern in Gänze. Und in meinem Bauch wäre es seelenruhig. Diesmal absolut.

Nora habe ich das Bild gezeigt. Die zerstückelten Myome. Nachdem sie mir die Menstruationstasse überreicht hatte. Kein Abfall, seltener auswechseln, sagte sie. Vor vier Wochen war das. Ich habe die Tasse schnell zur Seite gelegt. Stattdessen von meinem Vorhaben erzählt. Verödung der Gebärmutterschleimhaut, weil eine Gebärmutterentfernung nicht zu rechtfertigen sein

wird. Symptome zu gering. Und Nora sagte es klarer denn je. »Ich verstehe dich mittlerweile so.« Und fuhr fort: Sie hätte so eine Verödung vielleicht besser auch durchführen lassen sollen. Bevor sie schwanger geworden sei.
Verhüten ließe sich damit leider nicht, entgegnete ich.
Aber da hatte sie schon Musik angemacht. Laut aufgedreht. Angefangen, den Text mitzusingen. »Dick in the air«. Den Kopf hin und her gewippt. Entspannt hatte sie dabei ausgeschaut. So ist Nora. In manchen Situationen weiß man nicht so ganz. Wie das, was sie sagt, zu gewichten ist.
Die Menstruationstasse probiere ich morgen aus. Jetzt ist der Instantkaffee endlich trinkbar. Zumindest von der Temperatur her. Ich werde mich wieder in den Speisesaal begeben müssen. Dort einen Kaffee aus der Siebträgermaschine bestellen. Sicher sind auch die andern wieder da. Das Rentnerehepaar, das Haufen an Kartoffelstock und Geschnetzeltem verschlang. Die einzelne Frau. Auffallend aufrecht. Nervöse Gesten. Am Tisch unter dem Gemälde von Botticelli. *Die Geburt der Venus.* Das junge Paar. Sich wolkig verliebte Blicke zuwerfend. Diese verfluchten Schweizer Wohlstandskinder. Ich werde in der Zeitung blättern. Romi zurückrufen. Mich im Sonnmatt nach dem neusten Stand erkundigen. Danach sollte ich endlich entspannen.
Ich ziehe meine kurze Jogginghose an. Das weiße Shirt. So geh ich runter.

Romi

Durch die Rezeption, da ist sie wieder, die Frau in Tracht im Empfang. Ich trete durch die automatische Schiebetür, von der anderen Straßenseite blickt mir der 2D-Bauer stoisch entgegen. Auf dem Gehsteig eile ich hügelabwärts, in der Ferne die Berge, davor das Rheintal, breiter, als ich es in Erinnerung hatte. Ob Szibilla schon bei Nora ist? Unerreichbar, unauffindbar, Frau Jakab. Ich gehe schon wieder viel zu schnell, als hastete ich etwas nach, aber was? Ich halte inne, atme einmal tief ein, drehe mich um.

Die »Buche« vor mir. Das Gebäude hat etwas Zeitloses, als wäre der obere Bereich aus dunklem Holz seit je Teil dieser Landschaft. Das Hoteldach spitzt sich in einem weiten Winkel, darunter sind die zu den gehobeneren Zimmern gehörenden Balkone zu erkennen. Der untere Bereich, mit Anbau, besteht fast ausschließlich aus einer modernen Glasfront; davor der kostenpflichtige Whirlpool, heute sicher nicht in Betrieb. Ob Nora da schon mal drin war? Ich gehe weiter, Buchenstraße, Nummer hundertzweiundzwanzig – da ist sie aufgewachsen, und da wohnt die Mutter noch immer. Street View zeigte gestern ein beige geschindeltes Haus, braune Fensterläden, eine Hecke zwischen Grundstück und Straße; eine eingepferchte Welt, »beschissen eng« hat Nora mal gesagt.

Die Straße macht eine Kurve, das muss es sein. Ich trete durch das Gartentor, eine Treppe führt zum türlosen Windfang, das Namensschild neben der Klingel wurde von Hand beschriftet: Brugger. Ich klingle, warte, nichts zu hören. Links der Haustür befindet sich ein kniehoher Pflanzentopf in Form von zwei Schwänen, Schnäbel aneinander; mit ihren langen Hälsen bilden sie gemeinsam ein Herz, und mitten in diesem Herz blühen Primeln.

Plötzlich geht die Tür auf, eine Frau steht im Türrahmen; das muss Anni sein, sie reicht mir bis zum Kinn. Ich blicke direkt auf ihr schwarzes Haar, der Scheitel schimmert grau. Sie macht einen Schritt rückwärts. Schmal wie Nora ist sie, mit derselben langen, leicht nach oben gewölbten Nase, den eng beieinanderliegenden Augen, die mich mustern, überrascht, streng auch, als hätte ich mich nicht angekündigt.

»Hallo«, sage ich, »ich bin Romi. Wir hatten telefoniert.«

Ihr Blick wird im ersten Moment noch abweisender, weitet sich dann langsam, aber nur minimal; das Strenge bleibt. Sie deutet ein Lächeln an, reicht mir die Hand.

»Ah, Romi«, sagt sie mit kehliger Stimme. »Bist du tatsächlich angereist.«

Das Lächeln passt nicht zum Rest dieser Person.

»Haben Sie - also, hast du meine Nachricht noch abgehört? Ich wollte so spät dann nicht mehr stören.«

»Ja, ja«, sagt sie beiläufig, streicht über ihre Tunika, korallenfarbig und mit Blumenmuster; sicher aus der »Boutique Chic«, wo Nora während ihrer Arbeitszeit jeweils versucht, Ordnung zu wahren, wie sie sagt, während Ü-60-Frauen in den Regalen und an den Bügeln rastlos ihre Verjüngung suchen und Textilien begutachten, als wären es wertvolle Jahre, die zurückgeholt werden könnten durch den Griff zum Portemonnaie. »Meine Mutter? Eine alte Schachtel, auf ihre ganz eigene Weise«, hat Nora stets betont. Ende sechzig müsste sie jetzt sein, und man sieht sie ihr an, die Jahre, trotz der dicken Schicht Make-up und der jungen Mode. Es freue mich, sie endlich kennenzulernen, auch wenn die Gründe dafür nicht erfreulich seien, sage ich, aber Anni hat sich bereits abgewandt, deutet zur Wendeltreppe hinter der Haustür, sagt, ich wolle ja sicher gleich zu Nora. Gemeinsam steigen wir hoch, ich hinter ihr; Anni hat mein Tempo.

»Es wäre wirklich nicht nötig gewesen, dass du anreist«, sagt sie, während sie Stufe um Stufe nimmt. »Bisher hat sich nichts getan.«

»Was hat Nora denn genau?«, frage ich. »Eine Sommergrippe?«

»Nein«, antwortet Anni. »Ich denke nicht.«

»Sondern?«

Anni hat den oberen Treppenabsatz erreicht und dreht sich zu mir um. »Na ja«, sagt sie, ihr Ausdruck noch immer genau gleich, irgendwie abgelöscht, so seltsam unbeteiligt: Es sei so, dass Nora vorgestern ganz überraschend aufgetaucht sei, einen Tag zu früh, mit Meret auf dem Rücken. Sie habe das Kind abgeschnallt und sich in ihr Jugendbett fallen lassen. Danach habe sie nur noch einen Satz gesagt, und zwar, dass sie nicht nach Berlin reisen könne und sie, Anni, Szibilla und mich informieren solle. Ansonsten habe Nora noch nicht einmal die Kraft, auf Meret zu reagieren, was sicher auch mit dem Beruhigungsmittel zu tun habe, das sie geschluckt habe und das ihr hoffentlich helfe. Sie, Anni, sei wirklich froh, dass Nora zu ihr gereist sei, hier würde sie sich sicher schnell erholen und für Meret sei auf diese Weise ja auch bestens gesorgt.

Wie auf Kommando ist von unten Kinderweinen zu hören, und bevor ich etwas fragen kann, eilt Anni schon an mir vorbei die Treppe runter; ich solle Nora nicht zu lange stören, sagt sie, und: Sie mache mir einen Tee, wenn ich schon hier sei.

Alleine stehe ich nun vor einer Zimmertür, an der vier Buchstaben in unterschiedlichen Pastelltönen befestigt sind: N, O, R, A. Ich trete ein. Die Tür quietscht. Einer der Fensterläden ist geschlossen, die getäfelten Wände lassen den Raum noch dunkler erscheinen.

Nora liegt seitlich auf einer Neunzig-Zentimeter-Matratze in der Mitte des Zimmers. Ihre Beine hat sie angewinkelt, die Kniescheiben zeichnen sich wie zwei aufeinanderliegende Steine unter der dünnen Baumwolldecke ab, ihr rotes Haar ist ausgeblichen. Ich mache einige Schritte auf sie zu, beuge mich zu ihr hinunter, ihre Lider sind geschlossen, die Haut wirkt transparent, winzige Adern schimmern hindurch. Ich lege ihr eine Hand auf die kühle Stirn, die andere auf ihren oberen Rücken.

»Nora, hey, ich bin's«, sage ich. »Was ist denn passiert? Wie geht es dir?«

Keine Reaktion.

»Nora, hallo? Hörst du mich?«

Nichts.

»Kannst du mir sagen, was los ist?«
Nora liegt da, als wäre sie eine Attrappe, und sie selbst ist sonst wo, weit weg; ich fühle mich wie gelähmt. Bleibe einen Moment so stehen. Setze mich dann neben die Matratze auf den Boden.
»Kann ich irgendetwas für dich tun? Willst du was trinken?«
Nora reagiert nicht, ihr Puls geht ruhig, ich streiche über ihren Rücken, ihr Haar riecht nach Heu. Schläft sie?

Notiz
Anzahl der Türen in Noras Zimmer: eine.
Anzahl der Fenster: zwei.
Ich ziehe mit einer imaginären Schnur einen Kreis;
der Abstand von Noras Körper zu den vier Zimmerwänden
ist jeweils exakt derselbe.
Anzahl der Wünsche: einer. Mich zu ihr legen, ihren
Rücken an meinem Bauch fühlen, zu ihr hinuntertauchen,
schlummern, gemeinsam, dann gleichzeitig aufwachen
und reden, wild drauflos.

Es ist so still in diesem Zimmer, als befänden wir uns in einem Karton, der alles dämpft, die Geräusche, auch die Farben. Aber in Wahrheit sind die Wände aus Holz, sind gezeichnet, chiffriert; es sind die Wände, die sich Nora früher weiß gewünscht hat. Eidechsen und Schlangen habe sie als Kind in den Musterungen gesehen, sagte sie mal, Gestalten, die sich mit den Jahren wandelten, zu Wichteln und Feen wurden, zu bösen Hexen, zu Mördern aus Horrorfilmen, zu väterlichen

Schultern, abgewandt und kalt, zu Baubo und anderen mythologischen Figuren, die sie schon immer interessierten; letztere die einzigen, die sie mitnahm im Geiste, als sie hier auszog.
Vor drei Jahren, während ihrer ersten großen Krise mit Emrik, hatte sie auf einmal das Verlangen gehabt, das Zimmer auszumisten, all die alten Dinge wegzuwerfen oder mitzunehmen und somit endlich restlos gehen zu können. Das habe sie nicht geschafft, wie sie mir später aufgekratzt berichtete, zumindest nicht in Gänze: sie habe die Foto- und Tagebücher bei ihrer Mutter gelassen, in diesem Haus, das ewig nach Mittagessen, Waschmittel und wollenen Hausschuhen rieche, nach schweren Teppichen, unter denen Dinge verborgen lägen. Sie wisse keinen anderen Ort dafür, für die Verwahrung ihrer Erinnerungsstücke aus Kindheit und Jugend, sie habe ja selbst keinen Platz, wo auch; aber das alles sei ja eigentlich auch egal.
Der Bürostuhl hat Rollen, der Schreibtisch die perfekte Höhe, darauf ein leeres Wasserglas, im Papierkorb daneben liegt eine Tablettenpackung, sonst nichts. Über dem Schreibtisch hängen zwei Fotos, an die Wand gepinnt.

Notiz
Geschätzte Größe des Zimmers: achtzehn Quadratmeter.
Anzahl der Jahre, die Nora hier lebte: knapp siebzehn.
Format der Fotos, die hier hängen, über dem Schreibtisch: A4.
Anzahl der Jahre, die vergangen sind, seit sie gemacht wurden: viele.

1 – Nora als etwa Zwölfjährige, in einem neongelben Badeanzug, steht an einem Flussufer, Kopf gesenkt, Blick zum Wasser; neben ihr ein Mann um die fünfzig, seine eine Hand auf ihrer Schulter, die andere in die weiche Taille gestemmt, eine Zigarette im Mundwinkel; auf dem nackten behaarten Bauch des Mannes steht mit schwarzem Permanentmarker geschrieben: Muschi.

2 – Nora als Kleinkind mit Schnuller und rosa Haarband; darüber notiert, mit demselben Marker: Leck mich.

Nora hat sich keinen Zentimeter bewegt.
»Hast du das gemacht? Das mit den Fotos?«, frage ich.
Nora bleibt liegen, wie sie ist.
»Ich würde so gerne über alles mit dir reden, über Familie und deine Erinnerungen und überhaupt.«
Die beiden Bilder sind alles, was das Zimmer persönlich macht, der Rest ist austauschbar, zumindest von außen betrachtet: der Schreibtisch, der Vorhang mit den bunten Punkten, die drei Bananenkisten in der Ecke; wie lange war Nora wohl schon nicht mehr hier?
Ich knie mich abermals neben Nora, frage: »Sind da deine Tagebücher drin? Die Fotos?«
Noras schmale Lippen sind aufgeraut, liegen fest verschlossen aufeinander, kein Blatt Papier passt dazwischen; ich wollte sie schütteln. Stattdessen gleitet mein Zeigefingernagel in den weichen Nagelwall an meinem Daumen, reißt die Haut ein.
»Ich kann das einfach nicht glauben, dass du so da liegst und nichts sagst! Nora? Gib mir doch irgendein Zeichen! Bitte!«

Ich setze mich zurück an den Schreibtisch, erst jetzt fällt mir die Ähnlichkeit des Mannes auf dem einen Foto mit Nora auf, dieses Grinsen; das ist er also, der Vater, der verschwand, als sie vierzehn war, der sich ganz konkret entschied zu gehen, anders als mein Vater. Ein dunkelroter Streifen klafft am Daumen, neben dem Nagel, ein Zentimeter lang; da fehlt was, ein wenig Haut nur, wo ist der Bleistift?

Notiz
Anzahl der Dinge, die geschehen, und das gleichzeitig: ...
Anzahl der Möglichkeiten, die Nora gehabt hätte, Orte, an die sie hätte reisen können, statt zu ihrer Mutter: viele.
Anzahl der Züge, die ich heute im Grunde hätte nehmen wollen: drei. Bis München, umsteigen nach Nürnberg, und von dort nach Berlin.
Anzahl der Züge, die ich nahm: einen. Kein Umstieg.

Ein Zug fährt ein und einer fährt ab; die eine fährt nach Berlin, die andere ins Rheintal; die eine Nora zog mit siebzehn in die Stadt, die andere blieb scheinbar in ihrem Kinderzimmer zurück; die eine war schon immer Meisterin der Entscheidungen und im Verwerfen derselben genauso gut, die andere ist jetzt hier, zu nichts zu bewegen, so still wie nie; Nora schweigt. Und ich will reden und nichts als reden und fühlen und denken, aber –

»Nora, ich halte das nicht aus. Bitte sag doch was!« Die Türklinke ist kalt, es hat keinen Sinn. Ich muss runter, zu Anni.

Szibilla

»Da bist du ja endlich!«, sagt Romi. Rauschen im Hintergrund. Ein Auto wohl. »Wo warst du denn?«
»Ich habe mich nicht von der Stelle gerührt«, antworte ich. »Sofern das Hotel als eine einzige Stelle gezählt werden kann. Außerdem sagt mein Handy, dass ich dich in der letzten Stunde etwa dreimal zurückgerufen habe.«
»Stimmt«, sagt Romi. Ergänzt: Sie sei bei Nora gewesen. Habe in der Zeit ihr Telefon auf lautlos gestellt. Jetzt sei sie auf dem Rückweg zum Hotel. Ob wir gemeinsam einen Kaffee trinken wollen?
Ich schaue auf mein Zitterbein. Das treffe sich gut, antworte ich. Ich würde quasi schon auf sie warten. Im Speisesaal. Bald hätte ich allerdings eine Massage. Der einzige Termin, der heute noch frei gewesen sei.
Von meinem Tisch aus sieht man direkt in den Eingangsbereich. Leute kommen und gehen. Frau Dolormin hat sich in meine Gebärmutter gelegt und schaukelt da jetzt hin und her. Das Bein zittert weiter. Aber immerhin. Die Menstruationsschmerzen sind fast weg. Für ein bis zwei weitere gute Stunden. Und die Waschmaschine funktioniere wieder einwandfrei. Sogar Rüttimann wirkte erleichtert.
Da kommt Romi auch schon. Geht eilig durch die

Rezeption. Schielt zum Zeitungsständer. Leicht gehetzt, wie immer. Dünn ist sie geworden. Überhaupt wirkt sie anders. Als hätte man ihren Körper auseinandergenommen und nochmals zusammengesetzt. Alle Teile sind am alten Ort, nur um Millimeter verschoben. Ihre Schwangerschaft: unübersehbar. Zumindest in diesem eng anliegenden Shirt.

Romi verlangsamt ihren Gang. Lässt den Blick über die zumeist leeren Tische schweifen. Der hochgebundene Pferdeschwanz schwingt hin und her. Nun schaut sie mich an. Als wäre sie überrascht, dass ich da bin.

»Na du!«, sagt sie. Bliebt vor mir stehen. Im selben Moment bringt die Kellnerin meinen Cappuccino. Romi bestellt sich auch gleich einen. Umarmt mich dann. Sie hat mehr Kraft, als man ihr ansieht.

»Wie geht es dir?«, frage ich.

Romi setzt sich auf den Stuhl mir gegenüber. Knibbelt an ihren Fingernägeln. Die Haut drumrum sieht schon ziemlich demoliert aus.

Sie hält inne. Die Falten auf ihrer Stirn sind neu. Stehen ihr gut. Lassen sie rauer wirken.

»Ehrlich gesagt, gerade nicht so gut«, sagt sie. »Stell dir vor, Nora spricht nicht mehr, seit Tagen schon! Hast du das gewusst?«

Ich deute ein Kopfschütteln an. Romi führt aus. Krass sei das. Nora habe auch vorhin kein Wort gesagt. Einfach dagelegen. In diesem fast leeren Raum. Ihrem ehemaligen Kinderzimmer.

»Du brauchst dir keine Sorgen zu machen«, unterbreche ich sie. »Nora wird sich sicher schnell erholen.«

Jetzt blickt mir Romi direkt in die Augen. Auf der lin-

ken grünen Iris sind drei Körnchen Braun zu sehen. Wie hingetupft. Hab ich noch nie bemerkt.
»Nora ist nicht wiederzuerkennen!«, sagt sie. »Sie wirkt, als wäre sie bewusstlos!«
Die Kellnerin stellt eine Kaffeetasse vor ihr hin. Balanciert den Rest auf dem Tablett zum Nachbartisch. Romi mustert mich weiter. Ohne zu blinzeln.
»Hast du eine Ahnung, was mit Nora los ist?«, fragt sie. Laute Stimmen dringen aus der Rezeption. Ein Paar mit einer Jugendlichen im Schlepptau. Drei fette Rollkoffer hinter einem Hünen von Mann. Die Jugendliche ein Sprengsel daneben. Die Frau kniet dazwischen. Dem Mann zugewandt. Beide sprechen durcheinander.
»Da tut sich was bei Nora«, antworte ich. »Das Schweigen schützt sie. Irgendwann legt sie's ab. Und kommt gestärkt daraus hervor.«
Die Jugendliche verzieht das Gesicht zu einem Grinsen. Die Stimme des Mannes bricht ab. Der Bass ist aus. Nur noch die Frau ist zu hören. Das Solo der Königin der Nacht. Ein Klassiker, diese Familie.
Romi starrt wieder aus dem Fenster. Die eine Hand bearbeitet die Nägel der andern.
»Ich würde gerne wissen, wovor sie sich zurückzieht«, sagt Romi. Murmelt etwas davon, dass Anni unser Auftauchen offenbar nicht recht sei und sie kaum Auskunft gebe. Dann fährt sie fort, wieder deutlicher: »Als ich vorhin von Noras Zimmer runter bin, hat Anni schon mit einer Tasse Tee auf mich gewartet und betont, sie müsse gleich los, einkaufen. Meret hat ziemlich verschüchtert gewirkt, aber vielleicht war sie auch einfach verschlafen, keine Ahnung. Anni wollte nicht, dass ich in der

Zeit auf Meret aufpasste. Dabei hätte das vielleicht was gebracht, gemeinsam nochmals hoch, zu Nora! Auch auf meine Frage, ob es nicht besser wäre, Hilfe zu holen, einen Arzt oder so, hat Anni nur den Kopf geschüttelt. Damit wolle sie mindestens bis morgen warten.«

»In diesem Punkt stimme ich vollkommen mit Anni überein«, sage ich. »Wir sollten nichts überstürzen.«

Zack. Romis Gesicht wieder mir zugewendet.

»Es muss doch etwas Schlimmes passiert sein!«, sagt sie. »Und ich habe keine Ahnung, was.«

Jedes Wort, das sie spricht, ist lauter als das letzte. Und schneller.

»Jetzt mal langsam, Romi«, sage ich. »Hör mir mal zu, okay? Du hast da etwas Wichtiges nicht mitbekommen. Nora geht es seit Monaten nicht gut. Nicht erst seit gestern!«

Romi stockt. Scheint zu überlegen. Sagt dann etwas ruhiger: »Es kam viel zusammen bei ihr, stimmt schon.«

Ich nehme drei große Schlucke von meinem Cappuccino. Ideale Temperatur. Stelle die Tasse zurück. Sage langsam: »Bei Emrik auszuziehen war definitiv Noras beste Entscheidung der letzten drei Jahre.«

»Schon möglich«, antwortet Romi. Wieder liegt ihre Stirn in Falten. »Aber was ist es denn, das sie jetzt so fertigmacht?«

Langsam, aber sicher klopft der Schmerz wieder an. Weit innen. Das kann doch nicht sein. Nicht jetzt schon.

»Etwas wird sie eingeholt haben«, sage ich. »Zu mir ist sie öfters so gekommen. Wenn sie wieder mal merkte, dass eine ihrer Ausbildungen doch nichts für sie ist.

Wenn die Einsamkeit sie überkam. Nach einem Streit mit Emrik. Oder wegen der Schwangerschaft. Sie hat sich jeweils hingelegt. Nichts mehr gesagt. Für sie war es hauptsächlich wichtig, zu wissen, dass da jemand war. Die sie ein klein wenig pushte. Ihr aufzeigte, dass es weitergeht. Weitergehen muss. Aber nicht zu früh. Und die nichts einforderte. Nora stand wieder auf. Immer genau dann, wenn ich es am wenigsten erwartet hätte.«

»Du kennst sie so?«

Ich nicke. »Diesmal ist das Down vielleicht etwas ausgeprägter. Nora ist daran, sich gewisse Dinge klarzumachen. Unabhängiger zu werden. Aber wie gesagt. Bald ist sie wieder die Alte. Und, Romi, wenn du jetzt Radau machst, bringt ihr das gar nichts. Okay? Eher im Gegenteil. Also erzähl. Was läuft bei dir so?«

Romi schaut mich skeptisch an. Kratzt sich an der Schläfe.

»Ich fühle mich echt neben der Spur«, sagt sie.

»Überarbeitet? Dafür sind wir doch jetzt am richtigen Ort. Warst du schon im Bad?«

Romi scheint überrascht. Sagt: »Jobmäßig sicher nicht. Also, überarbeitet, meine ich.« Nach einer kurzen Pause fügt sie hinzu: »Es kommt kaum ein Auftrag rein. Und nein, im Bad war ich nicht. Kostet das auch extra?«

»Du bist doch in diesem Verlag?«

»Nicht mehr«, antwortet sie. Sie hat keine Lust, darüber zu reden. Sehe ich ihr an. Trotzdem fährt sie fort: Sie warte auf eine Festanstellung. Die sei ihr in Aussicht gestellt worden. Bei jenem Verlag, wo sie das Praktikum gemacht habe. Bis das so weit sei, würden ihr ab und an

Aufträge weitergereicht. Aber wenn es so dürftig weitergehe, müsse sie bald wieder als Schriftdolmetscherin arbeiten.
»Das heißt, du bist auf Phils Einkommen angewiesen?«, frage ich. »Verdient man denn genug, als Assistent an der Uni?«
»Er ist an der Hochschule. Und, ja, wir leben momentan hauptsächlich von seinem Lohn. Hoffentlich nicht mehr lang.«
»Und wenn er sich trennt und auf einmal nicht mehr bezahlt?«
»Ich hab einen Studienabschluss, und wir leben hier in der Schweiz. Ich komm schon klar.«
Romi stiert an mir vorbei durchs Fenster und sagt: »Hier ist Nora also aufgewachsen. Was meinst du, warum will uns Anni auf Distanz halten?«
Zurück beim Thema. War ja klar.
»Auch sie wird ihre Gründe haben«, sage ich. »Wusstest du, dass sie hier im Hotel gearbeitet hat? Bis vor wenigen Jahren.«
Romi verneint. Und sagt: »Im Moment habe ich nicht das Gefühl, als würde ich überhaupt irgendwas wissen. Alles kommt mir so kleinteilig vor. Und ich kann nur das, was sich direkt vor meiner Nase befindet, halbwegs klar sehen. Als wären die Verbindungen zwischen den Dingen gekappt.«
Sie schluckt. Dann fährt sie fort: »Ich war zu wenig da für Nora in den letzten Wochen, und das tut mir echt leid. Die Zeit verging unglaublich schnell, und es gab so viel zu bereden, mit Phil und Dennis. Außerdem war Leon viel anhänglicher als sonst.«

»Dennis?«, frage ich. »War das der im Supermarkt letztens? Der, von dem du erzählt hattest?«
»Ja. Wir sind seit Ende Februar zusammen. Eine ziemlich verrückte Geschichte.«
Sie lächelt kurz. Schiebt den Cappuccino von sich weg, sagt: »Mir ist dauernd schlecht. Wahrscheinlich kommt dieses seltsame Gefühl daher. Schwangerschaftsübelkeit. Zum Davonlaufen.«
»Ist das Kind eigentlich von ihm? Von Dennis?«
»Phil ist der Vater, da gibt's keine Zweifel.«
»Und er ist einverstanden? Mit deiner zweiten Liebelei?«
Romi schaut auf.
»Es ist eine Beziehung«, sagt sie bestimmt. »Und ja, Phil hat von Anfang an seine Zustimmung gegeben. Dennis und er haben sich auch schon kennengelernt. Was nicht heißt, dass es für Phil nicht schmerzhaft ist oder dass es ganz einfach wird, so zu leben.«
»Du siehst es als etwas Längerfristiges?«
»Auf jeden Fall! Es ist noch frisch, sicher, aber das zwischen Dennis und mir, das ist schon sehr besonders, das ist –«
Sie sucht nach Worten. Ich würde am liebsten aufstehen. Mir oben ein neues Dolormin holen.
»Wie stellst du dir dieses Zusammenleben denn genau vor?«, frage ich stattdessen. »Zwei Männer, zwei Kinder. Da ist das Chaos doch vorprogrammiert!«
»Die richtige Form findet man nicht vom einen Tag auf den anderen«, antwortet Romi. »Es ist ein Prozess, der viel an Kommunikation abverlangt, an Absprachen.«
»Meinst du nicht, dass es sinnvoller wäre, ganz bei dir zu bleiben?«

Es vergeht eine Weile. Erst dann sagt Romi: »Es ist echt erstaunlich. Wir sitzen seit einer Viertelstunde hier, und du klingst, als hättest du den Durchblick, was mein Leben anbelangt, und auch das von Nora. Ich habe mich schon immer gefragt, woher du das nimmst, deine klare Meinung zu allem und jedem.«
»Wir kennen uns ja nicht erst seit einer Viertelstunde.«
»Kennen?« Romi lehnt sich im Stuhl nach hinten. Mustert den Botticelli an der Wand schräg über ihr. Die leichtfüßige Venus mit dem Wind im Haar.
»Darf ich dir einen Rat geben?«, frage ich. »So quasi als argloser Beziehungsdödel vom Tisch nebenan?«
Jetzt lacht Romi doch kurz auf. Macht gleich wieder das ernste Gesicht.
»Meinst du nicht, dass es gut wäre, dich mit deiner eigenen Freiheit auseinanderzusetzen?«, frage ich. »Auch in Bezug auf Phil. Und seine Freiheit. Denn nebenbei gefragt: Glaubst du tatsächlich, man entscheidet sich aus freien Stücken für so eine Konstellation?«
»Stell dir vor, du bist nicht die Einzige, die sich ihre Gedanken macht«, antwortet Romi prompt. Weniger gereizt, als ich gedacht hätte. Eher matt. »Klar beschäftigen mich solche Fragen, aber nicht nur in Bezug auf Phil und mich.«
»Sondern?«, frage ich.
Romi verschränkt ihre Arme vor dem Bauch.
»Mir kommen in letzter Zeit auch immer wieder meine Eltern in den Sinn. Ihre Geschichte, ihre Unzulänglichkeiten. Die Affäre meines Vaters beispielsweise. Sein Umgang damit, und was das mit seiner Reaktion auf unsere neue Beziehungsform zu tun hat.«

»Wann war das?«, frage ich. »Das mit seiner Affäre?«
»Jahre her« antwortet Romi. »Meine Mutter kam dahinter, und am Ende musste er sich entscheiden: Affäre oder Familie. Er blieb bei uns, kannst du dir ja denken. Gutgetan hat ihm das alles nicht, und nicht nur ihm, jetzt mal verkürzt gesagt. Aber warum erzähle ich dir das.«
»Ich bin eine große Befürworterin von klaren Entscheidungen«, sage ich. »So gut solltest du mich trotz allem kennen.«
»Aber du kennst meine Familie nicht«, sagt Romi. »Und schon gar nicht meinen Vater.«
Ich warte einen Moment ab. Frage dann: »Sagt er das selbst? Dass es ihm nicht gut ging?«
Romi zuckt mit den Schultern.
»Schwieriges Thema.«
Mehr kommt nicht von ihr. Ich werfe einen Blick auf die Uhr. »Ich muss gleich los. Zeit für meine Massage.«
»Du warst noch gar nicht bei Nora, oder?«, fragt Romi.
Ich stehe auf.
»Ich gehe am späteren Nachmittag hin. Alles andere wäre zu früh. Vielleicht ist sie dann schon so weit. Mit uns zu Abend zu essen.«
»Das kann ich mir kaum vorstellen.«
Romi arbeitet wieder daran, ihre Fingernägel und alles drumrum loszuwerden.
»Um halb sechs bei der Rezeption?«, frage ich.
Romi schaut kurz auf.
»Okay«, antwortet sie.

Romi

Hätte ich besser nicht gemacht: das Zimmerfenster die ganze Zeit über offen lassen. Der Gestank kommt zwar nicht nur von draußen, aber hauptsächlich; woher bloß? Ich stütze meine Hände auf der weichen Matratze ab, lasse mich seitlich aufs Bett gleiten, mein Nacken spannt, ich könnte schon wieder schlafen. Woraus sich Szibillas Angriffslust nährt, würde ich gerne mal wissen. Vielleicht hat sie recht in einem Punkt: Vielleicht sollten wir vorerst Ruhe bewahren, so gut es geht, und auf Nora vertrauen. Mein Telefon vibriert. Dennis schreibt, vor zehn Minuten ging auch eine Nachricht von Phil ein. Dennis fragt, ob ich gut angekommen bin, Phil fragt, wo Leons Sonnenhut ist, Dennis schickt mir viele Küsse, Phil eine Umarmung; und auf einmal höre ich die Stimme meines Vaters, der barsch sagt: »Dass man das Glück nie sieht, wenn es so nah ist.«

In meinem Magen rumort es, etwas drängt die Speiseröhre hoch, ich stürze ins Bad, der dunkle Strahl trifft mitten in die Schüssel, einmal spülen, Mund abgewischt. Ich hätte den Kaffee doch besser stehen lassen sollen.

Vorsichtig gehe ich zurück ins Zimmer, nehme das Notizheft aus der Tasche.

Notiz
Anzahl der Nächte, die ich hier schlafen werde: vier.
Anzahl der Nächte davon allein: voraussichtlich vier.
Anzahl der Male, die ich meinem Vater von der neuen Beziehungsform erzählte: eins.
Anzahl der Wörter, die er darauf erwiderte: Elf. (Dass – man – das – Glück – nie – ...)
Meine Zimmernummer: dreihundertundeins.
Meine Zimmernummer damals: zweihundertsiebzehn.
Anzahl der Tage, die vergingen, bis ich Phil von Dennis erzählte: einer.

Sein angespannter Körper neben mir auf dem Sofa. Seine Hand, die langsam von meinem Bein glitt. Sein Schweigen. Räuspern. Wer das sei, dieser Dennis, und wie lange ich ihn schon kennen würde?
»Seit gestern.«
Was das jetzt heiße, für ihn, und für uns.
»Das weiß ich auch nicht.«
Ob ich noch mit ihm zusammen sein wolle, fragte Phil. Und ich antwortete, ohne zu zögern: »Ja.«
Er stand auf, schwerfällig, ging in die Küche, die Arme pendelten hin und her, wie immer, aufrechter Gang, Schatten auf seinem Hals, die Kontur seines Kinns umso schärfer gezeichnet, der Kieferwinkel gut erkennbar, die Stelle, die ich so gerne küsse. Und wusste noch nicht, dass sich bereits ein Zellknäuel in meiner Gebärmutterschleimhaut eingenistet hatte, bereit, zu wachsen, eine weitere Verbindungslinie zu ziehen zwischen Phil und mir. Und wusste noch nicht um die breite Variabilität des Wortes »wir«.

Notiz
Anzahl der Möglichkeiten, die Phil bleiben, das heißt Phils Freiheit:
1) Nein sagen
2) Ein Ultimatum setzen: entweder – oder
3) Selbst gehen
4) Bleiben
5) …

Ich greife nach dem Telefon, schreibe Dennis die drei Zahlen in drei separaten Nachrichten; *2. 1. 7.* Lege mich unter die Decke, ein Lichtkegel wirft sich darauf, ich fahre die Konturen nach, immer wieder. Mein Bauch ist schwer, wird rund und runder; mein Hunger ist groß, und der Appetit ist klein; wir lagen zusammen, in unserm Zimmer, dem ersten, Dennis und ich.

Notiz
Baumkuchen an den Lippen. Ich berühre mit der Zunge die samtige Glasur, warte, bis sie schmilzt, dann beiße ich zu. Geschmack von Schokolade in meinem Mund. Neben mir liegt ein Baby, klein und zerbrechlich, die Haut noch durchscheinend, durchzogen von Adern, die scheinbar willkürlich verlaufen von Nacken zu Steißbein, von Flanke zu Bauch, von Nabel zu Leisten, von Oberschenkel zu Fuß; es liegt regungslos. Zu klein für diese Welt. Ich bette das Kind an meine Brust, es saugt und schmatzt; es schmilzt, schwindet, vergeht, wie Zeit. Immer ist etwas zu früh, zu spät, zu sehr gewollt, zu wenig geliebt, zu egoistisch gedacht, zu flatterhaft, zu fließend, zu schnell. Ich, allein mit der Sieben; die Sieben zerschneidet mir die Zunge. Ich enthülle mich. Eine Decke

fällt zu Boden; schon ist es Morgen. Licht auf der Tapete vor mir, es wandert, jemand kommt auf mich zu; Kopf, Rumpf, Beine, in stetiger Bewegung. Ich strecke meinen Arm aus, greife etwas Warmes; der Sekundenzeiger tickt.

Augen zu.
Augen auf, sechzehn Uhr null neun; Dennis schrieb, *hätte dich gerne bei mir*; Augen zu. Wälze mich hin und her. Diese Lust, wenn ich liege, Lust auf seinen Atem an meiner Wange, auf den Klang seiner Stimme, auf seine Zunge an meiner Brust; ich sehe einen Rücken, sehe Schultern, einen festen, kräftigen Nacken, und ich lege meine Hände in diesen Nacken, bewege sie langsam nach oben, Millimeter um Millimeter, durchs Haar hindurch, bis ich an seine Schläfe gelange, seinen Kopf umfasse, sein Gesicht zu mir drehe; und ich gleite über ihn, breite mich aus.
»Geht's dir bloß um Sex?«, hatte Phil damals gefragt, vor einhundertundzwei Tagen, als er wieder aus der Küche kam.
»Nein«, hatte ich geantwortet.
»Und worum denn dann? Was suchst du bei diesem Dennis?«, hatte Phil weitergefragt, und nach einer kurzen Pause: »Was ist es, das ich dir nicht geben kann?«
»Wir haben einander versprochen, ehrlich zu sein, du und ich, und das bin ich. Etwas an ihm zieht mich an. Und ich möchte herausfinden, was es ist. Wenn das geht, für dich.«
»Du gehörst mir nicht.«
»Wie meinst du das?«
»Du gehörst mir so wenig, wie mir sonst irgendetwas

gehört auf diesem Planeten, das ist mir schon klar, Romi. Aber es tut trotzdem verdammt weh.«

»Ich will dich nicht verletzen. Das wollte ich nie!«

»Ich weiß nicht, wohin mich das treibt«, sagte Phil.

»Das verstehe ich.«

»Wir müssen es herausfinden.«

»Ja.«

»Es wird Zeit brauchen.«

»Ja.«

Augen auf. Alles noch da. Achtzehn Quadratmeter, ein stickiges Loch, mein Shirt ist schweißnass; siebzehn Uhr sechsundzwanzig. Eine kurze kalte Dusche, zwei Spritzer Deodorant unter die Achseln, etwas Kajal an die Augen, rein in mein Kleid, in die Sandalen; Notizheft, Telefon und Portemonnaie in die Tasche. Szibilla wartet sicher schon. Vielleicht geht das ja, mit ihr und mir. Nora zuliebe.

Phil

Sie hätte wenigstens den Frühstückstisch abräumen können. Da steht noch alles, das Joghurt, der festgeklebte Honiglöffel, die offene Müslitüte, ihre halb ausgetrunkene Kaffeetasse. Wie immer in Eile gegangen und die Hälfte vergessen. Das Handy vibriert: Der Sonnenhut müsse irgendwo in der Garderobe liegen. Vor mir der Haufen von Schals und halbsauberen T-Shirts. Eins mit Spiderman drauf, eins mit der Aufschrift »Little Adventurer«, ein dünner Pullover aus geripptem Stoff mit dunkelblauen Ärmeln. Hier Romis Schal aus London, mein Geschenk, Jahre her. Da ist er, der Sonnenhut mit den zwei grinsenden Hunden drauf. Leon sitzt bereits auf der Treppe im Flur.

»Kaufen wir auch ein Eis?«, fragt er.

»Können wir machen«, antworte ich. »Für morgen aber.«

»Gibt es da, wo die Mama ist, auch Eis?«

»Ja, sicher.«

»Wievielmal schlafen, bis sie wieder da ist?«

»Viermal. Schau, das sind so viele Finger.«

»Schläft sie in einem großen Bett?«

»Ich denke schon. Ein richtig großes Hotelbett.«

»Vielleicht träumt sie von uns. Dass wir zusammen ein Eis essen. Wir drei!«

»Wer weiß.«
Als hätte ich nicht auch zu tun. Neun Tage, nein acht, dann muss das Paper stehen. Leon geht schon durch die Tür. Wieder diese Vorstellung. Romi und Dennis, wie sie gemeinsam im Bett liegen, einander gegenüber. Wie sie ihren Arm um ihn legt und ihn zu sich zieht. So macht sie das immer, mit diesem Lächeln, Grübchen links und rechts. So kann sie alles haben. Ich will gar nicht wissen, ob sie schon in der ersten Nacht mit Dennis im Bett gelandet ist. Drehe den Schlüssel im Schloss. Etwas drückt gegen meine Sohle. Ich schüttle den Schuh aus: ein Steinchen.
Die Treppe runter, Briefkasten auf. Eine Broschüre liegt darin, Wahlempfehlung der Liberalen; ein Modekatalog, drei Umschläge. Zwei davon schlicht und weiß, einer rosa. Unsere Adresse wurde mit Goldstift darauf notiert. Ich öffne ihn. Made with Love!, steht auf der Vorderseite, fette violette Schrift über einem Foto in Schwarzweiß. Darauf zu sehen ist ein halbnacktes Baby, Augen geschlossen. Ich drehe die Karte. Auf der Hinterseite steht: Am 16. Mai durften wir unsere Antonela Filipa in die Arme schließen. Wir sind unendlich glücklich & dankbar. Dani & Simone mit Rhea.
Ich schiebe die Karte zurück in den Umschlag, öffne den zweiten. Eine Abrechnung der Bank. Der dritte: die Jahresrechnung für www.romischreibt.ch. Romis Idee einer Autorinnen-Webseite. Lief die schon immer auf meinen Namen?
Vinzenz biegt um die Ecke. »Hey, Phil!« Er bleibt neben mir stehen. »Hast du dir was Schönes ausgesucht?«

Er macht eine Kopfbewegung in Richtung Katalog und legt eine Flasche Sonnenmilch auf den Briefkasten.
»›Bonprix‹. Klingt nicht gerade vielversprechend«, sage ich.
Er nickt. »Du, ich feiere übermorgen ein kleines Gartenfest und würde gerne die Feuerstelle benutzen. Geht das klar? Ihr drei seid natürlich herzlich eingeladen!«
»Nett von dir«, sage ich. »Ich geb dir noch Bescheid, okay? Romi ist aber sicher nicht da.«
»Dann gibt's doch umso weniger zu überlegen, ob du kommst oder nicht!«
Ich schiebe die beiden weißen Umschläge zurück in den Briefkasten. Wir gehen durch die Haustür nach draußen.
»Was ich dich schon längst mal fragen wollte«, sage ich, »gehört der runde Tisch unterm Dach euch?«
Vinzenz überlegt. »Du meinst den direkt bei der Treppe?«, fragt er. »Ist der nicht noch von deiner Großmutter?«
»Nicht dass ich wüsste«, sage ich. »Ich frag dann noch die Hubers. Wir könnten ihn gut gebrauchen.«
Vinzenz schiebt die Hände in die Hosentaschen und lehnt sich an den Türrahmen.
»Du kannst Leon gerne mal hochschicken«, sagt er. »Solange Romi weg ist.«
»Das ist nett«, sage ich. »Und gleichfalls! Clara und Sebastian dürfen auch gerne zu uns.«
»Wann ist Romi zurück?«
»Am Mittwoch. Sind die Kinder bis morgen oder übermorgen bei dir?«
Vinzenz nimmt einen Beutel mit Tabak aus der Hosentasche und beginnt damit, sich eine zu drehen.

»Montagabend«, sagt er und leckt übers Zigarettenpapier. Dann steckt er sich die Zigarette an und zieht kräftig daran.
»Wie läuft es eigentlich mit Marie?«, frage ich.
Vinzenz atmet den Rauch langsam aus.
»Frag nicht«, antwortet er und zieht nochmals an der Zigarette. »Ich kann's dir sagen. Ich hätte nie gedacht, dass das bei uns in einer Katastrophe endet. Sie will jetzt alles. Auch das alleinige Sorgerecht.«
»Das ist heftig«, sage ich. »Damit kommt sie sicher nicht durch.«
»Aber allein, dass sie das meint – sie könne alles haben!«, sagt er.
Ich warte einen Moment ab. Dann frage ich: »Wollen wir heute Abend darüber reden? Wenn die Kinder schlafen?«
Vinzenz nimmt noch einen Zug und drückt die halbgerauchte Zigarette auf dem Boden aus. Dann schnippt er sie in den Eimer neben dem Hauseingang, ohne zu antworten.
»Hast du Leon gesehen?«, frage ich.
»Der sitzt um die Ecke, mit Clara und Sebi, und erzählt feministische Witze.«
Jetzt lacht Vinzenz laut heraus. Hört auf damit, als er bemerkt, dass ich nicht mitlache. Ich löse mich, gehe Richtung Fahrrad. Vinzenz ruft mir nach: »Übrigens, wegen übermorgen. Da kommen ein paar alte Freunde, nichts Großes. Komm vorbei, ja? Wegen heute Abend schauen wir lieber spontan.«
»Machen wir!«
Mit der linken Hand halte ich noch immer den rosa

Umschlag. Dani und Simone, ewig nicht gesehen. Ich lege den Umschlag in den Fahrradanhänger, befestige den Anhänger am Fahrrad, steige auf.
Alles haben wollen. Ich meinte früher, *wir* hätten das. Alles. Als Romi nackt dalag, im gedämpften Licht des Gebärzimmers. Leon an ihrer Brust, noch winzig klein. Als sie immer wieder murmelte: »Das ist es, das ist es.« Ihr schönes dunkles Haar. Klatschnass. Wenn das so unkompliziert wäre. Dieses ›alles‹.
Wer weiß, was passiert, wenn Romi das gelöst hat, was sie so umtreibt. Ob dann nicht auch das mit Dennis wieder auseinandergeht?
»Papa?«
»Leon? Kommst du?«
»Darf ich in den Anhänger?«
»Ja, klar.«
»Kaufen wir Schokoeis oder Erdbeereis?«
»Beides.«
»Zwei Packungen für uns zwei?«
»Zur Ausnahme, ja.«

Szibilla

Da ist sie, Romi. Rausgeputzt, als wollte sie etwas kaschieren. Dabei steht es ihr gut, das Schattige im Gesicht. Sie geht federnd die Treppe runter in ihrem roten Kleid. Sie zögert. Legt den Schlüssel auf den Empfangstresen.

»Wollen wir?«, fragt Romi. Fügt gleich hinzu: »Du siehst entspannter aus.«

Recht hat sie. Malita Sousas Werk. Die Hotel-Masseurin hat sich meiner angenommen. Ganze anderthalb Stunden lang. Und das zweite Dolormin tut den Rest.

Wir treten durch die Tür. Ich schiebe mir die Sonnenbrille von der Stirn auf die Nase. Wir folgen der Straße. Gehen abwärts. Romi räuspert sich mehrere Male. Das Schweigen ist ihr wohl unangenehm.

»Der Rhein soll renaturiert werden«, beginnt sie schließlich. »Aber das weißt du ja bestimmt längst.«

»Ja. Ein neues Hochwasserschutzprojekt. Aber ganz ehrlich. Das passt doch zur Schweiz. Die konkrete Begrenzung von heute durch die Dämme. Das gerade Fließen. Das einfache Handling.«

»Handling?«, wiederholt Romi. »Klingt, als würdest du von deinem Mietwagen sprechen.«

Als ich nicht reagiere, fährt sie fort: »Die Dämme sind viel zu alt. Wenn die mal brechen, ist hier alles überschwemmt. Und dass es wieder mehr Raum für die Natur geben soll, interessiert dich bestimmt?«

»Dieses Projekt ist mehr Schein als sonst was«, antworte ich. »Nur drei Trittsteine sind geplant. Auf sechsundzwanzig Kilometer Flusslänge! Und kein einziger Abschnitt mit Auenqualität. Die sollen das richtig naturgerecht machen. Oder sein lassen.«

Romi legt mir ihre Hand auf die Schulter. Fragt: »Alles okay bei dir?«

Unangenehme Wärme. Wo ihre Hand liegt. Ich mache einen Schritt zur Seite. Romi zieht die Hand zurück.

»Ja«, sage ich. »Was auch immer das heißt.«

»Meinst du, wir schaffen es, uns zusammenzutun, für Nora?«, fragt Romi.

»Wie meinst du das?«

»Gemeinsam da sein für sie.«

»Ich glaube nicht, dass wir dieselbe Vorstellung davon haben.«

Romi schaut mich von der Seite an und fragt: »Was meinst du denn damit?«

»Hatten wir's nicht schon davon?«, frage ich zurück.

Drei Motorräder fahren an uns vorbei. Dröhnende Maschinen. Links jetzt das Haus.

»So, da sind wir«, sage ich.

Wir durchqueren den putzigen Garten. Romi fragt nicht weiter. Treppe hoch. Sie drückt den Klingelknopf. Gleich darauf steht Anni vor uns. Als hätte sie hinter der Tür auf uns gewartet. Sie begrüßt uns. Mit diesem Lächeln, das ich kenne. Alles andere als echt. Die will uns beide nicht hierhaben. Aber Romis Blick erwidert sie. Ihre Hand drückt sie deutlich länger. Mich kennt sie ja auch. Drei Jahre her. Damals sagte Nora schon bei der Anfahrt zu mir, ich solle ihre Mutter einfach reden lassen. Möglichst wenig dagegenhalten. Und fügte hinzu: Anders ginge es mit ihrer Mutter wirklich nicht.

Nora dann sehr verändert. Schwieg die meiste Zeit. Beim Essen mit ihrer permanent süß-säuerlich lächelnden Mutter. Anni meinte wohl, wir wären ein Paar. Ich tätschelte Noras Schenkel, als mir das aufging. Hätte ich besser sein lassen. Kaum aus dem Haus, fauchte Nora mich an. So hatte ich sie mir gegenüber noch nie zuvor gehört. »Scheißidee«, sagte sie. Und etwas von verfickter Provokation. Die könne ich gerne bei allen bringen. Aber nicht bei ihrer Mutter. – Sie solle ihre Mutter nicht so wichtig nehmen, warf ich ein. Nora blickte mich wild an. »Als ob das so einfach ist!«, sagte sie. Ich hätte doch keine Ahnung, wie das sei. Bei so einer Mutter aufzuwachsen. Klar, was sie meinte. Aber warum ist sie dann jetzt hierhergereist? Warum nicht zu mir?

Romi und Anni fixieren mich. Als hätte ich etwas nicht mitbekommen. Keine Lust auf Anni. In deren Bauch ist Nora herangewachsen. In diesem Haus ist sie groß geworden. Schauderhaft. Nora hätte etwas anderes verdient. Aber Kindheit ist Kindheit. Gene sind Gene. Was sie jetzt daraus macht, ist eine andere Frage.

Ob Nora in der Zwischenzeit gesprochen habe?, will Romi wissen. Anni antwortet kühl: Nein. Es gebe nichts Neues. Wir könnten uns ja selbst davon überzeugen.

Im selben Moment kommt Meret angetapst. Haare zerzaust. Romi kniet sich zum Kind hinunter. Sofort lässt sich das Mädchen von ihr in die Arme nehmen. Romi

steht auf. Taumelt. Ganz bleich ist sie. Krallt ihre Finger in meinen Arm.
»Romi?«, frage ich.
»Sorry«, erwidert sie. »Mir ist nur gerade schwarz vor Augen geworden. Geht schon wieder.«
»Willst du dich kurz hinsetzen?«, frage ich.
»Ein Traubenzucker vielleicht?«, fragt Anni.
Romi lehnt beides ab. Sagt, wir sollten zu Nora. Dreht sich bereits zur Treppe. Anni bleibt unten. Wir stehen vor Noras ehemaligem Zimmer. Klopfen an. Nichts. Treten ein.
Nora liegt auf einer Matratze. Gesicht in der Decke vergraben. Romi bleibt unter dem Türrahmen stehen. Ich mache einige Schritte auf Nora zu. Beuge mich zu ihr hinunter.
»Hey, Nora!«, sage ich. »Da sind wir! Steh auf und zieh dir was Frisches an. Wir warten dann draußen.«
Jetzt steht Romi neben mir. Setzt Meret ab. Romi fährt Nora mit der Hand ins Haar. Sagt, flehend fast: »Nora. Wollen wir irgendwohin? Ins Dorf runter, zum Rhein? Wir könnten spazieren. Irgendwo einen Kaffee trinken, so was. Was meinst du?«
Aber von Nora kommt nichts. Sie ist tatsächlich noch ganz »auf der anderen Seite«. Nichts zu machen. Wir lassen sie besser in Ruhe. Nun zupft Meret am Haar ihrer Mutter. Ich nehme sie hoch. Sie beginnt zu kreischen. Ich drücke sie an meine Seite. Langsam beruhigt sie sich. Ihr Gesicht an meiner Schulter.
»Wir sind zu früh«, sage ich zu Romi. Und, etwas leiser: Auf diese Weise kämen wir nicht an Nora heran. Wir sollten sie noch etwas ausruhen lassen.

Romi steht auf. Sieht schon wieder wacklig aus. Stützt sich bei mir ab. Diesmal nur kurz.
»Hast du heute eigentlich mal was Richtiges gegessen?«, frage ich. Romi schaut mich ratlos an.
»Wir kommen nachher zurück«, fahre ich fort. Umfasse ihren Unterarm. »Du brauchst was Fettes. Kartoffelsalat. Käsespätzle. So kannst du Nora nicht helfen. Und auch kein Kind austragen. Flatternder Körper, flatternde Nerven.«
Erstaunlich. Romi kommt mit.

Anni

Zuerst reisen sie ungefragt an, und jetzt spazieren sie einfach so wieder dahin. Wie diese Szibilla rumläuft! Als wäre sie auf dem Weg ins Fußballtraining. Diesmal hätten sie das Kind gerne mitnehmen können und behalten. Das sollte ich nicht denken. Ich lasse das Rollo besser runter. Meret sitzt auf dem Küchenboden. Ich nehme das Puzzle und das Buch mit den Tierbabys und lege die Sachen vor sie hin. Sie soll sich mit den Spielsachen beschäftigen, solange ich telefoniere.

Das Telefon blinkt auf der Station. Die Nummer von Dorothe erscheint zuoberst. Es klingelt. Sie ist um diese Zeit sonst immer erreichbar. Das kann doch nicht sein, dass die jetzt nicht abnimmt. Ich hänge auf und gehe zur Spüle. Ich drücke ein wenig Seife auf den Schwamm. Der Teekrug muss schon längst wieder einmal gründlich gereinigt werden. Es schäumt.

Nora war schon immer auf Krawall. Sie hat mir schon als Fünfjährige gegens Schienbein getreten, wenn sie unbedingt etwas wollte und nicht sofort kriegte. Gleich darauf verkroch sie sich an den seltsamsten Orten und redete nicht mehr. Aber jetzt stimmt etwas ganz und gar nicht. Ob sie nur die Beruhigungstabletten genommen hat oder auch noch etwas anderes? Ich stelle den Krug zum Abtropfen neben die Tassen. Wische mit

dem Lappen den Rest Schaum von der Abtropffläche. Meret schiebt die Puzzleteile auf dem Boden herum. Sie ahmt ihre Mutter ja schon nach. Ich fürchtete vorhin das Schlimmste, als sie auf einmal weg war. Ein Sturz die Kellertreppe runter, oder dass die Tür zur Straße offen gestanden hatte. Und das unter meiner Aufsicht! Aber nein, sie stand mucksmäuschenstill in der Ecke hinter der Tür im Wohnzimmer, mit dem Gesicht zur Wand. Als wäre sie nicht ganz dicht. Ich halte den Lappen unter den Wasserstrahl, drehe den Hahn zu und wringe den Lappen aus.
Das Telefon klingelt. Dorothe.
»Hast du geschlafen?«, frage ich sie.
»Aber nein«, sagt sie. »Ich war im Keller. Wie geht es dir?«
»Gut, gut«, sage ich. »Ich kann aber leider heute Nachmittag nicht ins Café Schneider.«
»Du wolltest Meret doch mitnehmen?«
»Das wird mir zu unruhig.«
»Ach so. Dann sehen wir uns beim Ausflug am Dienstag.«
In der Wohnzimmerecke hat sich Staub gesammelt. Ich muss nachher unbedingt staubsaugen.
»Eher nicht«, sage ich. »Ich schaue auch die nächsten Tage nach der Kleinen. Habe ich dir das nicht erzählt?«
»Stimmt ja! Ist Nora schon auf dem Weg in Urlaub?«
»Die bleibt hier.«
»Und warum schaut sie nicht nach dem Kind?«
»Sie braucht eine Pause. Wir können die Tage mal telefonieren.«
Ich lege auf und ziehe das Rollo wieder hoch. Ich gehe

zurück in die Küche. Meret schaut mit großen Augen. Immer wollen diese Kinder etwas.
»Hast du Hunger?«, frage ich.
Sie schaut weg.
Die Alufolie liegt eng an, ich wickle die Linzertorte sorgfältig aus. Sie sieht gut aus. Ich schneide das Stück in zwei Teile.
»Davon kriegst du nachher auch was ab, ja?«
Für Nora lege ich ein Stück auf einen Teller, dazu ein Glas Wasser. Die heiße Schokolade hat sie vorhin nicht angerührt. Aber trinken muss sie ja doch irgendwann.
Meret krabbelt die Treppe vor mir hoch. Sie dreht sich am oberen Treppenabsatz zu mir, schaut mich an, als wäre ich ein Geist. Die kann ja eigentlich schon ein bisschen sprechen. Aber mit mir, nein, mit mir nicht. Sie dreht sich wieder zur Tür. Kommt knapp bis zur Klinke und öffnet die Tür.
»Mama?« Immer dieses liebende Winseln.
Mama, Mama, Mama. So ist Nora nie zu mir gekommen. Die wollte immer den Papa. Papa, Papa, Papa. Und nicht erst, nachdem das mit Flops passiert ist. Lässt man den Hund einmal im Auto. Daraufhin das ewige Drama. Wie gut ich für sie gesorgt habe, hat Nora nie gesehen. Aber das wird sich jetzt ändern. Sicher wird es das.
Meret streckt Nora ein Puzzleteil hin, es fällt aufs Kissen. Ich stelle Noras Teller neben ihre Matratze und nehme Meret zu mir. Die bekommt ihr Stück dann unten, am Tisch.
»Nora, schau, ich habe dir ein wenig von deinem Lieblingskuchen mitgebracht.«

Sie hat sich in der Zwischenzeit von der einen Seite auf die andere gedreht.
»Weißt du, was mir vorhin in den Sinn gekommen ist? Wie schön ein Fernsehabend wäre! Ich dachte mir, wenn du was gegessen hast und dich besser fühlst, dann könnten wir das machen. Da ist ein spannender Spielfilm im Programm, ein deutscher, um Viertel nach acht. Wir machen Popcorn und schauen uns den an, ja?«
Meret guckt noch immer zu Nora. Sie hat die Händchen auf die Knie gelegt.
»Mama wach?«
Ich schüttle den Kopf.
»Sssst«, sage ich und fahre ihr übers Haar. Dann zu Nora: »Ich schaue gut nach Meret. Jetzt kannst du schön zu Kräften kommen! Und dann haben wir richtig viel Zeit zusammen. Isst du ein Stück? Der Kuchen ist am zweiten Tag immer besser als am ersten, das weißt du ja. Der hier schmeckt richtig fein.«
Ich schiebe den Teller näher zu Nora heran. Sie schläft wohl tatsächlich.

Romi

Der Speisesaal ist voller Hotelgäste. Die einen haben sich in Abendrobe gestürzt, die andern tragen Jeans und Sweatshirts. Szibilla sitzt da mit der Speisekarte in den Händen, und der Prosecco sprudelt im Glas vor ihr; ich war doch nur kurz auf der Toilette. Mir hat sie auch eingeschenkt. Ich schiebe den Stuhl nach hinten, er schabt über den Teppich, schon ist der Kellner da, stellt einen Korb Brot vor uns hin. Ich werfe einen flüchtigen Blick auf die Karte und wähle das günstigste Gericht, eine Suppe, dazu ein Glas Leitungswasser; Szibilla bestellt das vegetarische Menü. Der Kellner geht davon, durch den Saal Richtung Ausschank; Szibilla schiebt die Speisekarte unter den Salzstreuer und hebt das Proseccoglas.

»Pröstchen!«

Ich zeige auf mein leeres Wasserglas.

»Nimmst du keinen einzigen Schluck?«, fragt sie.

Ich verneine und nehme einen Bissen Brot.

»Darf ich?«

Sie wartet mein Nicken ab, greift nach meinem Prosecco, trinkt, fährt sich mit der Zunge über die Lippen und fragt dann: »Du nimmst das mit dem Alk schon sehr ernst, oder?«

»Ich habe keine Lust mehr darauf, das ist ganz praktisch. Dafür trinke ich mehr Apfelsaft, davon gibt's auch keinen Kater.«

»Soll ich dir einen bestellen?«, fragt Szibilla. »Auf meine Kosten natürlich. Damit du nicht nochmals umkippst.«

Ich winke ab; nicht nötig, die drei Traubenzucker von eben würden reichen. Szibilla nimmt noch einen Schluck aus ihrem Glas und mustert mich.

»Ich weiß ja nicht viel übers Kinderaustragen«, sagt sie dann. »Aber eins ist logisch. Man nimmt normalerweise an Gewicht zu. Wie kommt's, dass du abgenommen hast, Romi?«

»Ich bin ja erst in der Halbzeit«, antworte ich. »Und überhaupt, wenn jemand dünn geworden ist, dann Nora.«

»Es beeinflusst das Hirn deines Kindes. Den Hypothalamus. Wenn du nicht isst. Habe ich letztens im Radio gehört. Zuerst kommt das Kind zu klein raus. Schreit die ganze Zeit. Und später wird's dann fett. Schau mich an!« Sie schiebt ihr T-Shirt etwas hoch und zeigt auf ihren Bauch.

»Das hat meine Mutter aus mir gemacht! Nur hat sie es damals nicht besser gewusst.«

»Seit wann hast du ein Problem mit deinem Gewicht?«, frage ich.

»Ich preise jedes Gramm an mir«, sagt sie. »War nicht immer so. Die Gesellschaft mag das ja eher nicht. Wenn Frauen Raum einnehmen. Und ihre eigene Meinung haben. Gelinde gesagt. Also hab ich mir das alles errungen.«

Sie streicht dreimal mit der Hand über die glänzende Stoffserviette und fährt fort: »Was ich eigentlich sagen

will: Man kann nie früh genug damit anfangen, äußeren Einwirkungen etwas Gegensteuer zu geben. Für die meisten Menschen wäre es ideal, wenn die Gene sich genauso beeinflussen lassen würden wie der Hypothalamus. Nimm doch noch ein wenig Butter zum Brot.«
Sie schiebt mir den kleinen Teller hin.
»Danke. Tut gut, was zu essen«, sage ich. »Aber das mit den Genen – die werden doch völlig überbewertet. Wusstest du, dass die sehr wohl beeinflusst werden können, durch deine Umwelt und deine Gewohnheiten, sogar durch Nahrung?«
»Klar«, sagt Szibilla. »Aber auch auf die haben deine Eltern eingewirkt. Auf deine Gewohnheiten. Deine Umwelt.«
»Ich dachte immer, du hättest ein gutes Verhältnis zu deinen Eltern«, sage ich. »Also, gehabt.«
»Ist so«, sagt Szibilla. »Aber generell ist diese ganze Vererbung schlimm! Da kommst du nicht drumrum. Genetik, Epigenetik. Letztlich Wurst. Geprägt bist du ohnehin. Durch die Geschichte deiner Eltern. Der Eltern deiner Eltern. Dadurch, wie sie auf die Erde eingewirkt haben. Das reicht alles mitten in dein Denken hinein. Ohne dass du's merkst. Darum ist es wichtig, dass du dich mit der Welt auseinandersetzt. Dass du dich frei machst von diesen Dingen. Und genug isst. Deinem Kind zuliebe.«
Szibilla wirkt größer als vorhin, so, als hätte sich ihr Körper in der Zeit, in der wir hier sitzen, langsam immer weiter ausgedehnt. Ich schiebe mir den Rest des Brotes in den Mund, kaue, schlucke; greife nach einer weiteren Scheibe im Körbchen.

»Ja, das sehe ich ganz ähnlich mit der Prägung«, sage ich. »Aber bezüglich Genetik – wie gesagt, da hast du viel mehr in der Hand, als du meinst. Das sagst du im Grunde selbst.«
»Und wie schätzt du das für dich ein, Romi?«, fragt Szibilla.
»Was?«
»Na, bist du deine Prägungen schon zufriedenstellend angegangen?«
Ich lache auf; Szibilla bleibt ernst.
»Du stellst vielleicht Fragen«, sage ich. »Wie gesagt, klar haben meine Eltern und ihre ganzen Handlungen und Nicht-Handlungen mehr mit mir und meinem Leben zu tun, als mir lieb ist. Noch immer.«
Szibilla richtet sich noch etwas mehr auf, lässt den Oberkörper leicht nach vorne kippen und fragt: »Zum Beispiel das Ganze rund um die Affäre deines Vaters?«
»Ja, unter anderem.«
»Habe ich das denn richtig verstanden«, fragt Szibilla weiter, »dass er sich am Ende seiner Affäre nicht ganz freiwillig für die Familie entschied?«
Ich nicke. »Nach anderthalb Jahren wurde er zur Entscheidung gedrängt, von meiner Mutter. Ich frage mich heute noch, wie es gekommen wäre, wenn sie das nicht getan hätte. Warum interessiert dich das eigentlich?«
Szibilla greift nach ihrem Glas, nimmt einen Schluck.
»Weil ich mich Folgendes frage«, sagt sie, als sie das Glas wieder vor sich platziert hat. »Könnte es sein, dass du auf eine gewisse Weise am selben Punkt stehst wie dein Vater damals? Nur dass der Druck von außen noch nicht so stark ist?«

Mein Mund ist trocken vom vielen Brot. Der Kellner geht hinter Szibillas Rücken durch, ich mache ein Zeichen mit der Hand, er beachtet mich nicht.
»Meint das ein Ja oder ein Nein?«, höre ich Szibilla fragen.
Ich wende mich wieder ihr zu. »Ich brauche Wasser«, sage ich.
Das komme sicher gleich, meint sie.
Ich schlucke leer; an was anderes denken, an Robert, Vater, daran, wie er allein im dunklen Schulhausflur steht, einen Lappen in der Hand; an diese Stille, die ihn umgibt, diese Einsamkeit.
In diesem Moment wird mein Wasser serviert, dazu für beide ein Gruß aus der Küche, Rohschinken mit Melone. Ob er die Vorspeise bringen dürfe?, fragt der Kellner.
Szibilla bejaht. Ich gebe meinen Teller direkt zurück und trinke das Wasser zur Hälfte aus. Szibilla schiebt sich den Rohschinken in den Mund.
»So simpel übertragbar ist die Affäre meines Vaters auf meine Situation heute sicher nicht«, sage ich. »Aber ja, mich interessiert es schon, was damals los war bei ihm und was die Entscheidung für ihn bedeutete. Mich interessiert auch die Frage, warum es immer dieses Entweder-oder sein muss. Warum unbedingt die Monogamie.«
»Erstens: Frag ihn doch mal«, sagt Szibilla kauend. »Und zweitens: Die Monogamie macht halt für die meisten Sinn. Gibt vermeintliche Sicherheit.«
»Eine Scheinsicherheit, ja«, sage ich. »Dabei ist sie ein Konstrukt wie vieles andere auch. Eines, das dauernd

biologisch zu untermauern versucht wird, statt die Enge, die sie oft bewirkt, endlich zu betrachten. Das Ganze zu öffnen!«

Szibilla schüttelt kaum merklich den Kopf.

»Aber die Abhängigkeit bleibt ja eh«, sagt sie. »Egal wie du es drehst und wendest.«

Sie schneidet den Melonenschnitz in zwei Teile und schiebt sich eine Hälfte in den Mund. Für ein paar Sekunden bleiben wir so sitzen, bewegungslos. Szibilla beginnt zu kauen; sie wirkt eifrig, bereit, weiterzubohren.

»Hast du schon mal darüber nachgedacht, dich unabhängiger zu machen? So wie Nora?«, fährt sie fort.

»Das klingt fast zynisch«, sage ich. »Du hast Nora doch vorhin gesehen!«

Szibilla blickt mich an, als würde sie auf etwas warten. Dann sagt sie: »Ich habe es dir schon am Nachmittag gesagt: Das geht vorüber. Es gehört dazu.«

Ich schiebe mein leeres Proseccoglas an den Tischrand und sage: »Und ich habe dich schon am Nachmittag gefragt, was ich nicht mitbekommen habe bei Nora in den letzten Monaten. Kannst du mir jetzt endlich antworten?«

Szibilla lässt ihren Finger an mein Proseccoglas schnellen, ein kurzer heller Ton erklingt.

»Ich habe es dir doch schon gesagt! Nora ist daran, sich unabhängig zu machen. Von Emrik. Und nicht nur von ihm«, sagt sie. »Und jetzt wiederhole ich *meine* Frage: Würde es nicht auch dir guttun, dich auf dich selbst zu konzentrieren?«

Ich höre noch immer den hellen Ton, berühre das Glas, aber der Ton bleibt, wird noch lauter und schriller.

Ich richte mich auf und frage: »Szibilla, was willst du mir eigentlich die ganze Zeit sagen?«
Schon steht der Kellner wieder an unserm Tisch, nimmt Szibillas leergegessenen Teller und stellt einen kleinen Salat vor sie hin.
»Also, Romi«, sagt Szibilla. »Nimm es mir nicht übel. Aber jetzt mal ehrlich. Es kommt mir so vor, als würdest du das mögen. Dich ganz nach Normen zu richten. Und dann so zu tun, als würdest du darüberstehen. Als hättest du eine große Entdeckung gemacht. Dabei gehst du im alten Trott!«
»Ich verstehe nicht, wovon du sprichst.«
»Ich habe den Eindruck, dass es dir insgeheim gefällt«, fährt Szibilla fort. »Abhängig zu sein. Als Frau. Von der vermeintlichen Sicherheit, die Phil dir gibt. Von Dennis' Schwanz. Von Leons kindlicher Zuneigung. Und in deiner Sprachgewandtheit formulierst du's dann um. Sprichst darüber, als würdest du was Neues kreieren. Moderne Familienbande? Polyamorie? Mehrfachabhängigkeit nenne ich das! Und auch in puncto Geld. Du würdest es beruflich viel pragmatischer angehen. Wenn es dir wirklich wichtig wäre, unabhängig zu sein von Phil.«
Ich trinke vom Wasser. Mein Mund bleibt trocken.
»Warum greifst du mich so an?«, frage ich.
»Du hast mich gefragt!«, antwortet Szibilla. »Hast du ein Dolormin da?«
»Ein was?«
»Schmerzmittel.«
»Nein.«
»Mich haut's gleich um. Bin in einer Sekunde zurück.«

Szibilla steht auf, wankt durch den Speisesaal, zur Treppe.
Ich höre das Murmeln der Leute, das Klappern von Besteck, das Klirren von Glas, als wäre das alles vorhin noch nicht da gewesen, und lasse mich nach hinten gleiten, Hände auf dem Bauch; ich könnte gehen. Durch die Schiebetür raus, den Hügel runter, bis zum Rhein, ins Wasser springen und flussabwärts schwimmen, Richtung Bodensee, durch ihn hindurch, nach Basel und weiter gen Norden; mein Vater lacht laut, Robert, lacht mir direkt ins Gesicht. Hierbleiben, denke ich, das bin ich Nora schuldig, und sehe, wie Szibilla bereits wieder die Treppe runterkommt, sehe ihre kraftvollen Beine, ihre Bestimmtheit, die sich vom hellen Scheitel bis zu den schwarzen Sneakers erstreckt; eine Kellnerin überholt sie von hinten.
»So«, sagt Szibilla, als sie unseren Tisch erreicht hat, ihre Stimme etwas weicher nun. »Frau Dolormin ist zurück. Und ich mit ihr. In zehn Minuten geht's mir besser.«
»Bist du immer so streitlustig, wenn du deine Tage hast?«, frage ich.
»Nicht streitlustig. Sondern direkt«, antwortet Szibilla, setzt sich, greift nach einer Scheibe Brot, der letzten, die noch im Korb liegt, und beginnt dann mit großen Bissen, ihren Salat zu essen; der Gedanke, selbst auch gleich etwas serviert zu bekommen, drückt mir die Kehle zu.
»Mir ist in den letzten Wochen einiges klar geworden«, sagt Szibilla. »So ein vages Gefühl war schon länger da. Jetzt kann ich's endlich formulieren. Ich zeig's an einem Beispiel: Frauenstreik. Nora und du. Ihr kreiert Slogans.

Bepinselt Banner. Verteilt Flyer. Nicht, dass ich darin gar keinen Sinn sehen würde. Aber das Wesentliche liegt noch eins drunter. Mindestens!«

Ich würde am liebsten die Speisekarte wieder hervornehmen, sie ausführlich studieren, nur um nicht weiter reingeben zu müssen in dieses Gespräch. Stattdessen sage ich: »Nervt es dich so sehr, dass wir heute nicht in Berlin sein können? Dass du auf einen entspannten Trip verzichten und dich stattdessen mit mir hier abgeben musst? Ist das dein Problem?«

Ich mache eine Pause und ergänze, als nichts von Szibilla kommt: »Und übrigens, Nora organisiert was, ich nicht.«

»Du bist wohlbehütet aufgewachsen«, sagt Szibilla, als hätte sie mir nicht zugehört. »Ein mit Marmelade bestrichenes Brötchen lag jeden Morgen auf dem Frühstückstisch. Damit du satt und zufrieden zur Schule fahren konntest. Wo du das ganze Wissen aufgetischt bekommen hast. Zeit hattest, Bücher zu wälzen. Währenddessen haben deine Eltern Geld verdient. Um dir all das zu ermöglichen. Und was machst du aus diesem Privileg? Anstatt es zu nutzen und weiterzudenken, machst du dich derart abhängig von anderen. So wie Nora früher von diesem Junkie.«

»Das sagst ausgerechnet du, du mit deinem schicken Essen, den teuren Weinen, dem Prosecco hier.« Ich zeige auf die Flasche. »Wie würdest du leben ohne das Erbe deiner Mutter? Und ohne das Wohnrecht bei deinem Bruder?«

Szibilla hält kurz inne. Dann sagt sie, ruhig und mit fester Stimme:

»Das sind meine kleinen Plus. Ich könnte mich auch

problemlos durchschlagen ohne.« Sie räuspert sich und fährt fort: »Im Gegensatz zu dir engagiere mich für diese Welt.«
»Ach wirklich? Und wie denn?«
»Ich setze mich grundlegend auseinander mit dem, was passiert. Und spreche mit den Menschen darüber. Beispielsweise, warum es unsinnig ist, noch mehr Kinder auf diesen Planeten zu setzen.«
»Und das ist dein ganzes Engagement?«, frage ich. »Ein paar Gespräche führen? Wirfst du Nora deine Meinung eigentlich auch so an den Kopf?«
»Bei ihr musste ich mich noch nie zurückhalten«, sagt Szibilla. »Bei ihr hat es auch schon längst eingesetzt. Das Überdenken.«
Der Druck in meiner Kehle wird stärker, es fühlt sich an, als würde ein kalter Gegenstand darin stecken.
»Nora ist auf einem guten Weg«, fährt Szibilla fort.
»Mal langsam«, sage ich. »Du machst mich ganz wirr!«
»Schau, Romi. Ich sag's dir nochmals. Mit anderen Worten. Du bist knapp dreißig Jahre alt. Hast einen Mann. Ein Kind. Einen Liebhaber. Bist schwanger. Wohnst in Phils geerbter Eigentumswohnung. Und verdienst kein eigenes Geld mehr. Ich sehe darin das Gegenteil vom Sich-frei-Machen.«
Eine dampfende Schale Suppe wird vor mir hingestellt. Ein Teller vor Szibilla. Wir rühren das Essen beide nicht an.
»Es gäbe so viel Wichtiges, über das man nachdenken könnte«, spricht Szibilla weiter. »Wie es weitergehen soll mit diesem Planeten! Aber für solche Fragen scheinst du gar keine Zeit mehr zu haben.«

»Und woher willst du das wissen?«
»Es macht nicht den Anschein, als hättest du noch für etwas anderes Kapazität als für deine Beziehungsproblemchen.«
Szibilla greift nach der Gabel.
»In den meisten Beziehungen geht es doch um wenig mehr als darum, sich die eigenen Löcher stopfen zu lassen«, fährt sie fort. »Wo es der eine nicht schafft, soll es die andere versuchen. Aber Romi, diese Löcher lassen sich nicht füllen. Mit nichts! Magst du nicht einen Schritt weitergehen als dein Vater damals? Am Ende seiner Affäre? Und dich schon früh genug entscheiden? Aus freien Stücken?«
»Szibilla, merkst du eigentlich, wie übergriffig du bist?«
»Glaub mir, ich will nur Gutes für dich«, sagt sie und legt die Gabel wieder hin, den Griff exakt parallel zur Serviette. »Betrachte es mal so. Wir sind jetzt hier. In diesem Hotel. Gemeinsam. Du kommst nicht um mich herum. Und um dich erst recht nicht. Das könnte eine Chance für dich sein, den Tatsachen endlich ins Gesicht zu schauen.«
»Bricht jetzt die alte Pädagogin in dir durch, ja?«, frage ich prompt; Szibilla lacht auf.
Ich starre in die Suppe, sie ist gelblich-beige, ein Fettauge schwimmt obenauf; ich schiebe die Schale etwas von mir weg, sehe den Dampf, der von ihr aufsteigt, aber nicht mehr in meine Nase, und hinter dem Dampf: Szibilla, ihre zusammengepressten Lippen.
»Hast du eigentlich selber mal schlechte Erfahrungen gemacht, dass du dermaßen negativ denkst?«, frage ich weiter.

Szibilla wendet sich kurz ab, als wollte sie aufstehen und gehen. Mit einem Ruck dreht sie sich wieder in meine Richtung, ihr Gesicht wie auf ein dünnes Seidenpapier gezeichnet; so habe ich sie noch nie gesehen.
»Findest du nicht, dass es auch positive Beispiele von Beziehungen gibt?«, frage ich etwas ruhiger.
Jetzt ist Szibilla wieder da. Sie nimmt Messer und Gabel zur Hand, halbiert die Tofu-Würfel auf ihrem Teller und antwortet: »Sicher gibt es die. Aber sie sind selten genug.« Sie legt das Messer zurück auf den Tisch und fährt fort: »Das ganze Paargehabe hat etwas Reaktionäres. Genau wie Kinderkriegen. Aber die Kinder sollten das Beste bekommen. Wenn sie schon mal da sind.«
»Und was ist das, dieses ›Gute‹ für mich?«, frage ich. »Und das ›Beste‹ für die Kinder?«
Szibilla schiebt eine Portion Tofu und Reis auf ihre Gabel und direkt in den Mund, kaut und schluckt. Dann sagt sie: »Wie gesagt, es ist wichtig, dass du dich mit den Problemen auseinandersetzt, die diese Welt dominieren. Für dich, und auch als Mutter. Es gibt Wichtigeres als deine Beziehungskisten!«
»Weißt du was? Du erinnerst mich an meinen Vater«, entgegne ich. »Ihr teilt nicht nur diese eingefahrene Art, sondern auch den Pessimismus.«
Szibilla zieht die Augenbrauen hoch, fast lächelt sie.
»Im Gegensatz zu meinem Vater interessiere ich mich tatsächlich für mein Kind«, sage ich. »Und willst du mir eigentlich sagen, ich würde mich jetzt weniger um Leon kümmern als vor der Zeit mit Dennis? Meinst du, ich wollte unbedingt aufs Land ziehen? Meinst du, ich pflanze Erdbeeren für ihn an, weil ich je einen verfluch-

ten Garten haben wollte? Wir leben nun da, weil Phils Großmutter gestorben ist und weil Leon andere Kinder direkt im selben Haus hat! Und ich finde es alles andere als angenehm, dass mir im Moment nichts bleibt als die unbezahlte Rolle als Mutter!«

»Siehst du, das meine ich. Komplett abhängig«, sagt Szibilla und isst unbekümmert weiter.

»Das Leben ist voll von Kompromissen und Widersprüchen«, entgegne ich. »Würden alle so leben wie du, dann wäre die Hälfte der Menschheit schon an Einsamkeit gestorben.«

Szibilla schiebt ihr Kinn merklich in die Höhe und sagt: »Würden alle so leben wie ich, dann würde der Mensch schon bald nicht mehr existieren auf dieser Erde. Und das wäre auch gut so.«

»Ist das dein Ernst?«

»Ja!«

Szibilla isst vom Tofu, wischt sich mit der Serviette über den Mund und fährt fort: »Hast du Angst, dass Phil bald Druck macht? Weil es ihm vielleicht doch nicht so gut geht mit alldem? Weil er merkt, dass das keine eine gute Idee war? Alles zu teilen. Nicht nur irgendwelche Güter.«

»Darum geht es nicht«, antworte ich. »Ich wollte dir erklären, wie unangenehm es ist, auf Kosten anderer zu leben. Egal unter welchen Umständen.«

»So unangenehm scheint es dir nicht zu sein. Sonst hättest du dir doch längst einen Job gesucht. Wenn auch keinen in deinem Kernbereich. Irgendwo gibt's doch immer was. Aber nein – du konzentrierst dich auf anderes. Und das geht dank Phils Assistentenlohn.«

»Ganz so einfach ist es nicht«, sage ich.

»Doch, das ist ein ganz einfaches Prinzip. Phil bringt momentan das Geld rein. Du putzt. Kaufst ein. Pflanzt Erdbeeren. Schaust nach Leon. Trägst ein zweites Kind aus. Ihr könntet auch jemanden dafür anstellen. Und würdet die Person für genau diese Arbeit bezahlen. Jetzt bezahlt Phil halt dich. Indirekt, sozusagen. Das ist euer kleines Wirtschaftssystem. Unter dem Deckmantel ›Liebe‹. Ein System, in dem du abhängig bist von ihm. Und er auch von dir.«

»Es ist dir schon klar, dass da noch etwas mehr dranhängt? Die Abhängigkeit der Frau vom Mann. Mit Blick auf die Geschichte.«

»Darum kann ich mich auch nur wiederholen, Romi. Hör auf, dich auf diese Weise an Männer zu binden. Mach dich so frei, wie es momentan halt geht. Auch für deine Kinder!«

»Was weißt du schon davon, Mutter zu sein«, sage ich. »Beziehungen zu leben.«

»Bravo, Romi. So hältst du mich souverän aus der Diskussion raus.«

»Wie sollen wir diskutieren, wenn du alles in einen Topf wirfst? Die Mütter, die Kinder, die Beziehungen, die ganze Welt. Du sprichst vom Freisein, als hättest du den vollen Durchblick. Aber was meinst du denn konkret damit?«

»Das habe ich eben erklärt«, antwortet Szibilla. »Es geht darum, sich möglichst unabhängig zu machen. Von diesen Abhängigkeitsverhältnissen.«

»Du meinst also, dass du freier bist als ich, nur weil du dich dafür entschieden hast, eine einsame Wölfin zu sein? Das ist doch lächerlich. Und wenn das alles

ist, was du zu sagen hattest, dann habe ich jetzt genug davon und würde gerne essen!«, sage ich.
»Guten Appetit!«, erwidert Szibilla.
Ich tauche den Löffel in die Suppe, die inzwischen kalt geworden ist und nach nichts schmeckt. Ich schlucke, löffle weiter. Erst als ich den Schalenboden sehe, sage ich: »Ich wäre froh, wenn du versuchen würdest, mich auch nur ansatzweise zu verstehen, statt die ganze Zeit einen auf Gegnerin zu machen.«
Ich lege den Löffel auf den Tisch und ergänze: »Außerdem sind wir wegen Nora hier.«
»Nora hätte dich in den letzten Wochen tatsächlich gebraucht.«
»Kommt er doch noch, der Vorwurf.«
»Das ist eine Tatsache.«
»Und warum hast du mich nicht mal angerufen? Eine Nachricht geschrieben?«
»Das hätte Nora nicht gewollt.«
»Weshalb nicht?«, frage ich.
»Das soll sie dir besser selbst erklären.«
Der Druck in meiner Kehle wird unerträglich. »Ich kann nicht mehr«, sage ich. »Mir ist dermaßen schlecht.«
»Essen wir noch ein wenig. Danach gehen wir zurück zu Nora. Vielleicht hat sich in der Zwischenzeit was getan. Und dann stellst du ihr deine Fragen direkt.«
»Mir wäre es lieber, sie für heute in Ruhe zu lassen.«
»Um auf neuen Grund zu stoßen, muss es manchmal wehtun. Das weißt du doch selbst.«
»Du bist echt zu oft allein, Szibilla.«
»Ich komme wenigstens noch zu Atem«, sagt sie. »Und jetzt hole ich mal die Pfeffermühle.«

Szibilla

Eine Blödsinnsidee war das. Unsere gemeinsame Idee. Am Ende haben wir nur Anni aufgescheucht mit unserm Gepolter. Romi mit dem Brief in der Hand. Lag vor Noras Zimmertür. Die Zimmertür: abgeschlossen. *Ich muss es ganz direkt sagen,* schrieb Nora. *Ich will schlafen. Hab niemanden gebeten, anzureisen, und bitte niemanden, am Bett meine Hand zu halten. Ich will meine Ruhe, mehr nicht.*
Romis entsetztes Gesicht. Stand direkt vor der Tür. Nora solle bitte öffnen. Mit ihr reden. Nur ganz kurz! Ich ließ sie machen. Romi drehte sich zu mir. Sagte: »Und du hältst dich auf einmal wieder raus, ja?«
Ja. Ich akzeptiere Noras Wunsch. Was bringt der Aufruhr? Auf diese Weise macht sie nur noch mehr zu.
Anni stand innert Kürze wieder unten an der Treppe. Fuhr uns an: Was wir uns erlaubten, so laut zu sein? Ob wir Meret wecken wollten? Romi versuchte, sie zu beschwichtigen. Fragte, ob sie den Brief schon gelesen habe. Ob ansonsten tatsächlich alles unverändert geblieben sei. Anni las Noras Zeilen. Schüttelte immer wieder den Kopf. Da stehe es doch, sagte sie. Nora brauche ihre Ruhe. Und sie auch. Dann scheuchte sie uns raus.
Auf dem Weg zurück zum Hotel sagte Romi kein Wort

mehr. Erst beim Abschied. Sie brauche Zeit für sich allein. Den ganzen morgigen Tag. Sofern sich Nora nicht zwischenzeitlich melde. Ob ich auch bleiben würde? Oder abreiste? Natürlich würde ich bleiben, versicherte ich ihr.
Romi verzog sich in ihrem Zimmer. Ich war noch eine Stunde zu Fuß unterwegs. Das Rheintal wirkt ruhiger als tagsüber. Trotz des Lichterwaberns. Hinter den Lichtern die Berge. Darüber der milchige Himmel. Dunkelte langsam ein.
Das muss tiefer sitzen bei Nora als gedacht. Morgen weiterschauen. Ob sich was tut bei ihr. Ob sie ihren Panzer wieder verlässt. Und spricht. Unverblümt. So ist Nora. Und auch unsere Freundschaft. Vor Nora brauchte ich nie was zu verstecken. Und sie nicht vor mir.
Ich lege mich hin. Ein letztes Dolormin. Ein Mundvoll Wasser. Schlaf wird kommen.

Zweiter Tag
9. Juni

Romi

Ich sehe schwarze Rechtecke, Punkte, Kreise; dazwischen ordnungsbringendes Weiß. Ich liege auf dem Boden, dem grünen Teppich, habe geträumt. Hebe den Kopf, mein Speichel zieht Fäden, von den Lippen zur Aufschrift auf dem Notizbuch, »Berlin. Die Hauptstadt«. Daneben der Minenbleistift, seine Spitze zeigt auf den abgedruckten Kartenausschnitt, auf das, was Straßen und Plätze symbolisiert; wohin soll das führen? War draußen, auf einem Acker, schlug auf die Erde, immer wieder, war wütend, weil meine Kraft nicht reichte, um den Boden zu ebnen; ließ mich irgendwann vornübergleiten, hinein in eine Mulde, die da auf einmal war – zuerst der Oberkörper, dann die Beine. Die Mulde füllte sich mit Wasser, und ich sah, dass da noch jemand war, ich erkannte nicht, wer. Ein Zittern, ich tauchte auf. Das Notizbuch vor mir, ein Geschenk von Dennis, das vorgestern dagelegen hatte, am frühen Morgen, auf meinen Kleidern. »Berlin. Die Hauptstadt«. Und ich im Rheintal. Wie kam ich hierher, auf diesen Boden, den schmuddligen Teppich, allein; was trieb Nora hierher, was ist mit ihr? Ganz so früh kann es nicht mehr sein; sieben Uhr, vielleicht kurz danach; ich rapple mich auf, die Knochen schwer, lege mich ins Bett. Im Notizheft, das hier noch liegt, zwischen den Seiten: Noras Brief.

Ich schreibe, auf die letzte Seite des Heftes, die letzte verbleibende leere Seite darin überhaupt.

Notiz
Anzahl der Worte in Noras Brief: achtundzwanzig.
Der Zettel gestern in meiner Hand, und die Hand, die zitterte, und Szibilla wirkte gelassen, als hätte sie längst gewusst, wie's kommt. Ihr Blick, auf mich gerichtet: voller Verachtung.
Als wäre ich schuld, aber schuld woran, schuld daran, dass Nora da liegt, dass sie so am Boden ist?
Anzahl der Treffen mit Szibilla in den letzten einhundertunddrei Tagen: zwei.
Anzahl der Treffen davon ohne Nora: eins. Vor vierzehn Tagen.

Sie stürmte an uns vorbei, im Supermarkt; sie in der Stadt?; drehte sich ruckartig um, blickte zuerst auf Leon neben mir, dann zu Dennis, dann zu mir, grüßte knapp; sie müsse gleich weiter, in die Do-it-yourself-&-Garten-Abteilung, Farbe besorgen. Sie würden streichen, Noras neue Wohnung. Sie sei extra dafür hergekommen. Sie schlenkerte ihren Einkaufskorb hin und her, ein Apfel kullerte von der einen Seite auf die andere, brachte die Papiertüte, in der das Brot eingepackt war, zum Knistern.
»Welche Wohnung?«, fragte ich.
»Hat sie's dir nicht gesagt?«, fragte Szibilla zurück.
»Was?«
»Nora ist ausgezogen.«
»Bei Emrik?«

»Wo sonst.«
»Ich wusste von nichts!«
»Sie hat wieder eine eigene Wohnung. Da, wo sie früher gelebt hat. Oberhalb vom Hallenbad.«
»Sie ist zurück an die Badstraße? In die Einzimmerwohnung?«
»Eins drüber. Hat jetzt ein Zimmer mehr. Sie hat's gepackt. Endlich«, sagte Szibilla und fuhr fort, sie müsse jetzt weiter, sie wollten die Zeit nutzen. Meret sei bei ihrem Vater, bei Emrik.
Und als Szibilla abermals diesen Namen aussprach, als wüsste ich nicht nur nichts über Noras Umzug, sondern auch nicht, dass »Emrik« und »Merets Vater« ein und dieselbe Person war, hielt sie inne mit der Armbewegung. Der Apfel kam in der Mitte des Korbes zum Stillstand. Dann ging sie weiter, ihr Hintern bewegte sich hoch und runter in der Szibilla-typischen schwarzen Jogginghose.
»Das war Szibilla?«, fragte Dennis, als sie hinter den Regalen verschwunden war.
»Das war Szibilla«, antwortete ich und schwieg dann. Wir bezahlten unseren Einkauf, die Schale Bio-Erdbeeren, die Dennis Leon spendierte; Nora hatte es also gepackt, was auch immer das meinte.
Draußen an der Busstation fragte Dennis, was mit mir sei, umfasste meinen Kopf mit beiden Händen, küsste mich; ich machte mich los. Zu früh, uns so zu zeigen, öffentlich. Er machte einen Schritt nach hinten und lehnte sich an die Seitenwand des Wartehäuschens, Hände in den Jackentaschen, sein dunkles Haar glänzte wie eingegelt; ein halber Meter zu viel zwischen ihm

und mir. Leon, der sich auf die Bank im Wartehäuschen gesetzt hatte, schob sich eine Erdbeere nach der anderen in den Mund und beobachtete die vorbeifahrenden Fahrzeuge.
»Ich verstehe nicht, warum mir Nora nichts gesagt hat«, sagte ich zu Dennis.
»Ruf sie an«, erwiderte er, Sorgenfalte zwischen den Brauen.
Ich schüttelte den Kopf.
»Morgen. Heute hat sie ja zu tun«, sagte ich, streckte meinen Arm aus, berührte Dennis' Stirn; unser Bus kam vor uns zum Stehen, ich nahm Leon an die Hand. »Tut mir leid, dass ich dich enttäusche. Dass ich mich noch nicht getraue, mich ganz offen mit dir zu zeigen«, fügte ich hinzu und stieg ein.
»Keine Sorge«, sagte Dennis hinter mir. »Ich hab dir ja gesagt. Ich folge dir ins Labyrinth.«
Ich drehte mich zu ihm, auf seinen Lippen ein überraschend scheues Lächeln, und küsste ihn nun doch, einmal direkt auf den Mund; vergaß für diesen Moment die Leute um uns, Szibilla, und das, was ich von ihr über Nora gehört hatte.

Das Grün des Teppichs hier im Zimmer ist dasselbe wie gestern, aber erst heute fällt mir auf, dass die Farbe nicht mehr überall gleich verteilt ist: kräftig an den Rändern, abgewetzt in der Zimmermitte, vor dem Bett. Da liegt meine Tasche. Ich klaube mein Handy daraus hervor, öffne den Chat mit Nora; ich schrieb ihr, am sechsundzwanzigsten Mai, vormittags; ein Tag nach dem Treffen mit Szibilla: *Alles okay? Magst telefonie-*

*ren? Ich habe gehört, es gäbe große Bewegungen bei dir! Bin gespannt auf Details! :-**

Ihre Antwort kam am selben Tag, erst abends: *Hey! Yep! Ich bin wieder an der Badstraße und bald kommt auch die Freiheit zurück. Ich melde mich. Muss mich mal sortieren (alleine). Big hugs*

Ich antwortete eine Viertelstunde darauf: *Ja, ruf mich an, sobald du Zeit & Raum hast & Lust auf einen Einweihungsdrink. Das wäre schön. Je t'aime!*

Und dann kam nichts mehr, nicht ungewöhnlich für Nora; und auch ich habe nicht mehr nachgehakt.

Ich habe etwas nicht erkannt, etwas verpasst, war eingeschnappt, absorbiert, so weit weg, von Nora. Ich sehe sie vor mir, im Buena Onda, Mitte April; ihr Haar leuchtete, als wäre es mit rotem Licht aufgeladen, ihre Stimme übertönte alles andere, überschlug sich, als sie von der Reise nach Berlin sprach, an Pfingsten. »Ich kümmere mich um die Zugtickets«, verkündete sie, musterte dann meinen noch flachen Bauch und sagte: »Ein paar Tage Luftwechsel. Das ist es, was wir brauchen.«

»Du weißt also, was ich brauche?«, fragte ich und schaute sie gespielt herausfordernd an.

»Ja. Endlich mal wieder ein bisschen Abwechslung«, antwortete Nora ungewohnt nüchtern. »Außerdem brauchst du ein bauchfreies Top für den Sommer, damit es das Kleine schön hell hat.«

»Wenn's nur das ist«, sagte ich, »dann ist ja gut.«

Nora schüttelte sich, als wollte sie etwas loswerden, und richtete sich auf.

Vor wenigen Tagen sei die Sommerkollektion eingetroffen in der Boutique Chic, erzählte sie, und die Trend-

farbe der Saison heiße Living Coral. Das solle ein politisches Statement der Modewelt sein, diese Farbe, wie jedes Jahr ausgewählt von einem amerikanischen Institut. Mit der diesjährigen Wahl beabsichtige man, auf die Klimaerwärmung aufmerksam zu machen, auf das Absterben der Korallen, den nötigen Umweltschutz; »so ein Fuckscheiß«.
Szibilla nahm das Thema sofort auf, sagte, dass sich dieser Fall doch bloß einreihe in eine Schlange von Möchtegern-Statements. »Ist das im Feminismus nicht genauso?«, fragte sie.
»Ja klar!«, sagte Nora, seltsam eifrig. »Habe ich noch nicht erzählt, dass die gerade dabei sind, ›Our Minds, Our Bodies, Our Power‹ direkt auf shitty Coral-Shirts zu drucken? Gibt's dann nächste Woche bei den ganz Großen. In der Boutique Chic hängen wir die aber natürlich nicht auf, aus Rücksicht auf die Ü-60-Ladys, denen das dann doch zu weit geht. Die wollen nämlich lieber was ganz Simples und nicht von irgendwelchen Pussies via T-Shirt angesprochen werden!«
Nora verdrehte die Augen, und ich war versucht, sie zu fragen, warum sie noch immer in der Boutique arbeitete, warum sie den Job nicht längst an den Nagel gehängt und ihr Studium wiederaufgenommen hatte; Meret war doch längst nicht mehr so klein, sie als Vorwand zu benutzen für ein unbeendetes Studium. Aber ich verpasste den Moment, denn schon fragte Szibilla, ob Nora damit sagen wolle, Ü-60-Frauen wären bei ihrem Frauenstreik nicht willkommen?
»*Mein* Frauenstreik?«, fragte Nora, machte eine Pause und fuhr dann fort: »Natürlich sind sie das! Ich spreche

nur von den Boutique-Chic-Ladys, sagen wir, von 93 % Prozent der Frauen, die da ein und aus gehen, würde ich jedenfalls mal schätzen.«
Und dann kam Nora gleich wieder zurück auf die Trendfarbe der Saison; sie sagte: Ins Schaufenster der Boutique habe sie am gleichen Tag alles andere gebracht als dieses Living-Dingsda und sei sofort zurechtgewiesen worden von der Chefin. Die Farbe an sich sei nicht übel, würde mir stehen. Da sei ein Top im Laden, das schenke sie mir zum Geburtstag; aber den möge ich ja eh nicht feiern.
»Warum eigentlich nicht? Warum haben wir nicht gelernt, etwas schön zu feiern?«, fragte sie, mit Betonung auf *schön*; schaute zuerst zu Szibilla, dann zu mir, sprach schon weiter, kam auf einmal auf ihren eigenen Geburtstag, den achtundzwanzigsten, und dass sie nie wieder auf diese Weise feiern wolle, mit Emriks Leuten, nie wieder, in so einer hirnverbrannten alkoholgetränkten Suppe; sie wolle es sich das nächste Mal endlich *schön* machen.
»Und was meinst du damit genau?«, frage Szibilla. »Auf ein Glas mit Sissi in Trauttmansdorff?«
»Haha«, machte Nora, dunkle Stimme, weit entfernt von heiter. Dann sagte sie: »Alles ist besser als abkotzen mit Emriks Truppe!«
Und schon wechselte sie wieder das Thema, kam zurück auf ihren Job und die in weiten Teilen mickrigen Gehälter in der Modebranche, dass man mit achtundzwanzig als Model schon als uralt gelte, aber wer wolle schon ein Model sein in dieser Welt. Letztens habe sie eine Online-Fotostrecke betrachtet mit dem Titel: Promi-

Mütter zeigen ihre hübschen Töchter oder, Noras Untertitel: Der Apfel fällt nicht weit vom Stamm – wie traurig für die Äpfel.
Nora drückte auf ihrem Handy herum und hielt uns den Bildschirm hin. Darauf zu sehen war das Foto eines Mädchens, das mit beiden Händen einen Schirm festhielt und mit leichtem Schielen durch dicke Brillengläser blickte; Bildunterschrift: »Kaum zu glauben, dass diese junge Dame erst sieben Jahre alt ist.« Dann ein zweites Foto, dasselbe Kind in den Armen ihrer Mama, beide mit Boxerzöpfen; die Erwachsene formte einen Kussmund Richtung Kamera, und unter dem Bild stand: »Die älteste Tochter von Kim Kardashian weiß schon sehr früh, wie man sich vor der Kamera verhalten muss.«
»Zum Kotzen, dieser Zynismus«, sagte Nora, schob das Handy in ihre Tasche zurück und murmelte: »Ich bin froh, wenn sich Meret so weit wie möglich von mir entfernen kann. In allen Belangen.«
»Wie meinst du das?«, fragte ich, aber Nora redete schon weiter, mir zugewandt. Sie verstehe nicht, was mein Problem sei mit dem Dreißig-Werden, das sei doch eine schöne Zahl, die ausgerechnet mir gefallen müsste; drei, null, elegant.
»Außerdem«, sagte sie, »macht einen jedes Jahr unabhängiger von den Orten, aus denen man stammt. Immer unabhängiger von den Menschen, mit denen man aufwuchs.«
Für einen Moment saß sie da wie eingefroren, Film aus, Vorhang zu. Aber dann kam langsam wieder Leben in sie, und Nora sagte, leiser nun: »Ab und zu träume ich

vom Rhein. So ein Riesenschwachsinn. Warum ausgerechnet vom Rhein? Und jetzt muss ich mal pinkeln.«
Ich ging mit, zur Toilette. Und da standen wir schließlich, beim Waschbecken, Noras Hände unterm Wasserhahn, und ich fragte sie endlich, was denn los sei mit ihr, ob was vorgefallen sei, ob sie was belaste? Nora zog ihre Hände zurück, das Wasser ging aus. Der Winkel, in dem das Licht auf sie fiel, veränderte sich, als sie sich zu mir beugte, ihr Haar eine rauschhafte rote Fläche, eine ganz eigene Landschaft. Sie sagte, statt zu antworten: »Ich beneide dich, weißt du das?«
Ich umarmte sie, unbeholfen, als hätte ich das nicht schon tausendmal getan, und fragte sie ins Ohr, wie sie das meine. Nora machte sich los. Unsere Gesichter befanden sich nun wenige Zentimeter voneinander entfernt; ich roch ihren Kaffeeatem, gemischt mit dem beißenden Geruch von Haarfärbemittel. Ihre Haut wirkte noch heller als zuvor, ihre Konturen schemenhaft, als würde sie verschwinden und gleichzeitig alles einnehmen; sie war wieder die Siebzehnjährige von damals, wie sie ins Klassenzimmer kam, sich an Vurals Platz setzte und damit das ganze System durcheinanderbrachte.
»Ich wünschte, ich könnte das auch so wie du«, sagte sie. »Meine Bedürfnisse einfach durchsetzen. Mich frei machen. Aber ich habe es verlernt.«
Die Toilettentür ging auf, jemand betrat den engen Raum. Nora schlängelte sich raus und die Treppe hoch, zu Szibilla. Als auch ich kurz darauf wieder bei den beiden war, wollte Nora gleich los, und seither haben wir nicht mehr über all das gesprochen, seither hatte

ich das Gefühl, sie gehe mir aus dem Weg, und meine Tage wiederum waren getaktet, von Übelkeit und Kindern und reden, reden, reden. Anfangs habe ich noch versucht, Nora zu erreichen, dann immer seltener, und nach dem sechsundzwanzigsten Mai habe ich es aufgegeben, in der Hoffnung auf Berlin, die gemeinsamen Tage, eine Annäherung dort.

Ich streiche mit der Hand über das Notizbuch. »Berlin, die Hauptstadt«; als wäre die Stadt geschrumpft auf diesen Kartenausschnitt, und auch die Landkarte in mir drin ist geschrumpft. Es sind wenige Plätze, wenige Straßen, in denen ich mich in letzter Zeit aufgehalten habe; dick umkreist die Orte, an denen ich mich hinsetzen oder hinlegen konnte, zur Ruhe kam: Dennis' Bett, mein Lesesessel, der Sitzplatz im Zug. Die Wege dazwischen sind dünn gestrichelt; vom Dorfbahnhof den Hügel hoch mit dem Fahrrad, wieder runter mit Leon, in die Kita, in den Dorfladen, und wieder hoch, für ein, zwei Stunden an den Schreibtisch, mit Putzzeug durch die Wohnung, Herd an, Herd aus; mit Pendelhacke in den Garten und wieder zum Bahnhof; im Zug Richtung Stadt, für einen Einkauf in den Supermarkt, für eine Untersuchung zur Frauenärztin, für ein Treffen zu Dennis; sieben Uhr, neun Uhr, zwölf Uhr, siebzehn Uhr, zweiundzwanzig Uhr. In den Straßenecken und in den Winkeln der Gassen hat sich mein schlechtes Gewissen entleert, dickflüssige Tinte, schmierig und zäh, und meine Scham hat die Winkel gerundet, so wie meinen Rücken. Tintenspuren auch in meinem und Phils Bett, auf dem Sofa, am Esstisch; dabei kam kein einziger Vorwurf von ihm.

Und auch nichts von Nora.
Auch jetzt nicht. Ich lege das Handy auf den Teppich, möglichst weit weg, und bleibe im Bett liegen, wie ein Embryo, wie der Embryo in meinem Bauch, wie Nora gestern, stumm auf ihrer Neunzig-Zentimeter-Matratze. Ich kannte niemanden besser als Nora. Und sie mich. Ich wollte niemand lieber sein als sie. Anfangs, mit achtzehn. Später war ich einfach unendlich gerne mit ihr zusammen. Mit neunzehn. Und zwanzig. In der Zeit, als sie über die Tanzfläche wirbelte und ich hintendrein, beide mit Wodka-Red-Bull in der Hand und im Blut; in der Zeit, als nach stundenlangem Tanzen und Reden und Grölen eine von uns beiden vorschlug, zu Nora zu fahren, in ihre Einzimmerwohnung, und wir zu zweit, manchmal zu dritt oder zu viert auf ihrem Bett landeten und der Joint von Hand zu Hand gereicht wurde; von Frauenhand zu Frauenhand. »Unter uns!«, nannte Nora diese Art von Beisammensein und spielte damit auf die Serie an, die wir längst nicht mehr guckten und das Gegenteil von einer Welt darstellte, in der sie leben wollte. Ich liebte die Stunden in ihrer Wohnung, den Blick von ihrem Bett auf den Balkon, auf dem immer ein Abfallsack stand, immer randvoll, und daneben, auf der Schwelle, ein Windaschenbecher aus rötlichem Glas.
Das Notizheft ist voll. Das Notizbuch wiegt schwerer. Ich schlage es auf, die Seiten sind glatter als die im Heft, der Bleistift gleitet leichter.

Notiz
Anzahl der Zigaretten, die wir rauchten, in der ersten gemeinsamen Pause hinterm Haselstrauch, Nora und ich: je zwei.
Anzahl der Stunden, die wir uns damals schon kannten: zweieinhalb.
Ihr erster Tag an unserm Gymnasium, mein drittes Jahr.
Was sie ausstrahlte, hatte nichts mit dem zu tun, was ich sonst kannte; sie war ganz in der Welt, gleichzeitig ganz draußen; ein eigener Kosmos, eine Insel. Ich warf den Anker aus in dem Moment, als ich sie zum ersten Mal sah, mit ihrem schwarz gefärbten Pixie Cut und der einen langen Franse, eine Jeanstasche über den Schultern und ein Blick voller Trotz und Lebendigkeit. Sie war eine Rettung für mich.

Sie war die erste Person, der ich es frei raus sagte, als einer der ersten Sätze überhaupt, ohne mich zu schämen: »Ich komme aus dem Schulhaus.«
Sie entgegnete: »Und ich komme aus dem Rheintal. Ist in etwa dasselbe.«
Wie sie das meine, fragte ich.
Sie bohrte mit der brennenden Zigarette ein Loch in ein Haselblatt und sagte: »Beides übelst eng.«
Ich erzählte, dass ich aufgewachsen sei unterm Schulhausdach, täglich das Wischwasser und die Putzmittel an den Kleidern meines Vaters gerochen habe, später dann die Kreiden und die Wasserfarben an den Händen meiner Mutter, und dass ich, kaum hatte ich die Familienwohnung jeweils verlassen und den Schulhausflur betreten, den kalten Beton roch, die Hausschuhe der Kinder, und wenn immer möglich zur Bibliothek ging.

Dort schlenderte ich zwischen den Regalen hin und her, meist frühmorgens, wenn es noch ruhig war im Schulhaus, zog da ein Buch raus, dort eins; ich las einzelne Sätze, brachte sie in neue, in lose Zusammenhänge, und etwas in mir begann wieder zu atmen. Diese Stille war ertragbar, schön sogar, in sie konnte ich mich einnisten, denn sie trug, im Gegensatz zur Stille in unserer Wohnung, die wie Überbleibsel früherer Rauchzeichen an den Wohnungswänden klebte; eine Stille, die sich zwischen meine Eltern zu schieben begonnen hatte, als ich elf war.

Nora war die erste Person, der ich erzählte: Mein Vater war hunderteinundneunzig Zentimeter groß und Schulhauswart, meine Mutter war hundertvierundfünfzig Zentimeter groß und zur Primarlehrerin geworden während meiner Pubertät; beide hatten früher Yoga gemacht, heimlich, weil das damals nicht ins Schulhaus gehörte, noch nicht einmal in ein städtisches, und beide hatten einander einst lebenslange Treue versprochen. Die mein Vater nicht halten konnte.

»Er war mir treu, bis er versagte. Und er versagte etwa anderthalb Jahre lang«, sagte meine Mutter später manchmal zu irgendwelchen Leuten, Freundinnen, Verwandten, und wenn sie das tat, dann stand ich daneben und bekam schweißige Hände; sie sagte das beiläufig, als würde sie über den letzten Einkauf sprechen oder über irgendeine Klausur; dabei spürte ich sie doch ganz genau, die Verletztheit, die mitschwang bei allem, was meine Mutter tat.

Nora fragte an diesem ersten Tag nicht weiter, und ich erzählte: Ich war ein Kind des Dazwischen. Nicht schlecht im Sport und nicht schlecht im Stillsitzen, nicht zu laut und nicht zu leise, selten zu früh und nie zu spät, nicht zu laut und nicht zu schweigsam. Ein Einzelkind. Weder dem Vater nah noch der Mutter. Ein Sozusagen-Pädagogenkind. Ein Durchschnittskind. Und heute sei ich eins einundsiebzig groß, und das würde wohl so bleiben.

»Kann man sich nicht aussuchen, den Scheiß«, hatte Nora gesagt, und ich hatte mich an sie gelehnt, durch mein Shirt ihre nackte Taille gefühlt und den Finger an ihr Bauchnabelpiercing gelegt, als wär's meins.

Neu sei das, sagte Nora, vor Kurzem erst gestochen, am Tag, an dem sie bei der Mutter ausgezogen sei, besser gesagt: ausgezogen worden sei.

Ich fragte, was das meine. Nora sagte nur: »So ist das, Eltern sind geizig. Deine, und meine erst recht. Und ich spreche jetzt nicht von Geld.«

Sie führte aus, dass ihre Mutter ihr diese Ein-Zimmer-Stadtwohnung bezahle, fast vierhundert Franken pro Monat, und zu essen habe sie dank der regelmäßigen Lebenszeichen ihres Vaters, die er seit drei Jahren nur noch per Banküberweisung gab.

In diesem Moment klingelte die Schulglocke, und wir blieben sitzen, Nora und ich, für eine weitere halbe Stunde, als wäre es das Selbstverständlichste auf der Welt, die Pause so lange zu dehnen, wie wir gerade Lust hatten; als würde uns alles andere nichts mehr angehen.

Nora erzählte, dass das Haus, in dem sie aufgewachsen sei, eine ewige Baustelle gewesen war. Früher habe sich immer einer der Räume im Umbau befunden, es habe da und dort gezogen, wenn wieder ein Fenster aus-

gewechselt, ein Boden gemacht, das Dach isoliert, eine Wand rausgerissen, ein Teppich durch Laminat ersetzt worden sei. Nur ihr Zimmer habe man nie angerührt. Es sei der einzige Raum im Haus, der praktisch unverändert geblieben sei, seit ihre Eltern siebzehn Jahre zuvor eingezogen waren, kurz vor Noras Geburt.
Früher habe sie geglaubt, dass ihr Vater nichts an ihrem Zimmer gemacht habe, weil er ihr Ruhe gönnte, sagte Nora. Oder weil er jedes Mal, wenn er dann endlich zu ihrem Zimmer vorgestoßen wäre, wieder abgelenkt worden war von einem anderen Raum, der renoviert werden musste, einem, wo die Mängel augenscheinlicher waren. In ihrem Zimmer habe er sich so oder so selten aufgehalten. Da war bloß die Mutter gewesen, die sie am Morgen aus dem Schlaf gerissen und am Abend zum Schlafen ermahnt habe.
»Mein Vater war ein Freund der Eckbank und des Balkons«, sagte Nora. »Er rauchte und er redete fast ununterbrochen. Ich war gerne in seiner Nähe. Aber dann ging er, ziemlich plötzlich.«
Und mit seinem Weggehen sei es Nora auf einmal ganz klar geworden: Sie hatte sich getäuscht. Er hatte all die Jahre nichts an ihrem Zimmer gemacht, weil er wusste, dass die Löcher, die er irgendwann in ihrem Leben hinterlassen würde, mit nichts zugespachtelt werden konnten.
Nora machte eine kurze Pause und sagte dann, aus dem Nichts: »Ich mag, wie du den Rauch kräuselst.«
Ob ihr Vater die Familie wegen einer anderen Frau verlassen habe?, wollte ich wissen; inzwischen wünsche ich mir, dass meiner ganz gegangen wäre, nicht nur halb.

Davon wisse sie nichts, sagte Nora und fragte, was denn besser daran gewesen wäre, ohne Vater.
Ich antwortete, dass ich immerhin Klarheit gehabt hätte. Dass meine Eltern und ich nach Beendigung der Affäre meines Vaters aneinandergeklebt und als Familie doch nichts Wesentliches mehr miteinander zu tun gehabt hatten, drei Jahre lang; Jahre, in denen sich beide Elternteile möglichst beschäftigten. Meine Mutter hatte doch noch studiert, und mein Vater hatte monatelang täglich den ganzen Abend meditiert, den keltischen Baumkalender an die Wand vor sich gepinnt. Währenddessen hatte ich die Fäden zusammenzuhalten und zu entknäueln versucht, um sie am nächsten Morgen wieder aufzunehmen und meine Eltern neu zu verwickeln, in Gespräche über irgendwas: die Schule, meine Freundinnen, das Meerschweinchen. Hauptsache, es wurde geredet.
»Wann haben sie sich getrennt?«, fragte Nora, und ich antwortete: »Das ist es ja. Gar nicht.«
Nora nickte und sagte, das klinge alles andere als toll. Sie selbst habe es mit der Mutter allein schlechter ausgehalten als davor. Die Mutter habe ja nur noch Nora gehabt, nachdem der Vater gegangen war, neben ihrem Büro-Job, und statt ihr eigenes Leben zu leben, habe sie Nora permanent beäugt und an ihr rumgenörgelt. »Saustall« habe sie ihr Zimmer immer genannt.
Nora lachte los, und dieses Lachen, ein wenig zu grell, zu lang, schmiegte sich an dieses harte Wort, »Saustall«, und ich hörte das Lachen wieder, in dem Moment, als wir am selben Tag nach der Schule Noras neubezogene Einzimmerwohnung betraten, und ich erstaunt auf die

schwarzglänzenden Lettern über ihrem Bett deutete. »Saustall« stand da.

Notiz
Anzahl der Jahre, die unsere Freundschaft schon dauert: zwölf.
Anzahl der Menschen, die mir ähnlich nah gekommen sind wie Nora: zwei.
Anzahl der Wohnungen, die Nora in der Zwischenzeit bewohnt hat, seit ihrem Auszug bei der Mutter: ein Dutzend. Aber nur zwei davon länger als ein halbes Jahr.
1) Das Zimmer in der Badstraße, unten das öffentliche Hallenbad, in dem sie täglich ihre Bahnen zog, hin und her
2) Später dann das Loch, in dem Emrik hauste, und vor Kurzem zurück in die Badstraße

»Die Guten ins Töpfchen, die Schlechten ins Kröpfchen«, sagte Nora vor dem Essen, das sie mir an unserem ersten Abend in ihrem »Saustall« auf eine Art servierte, als wäre es eine gediegene Mahlzeit: Brot mit etwas Käse auf einem goldgerandeten Teller vom Trödel. Sie zündete sich noch eine Zigarette an und öffnete ein Bier.
»Magst du Märchen?«, fragte ich.
»Magst du ein Bier?«, fragte Nora zurück.
Ich nickte. Sie öffnete auch für mich eine Flasche. Ihre Mutter habe ihr ab und an Märchen vorgelesen, aber das seien definitiv nicht die besten Erinnerungen, sagte sie. Sie habe keine Ahnung, weshalb ihr das jetzt in den Sinn gekommen sei mit dem Töpfchen und dem Kröpfchen.

Dann sagte sie unvermittelt: »Die Zugfahrt von hier zu meiner Mutter dauert eine Dreiviertelstunde. Ich bin froh um jeden Meter zwischen uns. Wie kannst du noch immer bei deinen Eltern leben, Romina!«
Ich nahm einen verlegenen Schluck von meinem lauwarmen Bier und sagte, ich würde mein eigenes Ding machen, und die Eltern würden mich in Frieden lassen. Das sei doch Quatsch, entgegnete Nora und beteuerte, die würden alles merken, und ich würde es nicht einmal checken.
Dann fuhr sie ernst fort: »Also ich will nie im Leben Kinder. Ich finde das so eklig, wie sie sabbern und kacken und dauernd was brauchen. Die gucken und schnurren wie Katzen, die was zu erwarten haben. Von der Mama, vom Papa, von der Welt. Und bekommen es auch, weil ja trotzdem alle finden, die seien so süß. Und dann werden sie älter und trampeln den Eltern auf den Füßen herum und die Eltern ihnen. Ich frage mich echt, warum sich die Leute das antun. Ich habe mich längst entschieden. Für ein freies Leben.«
Und nach einer kurzen Pause fügte sie hinzu: »Ein Leben ganz für mich.«
Dann schob sie sich ein winziges Stück Käse in den Mund und fragte: »Stört es dich, wenn ich dich Romi nenne?«

Notiz
Kommen – gehen; bleiben – verlassen; frei sein – unfrei sein; eine Entscheidung dafür – eine Entscheidung dagegen; »ein Leben ganz für sich«, als ob es das gäbe.

Anzahl der Sekunden, die vergehen, bis eine bereits gefällte Entscheidung ins Bewusstsein dringt: sieben.
Anzahl der Sekunden, die es dauert, bis auf die Entscheidung die erste Handlung folgt: eine.
– Auf Nora zugehen, sie um eine Zigarette bitten und Romi werden.
– Phil auf dem Schulhausfest treffen, nach langer Zeit, mit ihm reden, die ganze Nacht, vier Jahre später ein gemeinsames Kind bekommen. Mutter werden.
– Mich in einem Café in ein Gespräch verwickeln lassen, am selben Abend »Ja« sagen, mit Dennis im Bett liegen, Zimmer 217.

Susan Sontag sagte: »Fast alles, was ich mache, scheint genauso viel mit Intuition wie mit Verstand zu tun zu haben. Es ist nicht so, dass Liebe Verständnis voraussetzt, aber jemanden zu lieben heißt, in alle möglichen Arten von Gedanken und Urteilen eingebunden zu sein. Und das bedeutet nichts anderes, als dass es eine intellektuelle Struktur der körperlichen Lust und des Begehrens gibt.«

Sigmund Freud sagte: Kleine Entscheidungen fällst du am besten mit dem Kopf und große aus dem Bauch heraus.

Neun Uhr null eins. Ich rieche meinen säuerlichen Schweiß. Ziehe mir das Shirt über den Kopf, wasche mir im Badezimmer die Achselhöhlen; nur nicht in den Spiegel blicken. Aus meinem Rucksack krame ich ein frisches Oberteil. Noch immer nichts von Nora. Ich will zurück, mit ihr auf die Tanzfläche, uns den Shit

wegtanzen, wie Nora immer sagte, mit ihrer dunkleren Stimme vom vielen Rauchen; wann waren diese Abende eigentlich so viel unregelmäßiger geworden?
Ich will zu Nora, mich zu ihr legen, sie fragen, ob sie es doch tut, etwas bereuen, in Bezug auf Merets Geburt oder ihre Entscheidungen überhaupt; sie fragen, ob es das ist, was sie jetzt so quält. Ob ihr Entschluss, auszusteigen, daher rührt, dass sie endlich wieder ihre eigenen Bedürfnisse durchgesetzt hat – aber zu spät.
Ich will. Ich will. Mich fragen, ob ich mich tatsächlich freier mache, wie Nora sagte, oder das Gegenteil davon, wie Szibilla meint. Meine Bedürfnisse durchsetzen; für welchen Preis? Phil vor mir, als ich ihm das sagte mit Dennis und mir, wie sich eine Mischung aus Schmerz, Verwunderung, Mattheit ausbreitete in seinem Gesicht, etwas, das sich über die Beziehung legt, über uns als Familie, wie die Kruste einer Wunde.
»Du hast doch selber so gelitten unter der Affäre deines Vaters«, war einer der ersten Sätze, die Phil sagte.
Und ich wusste nichts zu erwidern, schaute ihm weiter in die Augen, bis ich seinem Blick nicht mehr standhalten konnte und mein Gesicht mit den Händen bedeckte; ich sagte: »Es tut mir leid!«
»Für wen?«
»Für dich. Für Leon. Für uns«, sagte ich. »Was erwartest du jetzt von mir?«
»Nichts«, antwortete Phil. »Mach das, was du für richtig hältst.«
Meine Tränen begannen zu laufen, ich konnte nichts dagegen tun, und ich sagte: »Meine Gefühle für dich sind nicht kleiner geworden!«

Phil stand auf und sagte, er könne das jetzt nicht, er müsse kurz allein sein.

Notiz
Wie war das bei Robert damals?
Er hat nie gesagt, er hätte es bereut, sich für uns entschieden zu haben, auch wenn er es nicht aus freien Stücken getan hat, auch wenn Mutter ihn dazu gedrängt hat.
Er hat auch nicht gesagt, dass er froh darüber sei.
Anzahl der Worte, die er je über all das verlor: null.
Anzahl der Male, die ich ihn direkt danach gefragt habe: eins.
Ich weiß nichts darüber, nichts über die Entscheidungen meines Vaters, und im Grunde auch sonst wenig über ihn.
Nichts über seine Sehnsüchte. Nichts darüber, ob er etwas bereut.
Ein Schweigen legt sich über ihn. Dieses Schweigen reicht bis zu mir.

Und Noras Schweigen?

Neun Uhr dreizehn, Akku auf einundfünfzig Prozent. Auf dem Flur geht ein Staubsauger an; das Display wird wieder schwarz. Ich will Nora anrufen und fragen, ob sie auch an Meret denkt, daran, wie es ihr jetzt geht. Der Staubsauger geht aus, Stimmen sind zu hören, zwei Frauen, die ein paar Worte miteinander wechseln; eine Tür wird geöffnet.
Nein, ich sollte mit Robert sprechen, sollte seine Sicht auf die Dinge hören. Ob er mich, das Kind, schonen wollte, indem er seine Bedürfnisse zurückgestellt hat. Ob seine Bedürfnisse so oder so anderer Gestalt waren,

als ich all die Jahre meinte; was das für ihn meint: sich frei machen.
Mein Magen gibt ein dumpfes Geräusch von sich. Ich lege meine Hand auf den Bauch: unter den Rippen ist er eingefallen, leer. Ich bewege die Hand weiter nach unten, bis ich die kleine, feste Kugel über dem Schambein erreiche; den Ort, an dem es wächst, das Kind.

Szibilla

»Es gibt nichts Besseres, als schon vor dem Frühstück in eine Zitrone zu beißen. Weckt den Geist!«

Malita dreht sich zu mir. Das Zitrusöl steht parat. Von ihr würde ich alles nehmen. Auch den zerkauten Kaugummi. Sie betätigt den Eimer mit dem Fuß. Wirft den Kaugummi hinein. Wäscht sich die Hände. »Da, wo ich aufwuchs, gab es Zitronenbäume, wo man hinschaut.«

»Spanien?«

Sie macht eine nicht zu deutende Kopfbewegung. Zeigt dann zur Liege. Mit einem Tuch bespannt. Ich lege mich hin. Der Einwegslip schneidet zwischen meine Schamlippen. »Vulvalippen«, würde mich Nora korrigieren. Ich lasse mich nach vorne gleiten. Gesicht ins Loch gequetscht. Malita verteilt das Öl. Beginnt an meinem oberen Rücken. Ihre Handflächen schmatzen. Sie fragt: »Ist das gut?«

Ich antworte: »Ich weiß auch nicht, warum ich immer noch hier bin.«

Sie hält kurz inne, fragt: »Bin ich zu grob?«

»In diesem Land, meine ich.«

Ihre Hände wandern links und rechts der Wirbel aufwärts.

»Du könntest mal in den botanischen Garten«, sagt sie. »Deinen Alltag aufpeppen mit stressfreier Zeit. Du

hast doch gestern selbst gesagt: Zu viel Arbeit, zu viel Wäschesäcke, oder?«
Schleim hat sich gelöst. Ich schlucke ihn runter.
»Ich verreise im Herbst. Etwas länger dann. Mit einer Freundin. Ihr geht es gerade nicht so gut.«
»Geht's in den Süden?«, fragt Malita.
»Wahrscheinlich.«
Sie nimmt noch mehr Öl. Nora könnte der Plan gefallen. Würde guttun. Ihr und mir. Wie damals. Ligurien.
»Übrigens bin ich in der Algarve aufgewachsen, die ersten Jahre«, sagt sie. »Portugal.«
Ihre Hände machen kleine Bewegungen. Sachte. Und doch mit angenehmem Druck.
»Magst du deinen Job?«, frage ich.
Ihre Hände umfassen jetzt meinen Schädel. Wie von weit her höre ich sie sagen: »Mit Worten kann sich jemand verstellen, mit dem Körper aber nicht. Das hier ist eine gnadenlos ehrliche Angelegenheit.«
Mein Kopf wird warm. Wieder diese kleinen, pulsierenden Bewegungen.
»Ist bei meinem Job genauso«, sage ich. »Eine ehrliche Sache. Und bald geht es meinem Rücken besser. Das Seniorenheim wird umgebaut. Das heißt auch die Wäscherei. Dann gibt's kein Bücken mehr.«
Malita bearbeitet die obersten Wirbel. Als würde sie etwas prüfen.
»Du musst die alten Menschen wirklich gernhaben, dass du ihnen den Dienst mit der Wäsche tust«, sagt sie.
Ist das Ironie in ihrer Stimme? Sie wird mir immer sympathischer.
»Das ist ein simpler Akt«, entgegne ich. »Rein funktio-

nal. Und genau darin liegt das Schöne. Ist wie bei dir, richtig?«

»Du bist doch kein dreckiges Frotteetuch für mich!«, sagt Malita.

Sie lacht auf. Schrill fast. Ehrlich amüsiert.

»Aber das hier ist im Prinzip ebenfalls eine einfache Dienstleistung«, sage ich. »Das ist was ganz anderes als, sagen wir, politische Arbeit.«

»Einfache Dienstleistung? Da unterschätzt du mich aber«, sagt Malita. »Was ich mache, funktioniert so ähnlich wie psychologische Beratung, nur wirkt sie direkter und auch versteckter.«

»Und wie sieht das aus?«

Sie überlegt. Massiert weiter. Sagt dann: »Nehmen wir das Beispiel Donald Trump. Der wird Mexiko bald Strafzölle aufbrummen, weil das mit der Grenzmauer nicht so läuft, wie er es sich vorstellt. Wenn ich mir jetzt vorstelle, dieser Trump würde hier liegen, dann bin ich mir sicher, ich hätte nachher einen Krampf in den Fingern und er blaue Flecken überall, weil die Schlacke derart tief in seinem Fasziengewebe klebt und es unheimlich viel Kraft braucht, da dran zu kommen.«

Ihre Hände liegen zwischen meinen Schulterblättern. Sie gibt ihr ganzes Gewicht darauf ab. Drückt alle Luft aus mir heraus.

»Aber ich komme dran, an die Schlacke der Leute, das heißt an ihre Blödheiten, und das meine ich jetzt nicht böse, weil, an ihre Blödheit kommen, das heißt auch an ihren Schmerz. Und wenn das passiert, ist es *magic*!«

Sie spricht das Wort mit einem langen, grellen Ä aus. Macht eine Pause. Sagt dann: »Ich würde auch bei diesem Trump drankommen und zusammen mit der Schlacke all seine Schnapsideen rauskneten. Der wäre ein anderer Mensch, wenn er hier wieder aufstehen würde. Sofern das dann noch möglich wäre, aufstehen, meine ich.«

Malita löst ihre Hände. Meine Lunge füllt sich wieder mit Luft.

»Dann könnte er sich die Mauer in den Arsch schieben«, sage ich.

»Der würde die Mauer eigenhändig abbauen, zumindest die Teile, die es überhaupt schon gibt, und zwar weinend, weil er sich so dumm vorkommt.«

»Und was hast du mit mir vor?«, frage ich.

»Also gut. Bei dir rede ich nicht von Blödheit. Nur von Schmerz. Um den kümmere ich mich. Da ist er«, sie tippt mit einem Finger zwischen meine Schulterblätter, »und da auch. Ganz weit innen.« Ihre Hände gleiten runter zu einem der unteren Wirbel.

»Regelschmerzen«, sage ich. »Schon immer.«

»Habe ich mir gedacht.«

»Ich würde mir das Zeugs am liebsten rausoperieren. Die ganzen weiblichen Innereien. Und an die Eingangstür irgendeiner Kinderwunsch-Klinik klatschen.«

Malita lacht nochmals auf. Als hätte ich einen Witz gemacht. Dann fährt sie fort mit ihrer Massage. Im unteren Rückenbereich. Flächiger nun. Sanfter.

»Ist das dein Ernst?«, fragt sie schließlich.

Ich versuche zu nicken. Der Kopf fest verankert in der Kopfstütze. Malita schnalzt mit der Zunge.

»Dafür gibt es doch ganz andere Methoden! Zum Glück bist du jetzt hier. Ich kümmere mich um deinen

Schmerz. Aber behutsam, okay? Wir sind ja schon dran. Oder willst du mir sagen, es wäre nicht besser geworden seit gestern?«

»Minimal.«

»Siehst du. Das braucht halt Zeit. So, und nun entspannst du dich. Kein Reden und kein Denken, die nächste Stunde«, sagt sie. Arbeitet punktuell an den Seiten. Als würde sie direkt in mich hineinfassen. Schöne Vorstellung. Das mit dem Giftstoffe-Rauskneten. Zumindest mildert es meine Gedankengänge. Gar nicht so übel, diese Dumpfheit im Kopf.

Romi

Der Speisesaal ist wieder voller Leute; es riecht nach Frühstück – Filterkaffee, frisches Brot, gebratener Speck. Mir dreht es den Magen um; ich nehme ein Brötchen, gehe den Weg durch den Flur zurück: ein simples Labyrinth.

Im Zimmer liegt das Notizbuch da, wie ich es zurückgelassen habe, auf dem Boden neben dem Bett, als würde es auf etwas warten, darauf, dass ich Worte finde, sie sortiere und ordne. Darauf, dass ich Dinge ergründe. Nora wieder vor mir, so leblos, auf ihrer Matratze. Wie viele Sekunden hat es gedauert, bis auf ihre Entscheidung, abzutauchen, auszubrechen, die erste Handlung folgte? Fällte sie die Entscheidung intuitiv, oder hat sie kalkuliert, abgewogen – so wie Robert damals, vielleicht?

Ich hebe das Notizbuch auf und lege mich ins Bett. Unter der zerwühlten Decke liegt der Minenbleistift.

Notizen
Mir bekannte Gründe, warum es für mich dermaßen klar war, das Ja zu Dennis vor einhundertunddrei Tagen, im Zimmer 217: ...
Anzahl der Minuten, die ich überlegte, ob ich ja sage oder nein: zwei oder drei.

Anzahl der Minuten, die ich daraufhin auf Dennis wartete: fünfzehn.
Anzahl der Minuten, die vergingen, zwischen seinem Eintreffen und dem Zeitpunkt, bis er neben mir im Bett lag: eine halbe.
Anzahl der Stunden, die vergingen, bis mir meine Entscheidung ins Bewusstsein drang, bis ich Schuld fühlte, Scham auch: vier.
Möglichkeiten, die ich gehabt hätte, mein Entscheidungsraum:
– Nein sagen, d. h.: Dennis wegschicken
– Nur mit ihm reden, mehr nicht
– Nichts überstürzen
– Mit Dennis durchbrennen, gehen, aus meinem alten Leben, in ein neues
– …

Ich lege die Decke über mich, viel zu heiß. Löse den Bezug vom Federbett, breite bloß den Stoff über mir aus, wie eine zweite Haut.
Robert saß in seinem Gartenstuhl, die Märzsonne im Gesicht, Augen zusammengekniffen, als er diesen einen Satz sagte: »Dass man das Glück nie sieht, wenn es so nah ist.«
Er stieß aus Versehen gegen den Gartentisch, Schaum trat über den Rand seiner geöffneten Bierdose, was ihn nicht zu stören schien. Er verschränkte die Arme auf seinem Bauch, der rund geworden ist, seit sie an den Stadtrand gezogen sind; der Bauch hob und senkte sich gleichmäßig, ohne Stocken.
»Welches Glück meinst du?«, platzte es aus mir heraus.

»*Dein* Glück etwa? Das Glück deiner Entschlusslosigkeit?«
»So können wir nicht miteinander reden«, erwiderte Robert, Blick nun geradeaus, als würde er seine Gartenbeete von Weitem nach Unkraut absuchen, das gejätet werden musste.
»Das haben wir so oder so schon ewig nicht mehr getan!«, sagte ich und erhob mich, der Stuhl polterte hinter mir auf den Boden. Ich ging, noch bevor Mutter zurückgekehrt war von der Arbeit; ließ Robert sitzen, in seinem idyllischen Garten, mit seinem zufriedenen Bauch.

Notiz
Anzahl der Treffen mit Robert in den letzten einhundertunddrei Tagen: eins.
Anzahl der Jahre, die ich ihn nicht mehr Vater nenne: zwölf.
Anzahl der Jahre, die meine Eltern nicht mehr in der Wohnung im Schulhaus leben: fünf.
Anzahl der Jahre, die sie schon wieder so tun, als wären sie ein glückliches Paar: fast fünfzehn.
Anzahl der Momente, in denen ich ihnen das abgenommen habe: null.
Anzahl der Hobbys, denen sie heute gemeinsam frönen: drei. Qi Gong, Biken, Gartenkunst.

Ich beiße ins Brötchen, Salz auf der Zunge, Speichel sammelt sich. Die Übelkeit überkommt mich, ich nehme noch einen Bissen. Dann wird es besser. Ich sollte Leon anrufen, hören, was er heute Morgen mit Phils Eltern unternommen hat, ob sie auf dem Spielplatz gewesen sind oder wieder bei den Lamas. Seine Stimme nah. Aber woher soll ich wissen, dass er es nicht genauso versucht wie ich damals: eine Stille füllen durch Geplapper, weil ich, die Mutter, so unerreichbar bin, wie meine Eltern es für mich waren? Woher will ich wissen, dass Leon nicht irgendwann genauso krampfhaft die Fäden zusammenzuhalten versucht? Wird er es mir später vielleicht genauso wenig sagen können wie ich meinen Eltern, wird auch er es sich nur denken: dass ich mich aus seiner Sicht falsch entschieden habe, zu wenig da gewesen sei für ihn, und dass er in mir einen Menschen sehe, der sich in ein Korsett gezwängt habe, das er mit »Glück« beschriftet habe?

Ich sehe Nora und mich vor mir, ein Foto, das wir kurz nach unserm Kennenlernen aufgenommen hatten, in ihrem »Saustall«, Selbstauslöser: Unsere Köpfe sind in der unteren linken Ecke vor der weißverputzten Wand zu sehen, die Gesichter einander zugewandt, wir grinsen. Nora scheint in Bewegung, die eine Strähne wirkt, als würde sie nach vorne fallen. In unsere Gesichter steht geschrieben: Es ist noch alles möglich.

Diesen Blick kenne ich, von Robert; ein anderes Bild. Er sitzt in Unterhosen und Unterhemd auf dem Badezimmerboden, eine Babyölflasche neben ihm auf den beigen Fliesen, ich liege auf seinen ausgestreckten Beinen, mein Babykörper schimmert. Seine großen Hände ruhen auf meinem Bäuchlein, während er in die Kamera schaut, schalkhaft, eifrig. Auch in diesem Blick steht geschrieben: Es ist noch alles möglich; Philosophie studieren, oder Biologie, oder auswandern, nach England oder Neuseeland. Dabei muss er auf dem Bild

etwa so alt sein wie ich jetzt, und diese Pläne sind längst verflogen, haben sich verkleinert und portioniert.
Ich nehme mein Handy hervor, der dunkle Bildschirm reflektiert mein Gesicht; ich sehe zerzaust aus, mein Pony steht ab, meine Lippen ein Strich, Mundwinkel nach unten; so eine Frau bin ich auch. Ich lasse den Kopf in den Nacken fallen, höre ein Auto, das vor dem Hotel vorbeifährt, ein Rauschen, das lauter wird, wieder leiser; und schon kommt das nächste. Ich richte mich auf, schalte das Handy ein; zehn Uhr vierundzwanzig. Ich tippe Roberts Nummer an, drücke mir das Telefon ans Ohr. Es klingelt dreimal, bis er abnimmt, ich höre sein dumpfes, schnelles: »Ja?«
»Ich bin's, Romi«, sage ich; mein Herz pocht, springt mir gleich davon.
»Romina. Du bist das.«
Seine Stimme klingt belegt, als hätte auch er heute noch kein Wort gesagt.
»Ist etwas passiert?«, fragt er. »Wie geht es Leon?«
»Gut, denke ich. Er ist zu Hause.«
»Bist du nicht bei ihm?«
»Nein«, sage ich. »Nein. Ich bin unterwegs.«
Ich zögere. Höre die Stille zwischen uns; diese Stille, die mich ganz kleinmacht; ich lege mir eine Hand auf die Brust, jetzt geht es besser.
»Bist du noch da?«, frage ich; Robert räuspert sich. Dann wieder nichts. Und auf einmal durchbreche ich sie, diese Stille, rede einfach drauflos, von der »Buche«, von meinem Zimmer, und dass ich von hier aus auf einen Bauernhof blicke und mich schon seit gestern frage, was da so stinkt, aber eigentlich müsste ich es

wissen, ein Schweinestall, wird mir auf einmal klar; ich lache auf, mehr aus Verwunderung über mich selbst, darüber, dass ich das so lange nicht realisiert habe, und Robert fragt: »Was ist denn?«
»Ich beginne, die Dinge zu erkennen, nach und nach«, sage ich, wieder ruhiger, »aber es ist noch sehr neblig hier.«
Er räuspert sich nochmals, sagt dann etwas übers Rheintal, über ein Museum auf der österreichischen Seite, in dem die Geschichte des Rheins gezeigt werde; ob ich da schon gewesen sei? Und ich sage: »Ich würde gerne wissen, warum du damals eigentlich geblieben bist.«
»Geblieben?«
»Ja. Also – ich rede von deiner Entscheidung damals. Gegen die Affäre. Oder wie nennst du es? Mit Tana. Oder hieß sie Dana? Diana?«
Stille am anderen Ende der Leitung.
»Hast du es für mich getan?«
»Ja, natürlich«, antwortet Robert prompt. »Und für deine Mutter. Das war kein Zustand für sie. Die Entscheidung war längst fällig.«
»Dann war es eine Art Opfer, das du für uns gebracht hast?«
Er scheint zu überlegen. »Nein. Es war ganz einfach das Beste für uns alle.«
Ich warte.
»Für mich war es nicht das Beste«, sage ich. »Für mich war es sehr schmerzhaft, die drei Jahre, in denen Mutter und du kaum miteinander gesprochen habt. Und dass dann auf einmal alles vergessen war. Weißt du, ihr habt

auf mich nicht glücklich gewirkt, obwohl ihr so getan habt.«
Er schweigt, und ich frage: »Hättest du dich auch von Tana getrennt, wenn Mutter keinen Druck gemacht hätte?«
Ich höre Roberts schweren Atem. »Es war für mich nie eine Option, deine Mutter und dich zu verlassen. Das andere war etwas anderes. Es hatte nichts mit deiner Mutter zu tun. Für mich.«
»Aber was hast du bei Tana gesucht?«, frage ich.
»Lassen wir das Thema. Das ist Jahrzehnte her!«, antwortet Robert. »Denk lieber an deine Familie, statt dich mit diesen alten Geschichten herumzuschlagen.«
Ich schlucke. Dann sage ich: »Ich würde dir gerne eine Erinnerung erzählen, okay?«
Ich deute sein Schweigen als Zustimmung.
»Weißt du noch, als wir mal Ferien auf dem Bauernhof gemacht haben?«, beginne ich. »Da war ich vermutlich elf. Es gab auf dem Hof dieses Pony, mit dem wir ausreiten wollten. Das Tier bockte und machte keinen Schritt, so sehr ich auch versuchte, es zu bewegen. Du hast ihm eine Tüte altes Brot vor die Nüstern gehalten, sie in den Fahrradkorb gelegt, bist davongefahren, und das Pony galoppierte dir nach. Ich wäre fast vom Sattel gefallen, aber nach der ersten Schrecksekunde war es grandios. Du, auf dem Fahrrad vor mir, hast den Kopf zu mir gedreht und mich angegrinst.«
Robert schweigt.
»Und dann warst du auf einmal so still. Es war so, als wäre etwas in dir abgelöscht«, ergänze ich.
»Ihr Jungen wisst nicht, was ihr wollt«, sagt er, un-

geduldig nun. »Das ist das Problem deiner Generation. Ihr nehmt euch viel zu viel Zeit zum Nachdenken, statt euer Leben wirklich anzupacken.«

»Findest du es so falsch, Dinge zu hinterfragen?«

»Ihr wollt nicht erwachsen werden.«

»Wie meinst du das?«

»Früher konnte man sich noch auf die Dinge verlassen.«

Ich stehe auf. Blicke durchs Fenster zum Bauernhof.

»Ich möchte es doch nur verstehen«, sage ich.

Wieder höre ich seinen schweren Atem, dann sagt er: »Ich finde es sehr schade, dass du dich noch immer nicht darüber freuen kannst, dass wir wieder zueinandergefunden haben. Deine Mutter und ich.«

Ich wende mich vom Fenster ab und blicke ins Dunkel des Zimmers, blinzle, erkenne das Notizbuch auf dem Bett, leicht eingerückt auf der Bettdecke, und sage: »Es tut mir leid. Ich habe die Fragen falsch gestellt. Ich lege jetzt besser auf.«

Er schweigt. Dann fragt Robert: »Soll ich deiner Mutter einen Gruß ausrichten?«

»Ja.«

Ich lege mich ins Bett, lasse das Handy auf den Boden fallen. Sehe Robert, wie er im Wohnzimmer steht, aus dem Fenster blickt, in seinen durchdachten Garten, Salat an Salat, Kohl an Kohl; er streicht sich das graue Haar aus der Stirn, Erde unter den Fingernägeln. Je älter er wird, desto mehr gleichen sich seine Gesichtszüge wieder einem Kind an, trotz seiner tiefen Falten, trotz der trockenen Haut; einem Kind, das ich mir längst nicht mehr habe vorstellen können, seit er seine Pläne aufgegeben hat; und ich gehe durch den Schulhausflur, Robert taucht vor mir auf, schiebt mir lächelnd eine Süßigkeit in den Mund, deutet auf eine Tür, eine Zeichnung wurde daran gepinnt: Mutter, Vater, Kind; große Augen, keine Münder, je ein Putzlappen in der Hand.

Notiz
Ich öffne die Tür. Ich betrete das Zimmer meiner Kindheit, es ist geschrumpft, ist zwei mal zwei Meter groß. Nora steht darin, wir schauen einander an und lachen los, mit aufgerissenen Mündern, aber tonlos; Staub rieselt auf uns, bedeckt unsere Körper, und wir fallen, in einen hellen Raum, einen Raum, den ich nicht kenne.

»Ich glaube, das Gefühl, eingesperrt zu sein, lässt sich nicht überwinden. Es ist der Ursprung aller Dualismen«, sagte Susan Sontag. Und sie sagte auch, dass sie all diese Trennungen für falsch halte: Körper oder Geist, Denken oder Fühlen, Phantasie oder Verstand.

Er oder sie, Leidenschaft oder Konstanz, lebendig oder beständig, Traum oder Realität, Kinder oder Freiheit, Mutter oder Vater, Ausbruch oder Norm, Sprechen oder Schweigen, Freundschaft oder Liebe, von hier oder von dort, dankbar oder undankbar, aktiv oder passiv.

Szibilla

Neu geboren. Neu, nicht geboren. Schön wär's. Immerhin, jetzt bin ich sauber. Schade um das Zitrusöl. Abgewaschen. Tampon rein. Ich hatte es doch gewusst. Dass diese Menstruationstasse ein Schwachsinn ist. Nora kann die zurückhaben.

Da sitzt schon die Nächste auf dem Stuhl. Stiert in ein Magazin. Wartet darauf, sich ebenfalls Malita zu Füßen zu legen. Ich gehe an der Glasscheibe entlang. Das Schwimmbad ist hell von der Sonne. Drei Personen darin. Romi ist nicht darunter. Die Lifttür öffnet sich mit einem Klingeln. Ich trete ein. Sanftes Ruckeln. Zweiter Stock. Direkt gegenüber dem Lift meine Zimmertür. Ich schiebe den Schlüssel ins Schloss. Trete ein. Lege den Bademantel über den Stuhl. Wieder diese Nacktheit. Und Kopf ausgeschaltet. Wie am Ende der Massage. Als ich aufstehen wollte. Meinen Oberkörper anhob. Um mich fürs Erste aufzusetzen. Sogleich das plötzliche Gefühl von Nässe. Meine Hand schnellte wie von allein zwischen meine Beine. Ich zog sie zurück. Blut daran.

Ich ziehe meinen Slip an, meine Jogginghose. Das Bustier, das Shirt. Ganz ruhig, ruhig. Vorhin nur dieser eine Gedanke in meinem Kopf: Ich bin ausgeliefert. Aber Malitas Stimme völlig unbeschwert.

»Kein Ding.«
Ich hatte mich schon wieder bäuchlings hingelegt. Malita drückte mir ein Tuch in die Hand. Lauwarm. Mir stiegen die Tränen hoch. Peinlich, das alles. Dass ich mich gar nicht mehr bewegen konnte. Auch nichts sagen. Malita wirkte, als würde das ihren Kundinnen täglich passieren.
»Soll ich?«
Mein Nicken. Ihr Tupfen an meinen Oberschenkeln.
»Ist das okay so?«, fragte sie.
Mehr als okay. Und furchtbar schlimm. Ausgeliefert! Malita blieb einfach da, tupfte weiter. Als könnte sie nichts auf dieser Welt ekeln. Ob ich mich mal umdrehen wolle? Meine Bewegungen wie in Zeitlupe. Vom Bauch auf den Rücken. Malita hielt mir ein zweites Tuch hin. Ein frisches. Ob ich das nicht selbst machen wolle? Ich schüttelte den Kopf. Mehr ging nicht. Sie tupfte weiter.
»Da hat sich aber was gelöst in den anderthalb Stunden!«, sagte sie schließlich. Ließ das Tuch ins Waschbecken fallen. Reichte mir den Bademantel. Alles ging wie von alleine. Einwegslip abstreifen. Einen frischen anziehen. Bademantel drüber. Mich entschuldigen. Es sei das erste Mal gewesen. Mit der Menstruationstasse. Und sie sagte nur: Kenne sie. Müsse man sich dran gewöhnen. Der Unterdruck sei wichtig. Anfangs nicht ganz einfach. Aber egal. Blut sei nichts als Wasser, Eiweiß und Blutkörperchen. Dann widmete sie sich ihrer Liste. Eine Namensliste?
Auf dem Schreibtisch liegt mein Telefon, neben dem Lehrbuch. Keine Nachricht. Romi scheint es ernst zu

meinen, heute für sich zu bleiben. Ich nehme das Buch. *Bau und Funktionen unseres Körpers.* Gehe wieder raus aus dem Zimmer. Den Flur entlang. Keine Menschenseele. Auch nicht in dem, was hier Hotelbibliothek genannt wird. Gut so. Ich schiebe das Buch ins einzige Bücherregal. Eierstöcke, Eileiter, Gebärmutter, Scheide. Zwischen die Romane von Ken Follett und Nora Roberts. Immerhin, ein Buch über den Bödmerenwald gibt es. Und: *Rundblick über die Geschichte des Rheintals.* Damit lässt sich was machen. Ablenken. Von meiner peinlichen Aktion. Und davon, dass Nora sich noch immer nicht gemeldet hat. Wie sehr sie fehlt. Aber es bringt nichts. Darüber nachzudenken. Das wird schon. Wie immer.

Der einzige Sessel hier ist aus schwarzem Leder. Ich lasse mich hineingleiten. Er empfängt mich seufzend. Wie konnte ich nur. Malita sagen, ich würde mich gerne bei ihr bedanken. Mit einem Mittagessen. Sie schüttelte den Kopf. Etwas trinken wäre ihr lieber. Sie habe um dreizehn Uhr Pause. Ob wir uns dann treffen wollten? Im Speisesaal. Ausnahmsweise. Sie mache das sonst nicht.

Romi

Das Notizbuch
Robert angerufen. »Vater«. Aber es reicht nicht: Ich muss ihn nochmals an den Hörer kriegen, ich muss ihn sprechen, muss die richtigen Fragen finden. Ich stelle mir vor, wie das Telefon klingelt.

Vater: Ja?
Ich: Bereust du es aus heutiger Sicht, die Affäre je eingegangen zu sein?
V: ...
Ich: Oder geht es eher darum, dass du dich heute früher entscheiden würdest, für die Familie, bevor du dazu gedrängt wirst?
V: ...
Ich: Hieß »entscheiden« auch für dich – nicht nur für Mutter – immer: »entweder – oder«?
V: ...
Ich: Hast du dir schon mal konkrete Gedanken über die Monogamie gemacht, über ihre Geschichte?
V: ...
Ich: Denkst du, die Monogamie macht das Leben leichter?
V: ...
Ich: Macht(e) sie dein Lieben leichter?
V: ...

Ich: Was ist das überhaupt für dich, Liebe?

V: …

Ich: Seit damals, seit deiner Entscheidung für die Familie, hatte ich nie das Gefühl, du würdest irgendetwas lieben, auch wenn du etwas anderes behauptest.

V: …

Ich: Wenn Liebe bedeutet, einen anderen Menschen zu sehen, so wie er ist, mit all seinen Mängeln und all seiner Schönheit, dann muss ich dir sagen: Ich habe nicht das Gefühl, dass du mich siehst. Vielleicht täusche ich mich ja?

V: …

Ich: Weißt du, seit der Nacht im Zimmer 217 fühlt es sich so an, als würde etwas wachsen in mir, und aus mir heraus, nicht nur ein Kind, sondern eine weitere Komponente meines eigenen ~~Ichs~~ Wesens.

V: …

Ich: War das bei dir damals auch so, mit Tana?

V: …

Ich: Ich weiß, das darf man nicht; ich weiß, du bewertest das gleich wie Szibilla: blöd, diese Art zu leben, dieses Verlangen. Dieser Hunger immerzu.

V: …

Ich: Aber diesen Hunger hattest du doch auch mal!

V: …

Ich: Hast du dir wirklich nie überlegt, ganz auszusteigen, das heißt ganz zu gehen?

V: …

Ich: Denkst du manchmal an früher zurück, an die Zeit vor Tana, vor Mutter sogar? Denkst du daran, wie du damals warst, wie du gelebt hast? Wie hätte dein Raum ausgesehen, ganz für dich selbst eingerichtet?

V: …
Ich: Susan Sontag sagte mal: »Ein Ereignis, das neues Fühlen bewusst macht, ist die wichtigste Erfahrung, die ein Mensch machen kann.« Was sagst du dazu?
V: …
Ich: Kennst du das auch, dieses Hadern, das dir im Grunde aber guttut, das dich noch tiefer mit dir selbst verstrickt und damit mit der Welt?
V: …
Ich: Trag ich eigentlich was aus für dich?
V: Leg den Stift weg. Bringt doch nichts.
Ich: …
V: …
Ich: Hab mich selbst ins Labyrinth geschickt.
V: …
Ich: Ein Labyrinth ist ein Ort, an dem man sich verliert. Und ich will mich verlieren, weißt du.
V: …
Ich: Sich verlieren, das heißt sich auch neu finden müssen.

*

Die Geschichte von Robert und Tana (Dana? Diana?)
Er war verheiratet und hatte ein Kind.
Er begann eine Affäre mit einer Frau aus derselben Stadt.
Seine Ehefrau erfuhr davon und stellte ihn vor die Entscheidung: Affäre oder Familie.
Er entschied sich für die Familie.

Die Geschichte von Robert und Tana II
Der Mann war verheiratet und hatte ein Kind. Er meditierte regelmäßig, den keltischen Baumkalender vor sich, und

begegnete eines Tages einer Frau, die auf ihrem Anrufbeantworter eine Bodhrán spielte und ihren Namen dazu sang. Er telefonierte lange mit ihr, während sich das Kind im Wohnzimmer eine Tanzdarbietung ausdachte und die Mutter des Kindes Volleyball spielte, in der größeren Turnhalle, achthundert Meter vom Schulhaus entfernt, in dem die Familie lebte.
Die Mutter des Kindes war damals noch Hausfrau.
Die Stimme der Frau am Telefon hatte etwas Raues, ihr Haar war schwarz, und ihr Bett bestand aus einem Holzrahmen, aufgeschüttet mit Tannenzweigen und mit Tüchern abgedeckt. Die Bettwäsche war hellbeige, die Haut der Frau war fast weiß, und der Mann wusste: das darf man alles nicht berühren, und er machte es trotzdem.

Die Geschichte der Mutter des Kindes
Sie hatte ein Stechen gespürt, rechts von ihrem Bauchnabel, eine heiße Nadel, die sich in die Haut bohrt, und sie hatte sich entschuldigt, die Turnhalle verlassen, kurz geduscht, sich angezogen, hatte sich die achthundert Meter nach Hause geschleppt. In ihrer Wohnung brannte Licht, und im Wohnzimmer war niemand zu finden, im Elternzimmer auch nicht. Im Kinderzimmer schlief das Kind auf dem Bauch, mit ausgestreckten Armen, und als die Mutter des Kindes auf dem Klo saß und der Urin nur langsam in die Schüssel tropfte wegen dem großen Schmerz, wusste sie auf einmal, wo ihr Ehemann war, ohne es tatsächlich zu wissen. Als er eine halbe Stunde später leise die Wohnungstür öffnete und im Türrahmen stehen blieb, brauchte er nicht mehr viel zu sagen.

*

Wissen oder ahnen, die eine oder die andere, Kopf oder Zahl, Tag oder Nacht, Lüge oder Wahrheit, treu oder untreu.

*

Treue, die; Bedeutung nach Duden: das Treusein. Ewige, unwandelbare, unverbrüchliche T; jmdm. T. schwören, geloben; jmdm., einander die T. halten, bewahren; er hat [dem Freund] die T. gebrochen; an jmds. T. glauben, zweifeln. Die eheliche T.

Treue, die; Herkunft: mittelhochdeutsch triuwe. Wohl zu dem Teer zugrunde liegenden idg. Wort für »Baum« v. eigentl. = stark, fest wie ein Baum

Dendro, griechisch für Baum → tree, treu, Teer

Teer, der; Bedeutung nach Duden: (durch Schwelung, Verkokung od. Vergasung organischer Substanzen, z. B. Kohle, Holz, entstehender) zähflüssiger, brauner bis tiefschwarzer, stechend riechender Stoff

*

Robert
Er war nach keltischem Baumkalender eine Hainbuche. »Hainbuche, der Lebensbaum der Beharrlichkeit. Ein Denkmal der Loyalität.« Seine robuste Konstitution, das ausnehmend harte Holz, die starken Wurzeln und das dichte Geäst charakterisieren dieses Gewächs. Die Hainbuche eignet sich ideal als Grenz- und Schutzzaun. »Und so geht ein Hainbuche-Mensch unerschrocken und gradlinig durchs Leben.« Ist schwer aus dem Gleichgewicht zu bringen.

Zeichnet sich aus durch kontinuierlichen Fleiß und diszipliniertes Arbeiten. Gibt den Menschen im Umfeld Halt und Schutz.

*

Das Kind

Es steht in der Küche, der Wasserhahn tropft; es hört leise Stimmen. Im Wohnzimmer ist nur die Stehlampe an, auf dem Sofa sitzt eine Frau, sie hat den Kopf in den Nacken geworfen, das schwarze Haar wischt über ihren glänzenden Rücken, unter ihr ragen zwei angewinkelte lange Beine hervor, machen aus ihr eine urtümliche Kreatur. Roberts Lippen an ihrer Brust, und ein rhythmisches Schaukeln geht durch die beiden.

Am nächsten Tag eine Hand. Darin eine gelbe Zehn-Franken-Note. Sie segelt vor die Füße des Kindes, Robert zwinkert ihm zu, ein Finger auf den Lippen; das Geld wird zu Gummibärchen, das Kind stopft sich den Mund damit, es sagt nichts zur Mutter.

*

Teer in meinem Mund, ich schlucke, bin Baum, bin treu, wie Robert, die Hainbuche; ich bin beharrlich, wer ist das nicht.

*

Silvia

Die Mutter des Kindes sagte: Belüg mich nie mehr.
Er belog sie.
Er traf die Frau mit der Bodhrán oft.

An einem Morgen im August, fast ein Jahr nachdem sie die Affäre aufgedeckt hatte, wachte die Mutter des Kindes auf, ihr Ehemann schlief neben ihr, vollkommen entspannt, nur ein Lid zuckte ab und zu; sie rüttelte ihn, bis er aufwachte, und sie sagte: Jetzt musst du dich entscheiden, oder du musst gehen. Da entschied er sich.

*

Entscheiden, Verb; trennen, weggehen, etymologisch abstammend vom germanischen Wort »skaipi«, für zwei getrennte Holzplatten, die ein Schwert schützten; mittelhochdeutsche Bedeutung: absondern, aussondern, bestimmen und richterlich ein Urteil fällen.

*

Der Baumkalender
– Für die Hainbuche ist die Liebe ein heikles Thema.
– Sie beschützt und umsorgt ihren Partner herzlich.
– Wirkt dadurch aber erdrückend und einengend.

Wenn der Baumkalender nicht nach Geburtsdatum funktionieren würde, wenn Robert vielmehr frei hätte wählen könnte, hätte er sich nicht eher dafür entschieden, ein Ahorn zu sein? Ahorn-Menschen seien freiheitsliebend. Sich entfaltend. Sie zögerten nicht lange. Lehnten einengende Muster ab, auch vorgegebene Verhaltensweisen. Unabhängigkeit sei ihnen wichtig.

Aber: Der Ahorn, das bin ja ich! (Zumindest, wenn's nach dem Geburtstag geht.) Wobei, ist nicht vielmehr Nora der Ahorn? Und ich bin eigentlich die Tanne.

– Tanne-Menschen wissen genau, was sie wollen.
– Haben Angst davor, verletzt zu werden.
– Errichten sich einen Schutzwall und ziehen sich zurück, wenn es ihnen zu emotional wird.
– Sind dabei sehr feinfühlige und sensible Menschen, aber wirken gegen außen kühl.

*

Robert II
Anfangs deckte er an den Wochenenden den Frühstückstisch, faltete die Servietten zu Vögeln – zuerst Tauben, dann Schwäne, dann Pinguine – und kochte Eier, acht Minuten exakt, genau so, wie Silvia sie mochte.
Er stellte das Wohnzimmer um, mistete die Bücher aus, kaufte Silvia den grasgrünen Sessel, den sie sich schon lange gewünscht hatte, und platzierte ihn für sie mitten im Raum, etwas näher zum Fenster. Als Silvia sich das erste Mal hineinsetzte, lächelte sie, aber sie blieb nie länger darin ruhen, als es dauert, die Zeitung durchzublättern.

Robert verlor seine Farbe, nach und nach. Die Falten um die Augen und auf der Stirn wurden furchiger, der Bart stach Silvia beim Küssen; sie küssten sich wieder, in den ersten Monaten, dann nur noch selten. Sie verloren einander aus den Augen. Wenn, dann betrachteten sie sich morgens, nur flüchtig, müde durch Kaffeedampf hindurch.

Robert machte kein Yoga mehr, er spazierte nicht mehr stundenlang durch den Wald, er trainierte nicht mehr in der Turnhalle, er kochte nicht mehr, er las nicht mehr; aber er meditierte noch. Und er putzte das Schulhaus weiterhin reinlich, mit Scheuermittel, das seine Hände verätzte, weil er keine Plastikhandschuhe mehr trug, und seine Stimme begann kauzig zu klingen.

*

Versagen, das; Bedeutung nach Duden: das Geforderte, Erwartete nicht tun, leisten können, nicht erreichen; an etw. scheitern. Nicht mehr seine Funktion erfüllen.

*

Silvia II
Sie begann ihre Ausbildung zur Lehrerin, fuhr morgens zur Fachhochschule, und wenn sie zurückkehrte, musste sie pauken, sich vorbereiten, sich auch mal um ihre Freundinnen kümmern.

Das Kind II
Mittags backte das Kind gemeinsam mit Robert Pizza auf, oder sie kochten Nudeln mit Ketchup. Ab und an hatte Robert zwei Flaschen Orangina dabei, das war ein gutes Omen. Damit prosteten sich die beiden zu, und Robert erzählte von den unzähligen Schweizer Alpenpässen: Bernina, Julier, Klausen; vom Albula, den er als Jugendlicher jeden Sommer mit dem Fahrrad hinter sich gebracht hatte, um zwei Wochen im Engadin in einem einfachen Maiensäß zu verbringen, mit der ganzen Familie: Vater, Mutter, Kinder. Aber so viel er auch berichtete und so sehr sich das Kind bemühte, ebenfalls schöne Geschichten zu erzählen, Aufheiterndes, Lustiges: Das Strahlen kam nicht zurück in Robert, das Graue blieb.

Das Kind III

Wenn das Kind nachmittags nach der Schule alleine in der Wohnung war, setzte es sich ins Wohnzimmer, guckte Talkshows und Fernsehserien.
Wenn die Eltern zu Hause waren, setzte es sich in sein Zimmer, schrieb einzelne Wörter auf Papier und lauschte.
Aber es hörte nur Türen, die aufgingen und wieder zugezogen wurden. Die Eltern stritten sich nicht und redeten kaum.

Das Kind IV

Das Kind begann erst als Jugendliche wieder freier zu sprechen, als es ihre erste wirkliche Freundin fand. Als sie Nora fand. Nora, die genauso gern sprach, und viel;
bis vor Kurzem.

*

(12:51 Uhr; ich sollte endlich was Richtiges essen.)

Szibilla

Das war sie doch. Romi. Schlich in den Speisesaal. Erpicht darauf, nicht gesehen zu werden. Und auch mich nicht zu sehen. Blick permanent geradeaus. Den kleinsten Teller mager belegt. Schon wieder weg. Und ich alleine mit Frau Dolormin. Eine muss noch sein. Ich presse den letzten Rest Saft aus dem Zitronenschnitz. Lasse ihn in mein Wasserglas tropfen. Spüle die Tablette mit einem Schluck runter. Botticellis Gemälde an der Wand. Die Venus wirkt längst nicht so gelöst wie die *Große liegende Frau mit Papagei* über meinem Sofa. Noras Geschenk. Die passe doch perfekt zum Vierunddreißigsten, sagte sie. Und dass mir die Frau auf dem Poster gleiche. Auf eine schöne Weise.

Auch sie ist blond. Hat breite, starke Schenkel. Trägt einen Unterrock. Liegt ausgestreckt. Geschlossene Augen. Kopf auf den Oberarm abgelegt. Eine träge Hand im Haar. Am Kopfende neben ihr: der grüne Papagei. Ein treuer Gefährte. Wünschenswert. Auch die Lässigkeit der Frau. Ob sie die auch für mich hätte?, fragte ich Nora. Nora zwinkerte mir zu. Zog eine Flasche Primitivo aus ihrem Rucksack.

»War leider ausverkauft«, sagte sie. »Aber das hier habe ich noch gefunden, und der Unterrock ist schon bestellt. Den schenke ich dir zu Weihnachten.«

Sie machte sich auf den Weg in die Küche. Ich betrachtete den Unterrock genauer. Gelb. Endete unter den nackten Brüsten. Die Brüste: als würden sie gucken. Ich rief Nora nach, sie könne sich das Geld sparen. Und sie: Für dich ist mir doch nichts zu teuer, Sib! Schon kam sie mit den Gläsern zurück. Wie leicht sie es mir macht. Es wäre auch heute sicher leichter. Wenn sie da wäre.
Da kommt Malita. Geht gemächlich durch den Speisesaal. Die ausladenden Bewegungen ihrer Hüften. Als würde sie jeden Schritt genießen. Sie setzt sich mir gegenüber. Nickt mir zu. Freundlich. Aber distanziert. Findet mich vielleicht doch komisch.
»Bist du satt?«, fragt sie.
»Mehr als«, sage ich. »Und du, bist du nicht hungrig? Nach so vielen Dienstleistungen!«
Sie lächelt. Winkt ab. »Ist ja erst Mittag. Ich nehme einen Schwarztee.«
Ich bestelle für uns beide einen. Mustere Malita. Ihre geraden Augenbrauen, mit einem Stift nachgezeichnet. Rund um ihre Augen: feinste Fältchen. Werden je nachdem sichtbar. Die unteren, wenn sie lächelt. Die oberen jetzt: Sie schaut sich im Speisesaal um. Muss älter sein als ich. Um die vierzig vielleicht. Schon stellt der Kellner je eine Tasse vor uns auf den Tisch. Malita kramt in ihrer Tasche.
»Willst du auch?«, fragt sie. Zeigt verstohlen auf einen Flachmann. Sie schenkt uns beiden einen großen Schluck ein.
»Ich empfehle etwas Rum, täglich, und zwar mittags. Danach ein kleiner Power Nap, und schon bist du wie-

der parat«, sagt sie. Schiebt den Flachmann zurück in ihre Tasche. »Bist du eigentlich alleine hier?«
Ich verneine. Das sei ein wenig kompliziert.
»Lass mich raten«, sagt Malita. »Du bist mit deinem vorpubertären Kind hier. Oder mit deinem Ex? Mit deinem Bald-Ex? Mit deiner Erzrivalin? Mit deiner Großmutter?«
»Mit einer Bekannten.«
»Und was daran ist kompliziert?«
»Die Umstände. Außerdem sind wir wie Tag und Nacht.«
»Und warum fahrt ihr dann zusammen weg?«
»Hat sich so ergeben.«
»Wie das?«
»Sei mal ehrlich. Würdest du hier Urlaub machen wollen?«, frage ich.
Malita überlegt. Dann sagt sie: »Wenn ich das Geld hätte, dann würde ich nicht in so einem schäbigen Wellnesshotel Urlaub machen, sondern in einem richtigen. In einem mit glänzenden Böden, keinem mit altmodischen Teppichen. Da hätte es dann auch einen dreimal so großen Wellnessbereich. Aber davon träume ich, und im Wachzustand bin ich hier.«
»Verdient man schlecht in deiner Branche, oder sehr schlecht?«
»Geht schon. Aber ich kauf uns kein Haus damit.«
Sie zögert. Dann sagt sie: »Meine Mutter wohnt bei mir. Das ist *meine* komplizierte Geschichte. Nichts für eine Tee-Rum-Mittagspause. Prost!«
»Auf das komplizierte Leben«, sage ich.
Wir stoßen die Tassen aneinander. Malita trinkt schnell. Die Hitze des Getränks scheint ihr nichts auszumachen.

Sie habe sich noch um drei Rücken zu kümmern am Nachmittag. Ob ich danach runterkommen würde mit ihr, ins Dorf? Bisschen Billard spielen?
»Bist du eigentlich Tag oder Nacht?«, fragt sie, bevor ich die erste Frage beantworten kann.
»Wie bitte?«
»Du hast gesagt, du und deine Bekannte – deine Freundin? –, ihr seid wie Tag und Nacht.«
»Ich bin die Nacht«, antworte ich prompt.
»Ach so, und deine hellen Locken tarnen dich.«
Das bräuchte ich nicht, sage ich. Eine Tarnung.
Und sie: »Die brauchen wir doch alle.«
»Wo treffen wir uns?«, frage ich.
»Vor dem Hotel, um kurz nach sechs.«
»Perfekt. Ein bisschen Ausbrecherin spielen.«
»Ganz genau.«
Malita blickt auf die Uhr. Sie brauche jetzt ihren Power Nap. Danach komme schon der nächste Kunde.
Ich schaue ihr nach. Ist das dieselbe Person, die mir am Morgen mein Blut weggewischt hat? Wieder kurz diese Starre in mir. Dann nehme ich mein Telefon hervor.
Hallo Romi. Bin den Rest des Tages unterwegs. Erkunde das Tal. Schreib mir, falls was ist. LG
Ich nehme noch einen Schluck vom Tee. Der Hüne betritt den Speisesaal. Hinter ihm geht die Zauberflöten-Frau. Jetzt kommt auch die Jugendliche. Mit Kopfhörern auf den Ohren. Setzt sich zu den Eltern. Schlägt sofort einen Comic auf.
Ich google Rheintal Museum. Rheintal Markt. Rheintal Sehenswürdigkeiten. Irgendwas wird sich schon finden lassen.

Romi

Das Notizbuch
Die Geschichte von Robert und Tana III
Es hätte so kommen können
Der Mann entschied sich für die Frau mit dem schwarzen Haar. Er verbrachte viele Stunden auf ihrem waldigen Bett. Sie streichelte ihn wach und streichelte ihn in den Schlaf, sie sang für ihn, und er blühte auf, sein Gesicht voll und jung.
Er ließ alles hinter sich: das Kind und die Mutter des Kindes, das Schulhaus, die Schulhausflure. Es gab nur noch ihn und die Frau mit dem schwarzen Haar und Dinge, die es zu betrachten galt: die Blätter am Ahorn, die Hainbuchen am Straßenrand, die Schnecke auf dem Gehsteig, die er vorsichtig aufhob und in den Wald trug, ins Unterholz legte; und er ging einfach weiter, durch den Wald hindurch und hinten wieder raus, fuhr dahin, wo es sie beide hinzog, ins Rheintal, in den Bregenzerwald, nach Wien.
Und die Sehnsucht wäre vielleicht dieselbe geblieben.
Und Alltag wäre eingekehrt.
Die Frau mit dem schwarzen Haar mag es nicht, wenn er morgens den Kaffee auf dem Balkon trinkt. Sie mag Kaffee so oder so nicht.
Er mag es nicht, dass sie beim Sprechen spuckt. Und manchmal schaut sie so, als wäre sie nicht ganz klar im Kopf, und wenn er sie darauf anspricht, sieht sie es noch nicht mal ein.

Aber er wirft kein Messer wie damals, bei der Mutter seines Kindes, weder ins Spülbecken noch auf den Boden. Er legt das Messer neben sein Brot, noch klebt ein wenig Butter daran, er atmet einmal tief ein und aus und geht dann kurz nach draußen – an die frische Luft.
Die Frau mit dem schwarzen Haar benutzt ab und an ein Parfum, das er nicht riechen kann.
Er möchte manchmal gerne allein sein, sie nicht.
Sie möchte manchmal eine Jurte mieten und darin übernachten, er nicht.
Aber da ist noch immer ein Glanz zwischen ihnen, sie schläft noch immer gern mit ihm und er mit ihr, und wenn sie sich umarmen, dann ist das besser als alles, was sie je hatten in ihrem Leben, dann ist da was Großes und Einfaches: Geborgenheit.

Es hätte so kommen können II
Er hatte alles hinter sich gelassen. Er war dahin gereist, wohin es ihn trieb, gemeinsam mit der Frau mit dem schwarzen Haar. Immer über Land und, wo nötig, mit dem Schiff; sie waren ständig in Bewegung gewesen, waren selten mehr als eine Nacht am selben Ort geblieben.
Eines Tages saßen sie an einer Klippe in Japan und blickten aufs dunkelblaue Meer. Und auf einmal erinnerte er sich an sein Kind. An die Mutter des Kindes. An das Schulhaus, den Flur, den an die Wand gepinnten keltischen Baumkalender. Und auf einmal vermisste er das Kind, das alte Leben, so sehr, als würde es ihm den Brustkorb zerreißen. Auf einmal konnte er seine Beine nicht mehr bewegen, sie waren schwer, als wären sie aus Teer. Die Frau mit dem schwarzen Haar buckelte ihn, trug ihn den Hügel hinunter, bis zum nächsten

Bahnhof; sie fuhren nach Tokio, zum Flughafen, und reisten zurück, in die Stadt, in der er gelebt hatte, und alles war auf den ersten Blick noch so, wie er es in Erinnerung hatte. Der Platz vor dem Schulhaus. Die Schaukeln, der Drehbaum, sein Kind, das auf dem Rasen mit einem Bumerang spielte – immer flog der Bumerang zurück zum Kind, egal, wie schräg es ihn geworfen hatte. Das Kind war gewachsen, mindestens um einen Kopf, auch die Haare waren länger, reichten ihm bis über die Schultern. Es hatte einen neuen Ausdruck. Etwas Herbes, Abgeklärtes lag in seinem Gesicht, das der Mann erst bemerkte, als er sich vor das Kind stellte und seine Arme ausbreitete. Das Kind blickte ihn an mit runden Augen und geschlossenem Mund. Es hatte keine Ahnung, wer er war.

Es hätte so kommen können III
Er wollte nicht zurück. Er wusste nicht, was das überhaupt heißen sollte, denn er wusste nicht, woher er gekommen war. Sein bisheriges Leben war wie die Schrift auf einer Wandtafel, über die ein feuchter Schwamm wischt; zurück bleibt ein verdunstender Fleck, jede Sekunde wird er kleiner, bis nur noch ein klein wenig Kreidestaub an der Tafel zu sehen ist.

*

Silvia III
Es hätte so kommen können
Silvia traf die Entscheidung für sich selbst. Sie trennte sich von ihrem Mann, vom Schulhaus und zog in eine andere Stadt; das Kind wollte mit. Während Silvia für ihre Prüfungen als Lehrerin am einen Tischende paukte, paukte das Kind für seine Prüfungen in der Schule am anderen

Tischende. Sie reichten sich den Krug mit Wasser hin und her – sie waren ein Frauenhaushalt und blieben es auch: Mutter, Tochter.

Es hätte so kommen können II

Silvia traf die Entscheidung für sich selbst. Sie trennte sich von ihrem Mann, vom Schulhaus und fand in derselben Stadt eine kleine Wohnung für sich und das Kind, mit Parkettboden und großen Fenstern. An den Wochenenden kam der neue Freund der Mutter zu Besuch, Samstagmorgen um Punkt neun Uhr stand er jeweils vor der Tür, mit einer knisternden Tüte in den Händen, gefüllt mit frischen Croissants. Zuerst waren es nur diese Tüten, die vom neuen Freund in der Wohnung liegen blieben, dann ein Pullover, dann seine Joggingschuhe, dann ein ganzer Koffer. Der neue Freund nahm immer mehr Platz ein im Leben von Silvia und auch im Leben des Kindes – der Vater des Kindes dafür immer weniger. Er rief das Kind nur noch einmal im Jahr an, zum Geburtstag.

Es hätte so kommen können III

Silvia und Robert entschieden sich gemeinsam, sich zu trennen. Sie alle ließen das Schulhaus hinter sich und strömten in unterschiedliche Richtungen: Silvia fand eine Wohnung im Westen der Stadt, Robert eine im Osten, und das Kind pendelte hin und her. Es hatte zwei Zimmer, eins im Westen, eins im Osten: zwei Zimmer für sich allein. Und zwei Elternteile, die redeten, über die Zeiten, die hinter ihnen lagen, und die Zeiten, die noch kommen würden. Gute Zeiten. Keine Zeiten jedenfalls, mit denen man hadern musste, auch wenn man anderes hätte ahnen können, denn das Kind war ja schon kurz vorm Transit: vom Mädchen zur Frau. Sein Körper hatte schon angefangen zu zwicken.

<u>Es hätte so kommen können IV</u>
Silvia traf die Entscheidung für sich selbst. Sie suchte sich eine Wohnung und schrieb sich in der Uni für Französisch ein, besuchte Kurse zum Französischen Symbolismus, zu Simone de Beauvoir und reiste viermal jährlich in die großen französischen Städte. Nach drei Jahren zogen das Kind und sie gemeinsam nach Lyon; Silvia eröffnete ein kleines Café und empfing ihre Gäste stets mit einem festen Händedruck. Sie schaute ihnen in die Augen, wenn sie sprachen, und Silvia sprach mit jedem Gast; und wenn die Leute das Café wieder verließen, war ihnen warm im Magen, nicht nur vom Tee, den sie serviert bekommen hatten, sondern vor allem vom Gefühl, gesehen worden zu sein.

<u>Es hätte so kommen können V</u>
Silvia traf die Entscheidung für sich selbst. Sie trennte sich von ihrem Mann, vom Schulhaus und von ihrem Kind. Sie ließ alles hinter sich. Sie ging. Streifte ihr Mutter-und-Ehefrau-Sein ab wie eine alte Haut.

*

<u>Es ist so gewesen</u>
Silvia beendete die Ausbildung zur Primarlehrerin nach drei Jahren. Drei Jahre, in denen sie das Studium vor sich hergetragen hatte wie einen Schutzschild, ihre Freizeit mit Vorbereitung und Vertiefung vollgepackt; drei Jahre, in denen alles, was nicht im Studiumsplan verortet werden konnte, nur die nötigste Beachtung fand.

Drei Jahre, in denen das Kind zehn Zentimeter in die Höhe gewachsen war und sich jeden Morgen skeptisch im Spiegel gemustert hatte: die breiter gewordenen Hüften, der rundere Bauch; dieser Körper überhaupt, der nichts mehr zusammenzuhalten vermochte, offensichtlich, weder das, was in ihm lag, noch das, was sich um ihn herum befand.
Drei Jahre, in denen Robert kaum mehr als vier Dingen nachging: Schulhaus putzen, meditieren, mit dem Motorrad über Pässe donnern. Und mit dem Kind Orangina trinken.

Es ist so gewesen II
Robert schenkte Silvia zum bestandenen Diplom eine Ferienreise. Das Kind – das jetzt die Jugendliche war – nahmen sie mit. Die Jugendliche traute ihren Augen nicht. Wie Robert seinen Arm um Silvia legte und sie es geschehen ließ. Wie Silvia sich zu ihm beugte, ihm ein wenig Soße aus dem Mundwinkel küsste. Wie Robert zum Wein drei Gläser kommen ließ und die Jugendliche mittrinken sollte. Wie sie »auf uns« anstoßen sollte.
Die Jugendliche war sich sicher, dass das vergehen würde zwischen Robert und Silvia.
Aber es verging nicht.
Die beiden blieben beisammen.
Die drei blieben zusammen, ohne je über die Stille und das Schweigen gesprochen zu haben, die dem von den Eltern sogenannten Glück vorausgegangen waren. All das war unter den Teppich gekehrt worden, ein Familienerbstück, dick und schwer. Wie viele Väter und Mütter waren darübergegangen, wie viele Kinder hatten darauf gelegen, auf den Sorgen, den nicht gesagten Sätzen der Generationen zuvor.

*

Nora

Es ist so gewesen

Nora lag einst auf so einem Teppich wie ich, dem Teppich ihrer Familie; auch sie fuhr mit den Fingern die Muster ab, bis sie – wie ich – realisierte, dass sie Beine hatte, aufstand und umherzugehen begann, kleine Runden nur, die immer größer wurden.

Der Teppich war noch immer da – ihrer wie meiner –, nur bemerkten wir ihn beide nicht mehr: Er war aus lauter Gewohnheit ein blinder Fleck geworden.

Es könnte so gewesen sein

Nora hatte es nie jemandem gesagt, aber sie bereute es, dass sie ein Kind bekommen hatte. Dass sie Mutter geworden war. Dass sie keine ihrer Ausbildungen je beendet hatte.

Eines Morgens schreckte sie aus dem Schlaf, und Panik stieg ihr den Hals hoch. Auf einmal wurde ihr klar, welche Möglichkeiten sie gehabt hätte: sich gegen das Kind entscheiden und das Psychologiestudium beenden. Oder doch noch eine Lehre machen. Oder in Stockholm eine dreimonatige Ausbildung zur Programmiererin absolvieren und danach jobben. Oder reisen, jahrelang, und da und dort mit anpacken, für ein Dach über dem Kopf, eine Mahlzeit.

Auch jetzt wäre das noch möglich: alles hinter sich lassen. Diese Stadt. Diese Wohnung. Dieses Kind, das auf der Krabbeldecke vor ihr lag. Sie ging zur Tür und griff nach der Klinke. In diesem Moment blickte sie noch einmal zurück und sah das Kind, wie es die Ärmchen nach ihr ausstreckte.

Es könnte so gewesen sein
Nora legte sich wieder hin, neben das Kind. Sie wusste weder ein noch aus. Ihr Atem begann, schneller zu gehen. Schlafen, dachte sie; sie musste schlafen. Und darauf hoffen, dass sich alles geben würde im Schlaf, dass alles von ihr abfallen würde, dass sich die alte Haut von alleine abstreifte.

Es ist so
Heute liegt Meret auf Noras Teppich, dem Familienerbstück, und Leon auf meinem, und bald auch das Baby.

Der Bettbezug klebt mir an der Haut. Ich setze mich auf, der Stoff spannt sich; der Teller vom Mittagessen, der noch darauf lag, kommt ins Rutschen, gleitet Richtung Boden; ich halte ihn fest, lege ihn auf den Nachttisch, zur Gabel.
Ich höre Nora, als wäre sie hier, in diesem Zimmer, dabei war es ganz am Anfang, als ich Dennis erst etwa zwei Wochen kannte, dass sie mich fragte: »Weichst du jetzt mit Dennis aus, weil du's dir zu eng gemacht hast, mit zweitem Kind und Wohnung auf dem Land?«
»Nein«, antwortete ich, »das ist es nicht. Ich war nicht unglücklich vor der Zeit mit Dennis.«
Und Nora erwiderte: »Du warst auch nicht unglücklich mit Vural, als du Phil kennengelernt hast, oder? Und hast dich dann trotzdem von Vural getrennt.«
Das sei was anderes gewesen, sagte ich.
»Weil ihr keine Kinder hattet, Vural und du?«
Ich schwieg, und Nora fuhr fort: »Du bist noch sehr verstrickt mit Phil.«
»Ja, und das will ich auch sein«, sagte ich; woraufhin

Nora fragte: »Wird sich alles zeigen, nicht?«, und nach einer kurzen Pause hinzufügte: »Was macht ihn eigentlich aus, diesen Dennis?«

Anni

Es poltert gewaltig in Noras Zimmer oben, dann auf der Treppe, und dann steht Nora plötzlich in der Küche. Ich halte Meret ein wenig fester in meinem Arm.
»Nora!«
Sie hat sich nicht mal die Mühe gemacht, eine Hose anzuziehen. Sie ist noch immer so schlank. So jung!
Meret beginnt zu weinen.
»Liebes! Wie geht es dir?«, frage ich.
»Kann ich was essen?«
»Aber sicher doch!«
Ich stehe auf, Meret noch immer an mich gedrückt.
»Was hättest du denn gern?«
Sie bedient sich schon am Schrank.
»Setzt du dich zu uns?«, frage ich.
Meret beginnt auf einmal so laut zu schreien, dass ich Noras Antwort nicht mehr verstehe. Sie hat vielleicht auch gar nichts gesagt. Sie dreht sich zu uns. Mich schaut sie gar nicht wirklich an, nur Meret. So ein vernebelter Blick. Nora nimmt mir das Kind aus den Armen und geht, mit einem Teller Wurst und Brot. Oben fällt die Tür ins Schloss. Der Wasserhahn tropft ja. Ich drehe ihn fester zu.
Die Tomaten auf dem Fensterbrett sind warm. Die verwandle ich in eine schöne Quiche. Das Rezept liegt

im Brotkasten. Nein, im Gestell neben dem Backofen. Warum zittern meine Hände so? Hier ist es ja. Danach räume ich im Bad meine Sachen weg, damit sich Nora ein wenig ausbreiten kann. Wir könnten ins Dorf runterfahren, ihr Kosmetik besorgen. Eine Körperlotion, ein belebendes Duschgel. Aber nein, wir haben Sonntag. Vielleicht findet sich etwas bei meinen Sachen, das ihr gefällt. Vielleicht mag sie meine Tonerde-Hibiskus-Dusche, vielleicht redet Nora dann ja doch mit mir. Ist das denn zu viel verlangt?
Das Messer gleitet durch die Tomaten. Ich sollte noch ein wenig warten. Ich habe zu tun.

Romi

Ich schließe das Notizbuch. Mein Telefon liegt noch immer neben dem Bett, ich strecke mich danach aus, die Matratze gibt nach, die Federung quietscht dumpf; ich schalte das Handy ein: eine Nachricht von Szibilla. Sonst nichts.

Würde Nora mich heute nochmals fragen, dann würde ich ihr erzählen, dass Dennis und ich uns an einem Vernetzungstag der txt-akademie begegnet sind, dass ich viel zu spät dran gewesen bin, stecken geblieben war zwischen St. Gallen und Zürich, Personenunfall; schließlich mit einer Zeitung unterm Arm im Eingangsbereich stand und die Besucherinnen und Besucher beobachtete, die sich zielstrebig durch den breiten Flur bewegten.

Am liebsten hätte ich kehrtgemacht, aber stattdessen gab ich mir einen Ruck, peilte das Café im Eingangsbereich an und stellte mich an die Bar. Ich bemerkte den Mann neben mir erst, als er mich ansprach. Warum ich dieses liberale Blatt lesen würde, fragte er und deutete auf die Zeitung. Ich musterte ihn: seinen Dreitagebart, seine Haare, die in alle Richtungen abstanden; darunter ruhten die dunklen Augen, ein aufmerksamer Blick.

Die sei im Zug liegen geblieben, antwortete ich, während dem Studium hätte ich jedoch öfters darin gelesen,

meine WG-Mitbewohnerin hätte die Zeitung damals abonniert.
Er fragte, was ich studiert hätte, und ich antwortete, Germanistik und im Nebenfach Philosophie, und dass ich zwischen Bachelor und Master als Praktikantin in einem Verlag gearbeitet hätte, im Lektorat, und ich jetzt, als Freelancerin, ziemlich orientierungslos sei.
»Dafür bist du nun also hier«, fragte er, »für mehr Orientierung?«
»Sozusagen, ja«, erwiderte ich, erstaunt über seine sehr klare, helle Stimme, eine Hörbuch-Stimme, *Die Wand* könnte er vorlesen damit, von Marlen Haushofer, das sagte ich ihm auch, und er lachte auf.
»Die Wand?«
Und ich: »Nur ein Beispiel.«
Ich fuhr fort, ich sei auf der Suche nach weiteren Möglichkeiten zur Überbrückung, aber es sei schwierig, mich zu etablieren in dem Business, noch schwieriger, als ich gedacht hätte. Vielleicht sollte ich mir endlich einen simpleren Job suchen und daneben schreiben, das hätte ich immer gewollt – schreiben –, mich aber nie richtig getraut.
»Ein noch schwierigeres Business«, sagte er und erzählte, dass er selber schreibe; Lyrik.
Ich wollte wissen, was ihn hierher verschlagen habe.
Er habe sich für einen Kaffee mit einem alten Bekannten getroffen, antwortete er, und würde gut noch einen zweiten vertragen. »Magst du auch einen?«, fragte er und stellte sich vor: Dennis.
Ich nickte und setzte mich auf einen der Barhocker neben ihn.

Apropos sich hier etablieren, sagte er, mit Betonung auf »hier« und »etablieren« – er sei am Vorabend zurückgekehrt aus Athen, wo seine Mutter aufgewachsen und wohin er früher mehrmals jährlich gereist sei, und jetzt immer weniger, aus unterschiedlichen Gründen. Und gerade heute könne er ein ganz bestimmtes Gefühl nicht abschütteln – dieses diffuse Gefühl, keiner »von dort« und auch keiner »von hier« zu sein; nicht etabliert, in Anführungs- und Abführungszeichen. Ob ich wisse, was er meine?

»Wer ist denn deiner Meinung nach ›von hier‹?«, fragte ich zurück, drehte die Zeitung um und zeigte auf ein Bild von Christoph Blocher mit erhobenem Zeigefinger; die Artikelüberschrift daneben besagte, dass die SVP auch bei den kommenden Wahlen die wählerstärkste Partei der Schweiz bleiben würde.

»Ich finde es heute einfach anstrengend, wieder vor diesem Puzzle zu sitzen«, sagte Dennis und legte seine Hand auf die Zeitung, verdeckte damit das Blocher-Foto, »und die Teile passen wie immer nicht recht ineinander. Ergeben kein richtiges Bild, nur Flickwerk. Manchmal würde ich mich am liebsten gegen die Wand werfen, um sie endlich zu durchbrechen. Von daher hast du vielleicht ganz recht mit Marlen Haushofer. Und entschuldige bitte, dass ich dich volltexte.«

Ich sagte, dann könne er sein Flickwerk wenigstens an etwas Konkretem festmachen, im Gegensatz zu mir, und das mit dem Volltexten wäre schon okay.

Er wollte wissen, wie ich das meine.

»Meine Eltern nennen sich Schweizer, ich nenne mich Schweizerin. Ich gehöre zu den Kategorien weiß, hetero,

Mittelstand. Und trotzdem ist mir mehr fremd in diesem Land als nah. Aber woran soll ich das knüpfen? Woran konkret?«

Er zögerte, blickte mir lange in die Augen, so direkt wie selten jemand; etwas durchfuhr mich von oben bis unten; er sagte: »Wegen Griechenland und so – auf diese Weise kann ich's mir natürlich auch leicht machen. Im Grunde bin ich doch fast genauso weiß und Mittelstand. Im Gegensatz zu meiner Mutter damals.«

»Wann kam sie hierher?«, fragte ich.

»In den Siebzigern.«

»Direkt auf Schwarzenbachs Tummelplatz also.«

»Ja. Von der Militärdiktatur zur schweizerischen Überfremdungsinitiative. Das war hart.«

Ich wollte wissen, warum sie ausgerechnet in die Schweiz gekommen war.

»Wegen meinem Vater«, antwortete Dennis und ergänzte: Seine Mutter habe immer geglaubt, dieses Land sei in allen Punkten fortschrittlich. Aber sie wurde von der Tatsache überrascht, dass arbeitende Frauen als Rabenmütter bezeichnet wurden, und auch von der Ausländerfeindlichkeit vieler ganz gewöhnlicher Bürger:innen, überhaupt vom ganzen politischen System. Griechisch habe seine Mutter nur mit ihm gesprochen, wenn sie alleine zu Hause waren.

Dennis deutete auf meine Tasche und fragte: »Und du? Erfüllst du das Klischee der fleißigen Schweizerin?«

»Hab ich alles mit der Muttermilch eingesogen«, antwortete ich. »Arbeit, Arbeit, nützlich sein. Ich bin eine Uhr, die sich über Nacht selbst aufzieht.«

Ein schalkhaftes Lächeln blitzte in Dennis' Gesicht auf,

dann sagte er: »Dieses Land ist nicht neutral, sondern schief. Und was mir persönlich definitiv fehlt, ist das Nicht-dauernd-und-alles-durchplanen-Müssen. Das Nicht-dauernd-leisten-und-beweisen-Müssen. Mir fehlen die Lücken. Man könnte auch sagen: der Müßiggang.«

Er schlug die Beine übereinander, streckte den schmalen Oberkörper durch, sein senfgelber Pullover spannte sich, rutschte nach oben.

»Den hol ich mir momentan, den Müßiggang. Ich brauche eine Überdosis, damit meine Lust darauf sich reguliert. Ist wie mit Zucker.«

»Der größte Luxus überhaupt.«

»Zucker oder Müßiggang?«

»Beides«, sagte ich. »Aber bei einer Überdosis Zucker interessiert sich höchstens früher oder später eine Ärztin für dich. Bei einer Überdosis Müßiggang kannst du nur froh sein, wenn du den Schweizer Pass hast. Sonst heißt es ziemlich schnell adieu.«

Wir sprachen kurz über das Wahlplakat der SVP, auf dem die weißen Schafe das schwarze Schaf von der Schweizerflagge kickten, und Dennis erzählte, wie er schon beschimpft worden sei: als »Tschingg«, als »Islamist«, als »antike Schwuchtel«. Aber, er müsse es zugeben: Er lecke an jener Sorte Müßiggang-Zucker, die den Privilegierten vorenthalten sei.

Ich fragte ihn, wo er den denn finde. Dennis antwortete, er lebe seit einiger Zeit in St. Gallen, und dass die Stadt zwar wenig mit ihm anstelle, ihm jedoch eine Art freies Fluktuieren ermögliche, ein Zustand auf Zeit – er kenne niemanden, sei niemandem was schuldig, nur sich selbst, und zwei-, dreimal wöchentlich würde er am Mittagstisch im Solihaus Essen ausgeben. Die Ostschweiz an sich gefalle ihm nicht schlecht, vor allem der Alpstein; über die Marwees sei er gewandert letzten Herbst, eindrücklich habe er es gefunden, wie es links und rechts des Berggrats in die Tiefe ging, und auf der anderen Seite wieder hoch, zum nächsten Gipfel, als wäre der Alpstein höher gelegen und weitläufiger, als er es tatsächlich ist – eigentlich sei das ja ein Mini-Gebirge. Ich erwiderte, da würde ich auch leben. In St. Gallen, noch.

»So ein Zufall«, sagte er.

Er musterte die Flaschen hinter der Bar, und sein Enthusiasmus schwappte trotzdem direkt zu mir, als er erzählte, auch in Griechenland sei er gewandert, das könne man besser, als ich mir jetzt vielleicht vorstellen würde. Ich würde wahrscheinlich eher ans Meer denken, an die Sommerhitze, die mit Touristen überfüllten Tavernen oder an die Akropolis. Aber im Herbst und im Winter würde man staunen über die Ruppigkeit der griechischen Welt, wie der Wind auf einmal zu peitschen, das Meer hohe Wellen zu schlagen beginne.

Wandern, wie gesagt, fuhr er fort, könne man ausgezeichnet; auf dem Peloponnes gefalle ihm das Taygetos-Gebirge besonders, und der Profitis Ilias, höchster Gipfel, die kleine Kapelle ganz oben, das Dach längst verwittert, dafür Glöckchen, die in die steinigen Seiten eingelassen seien und vom Wind zum Klingen gebracht würden, während man bis zum Meer in der Ferne blicke; und all das sei weit weg von Moria, und ja, mehr Flüchtlinge gebe es nicht nur auf Lesbos, sondern allgemein auf den ägäischen Inseln, auch an der Nordgrenze; die Helfenden seien überfordert, und nicht nur sie, hingegen hier in der Schweiz –

Ich setze mich im Bett auf, wische mir übers Gesicht, gebe Druck auf die Augenhöhlen; jetzt ist es dunkel, wie in Noras Zimmer gestern.
»Und warum blieb es nicht bei dem einen One-Night-Stand?«, höre ich sie fragen.
Ich löse die Hände, Punkte tanzen auf der grauen Decke, lösen sich auf, einer nach dem andern. Ich schlage das Notizbuch auf, der Minenbleistift kratzt übers Papier.

Notiz
Nora: Warum kommst du nicht auf den Punkt?
Ich: …
N: Sag schon, was ist es, das ihn ausmacht, diesen Dennis?
Ich: …
N: Du gehst doch wegen ihm das Risiko ein! Und dazu kein kleines.
Ich: Ich weiß. Und sicher könnte ich dir weitere Dinge darüber sagen, wie wir uns kennengelernt haben und was Dennis für mich ist. Aber ganz aussprechen, ganz sagen könnte ich es nie, denn das Wesentliche entzieht sich den Worten, immer.
N: Du willst es also wahren, dein süßes romantisches Geheimnis.
Ich: Nein.
N: Warum erzählst du es mir dann nicht?
Ich: …

N: Du willst doch jetzt unbedingt reden!
Ich: Ja. Aber Reden ist Suchen. Ein Suchen nach Bedeutungen, nach Zusammenhängen. Auch das Schreiben übrigens.
N: …
Ich: Ich will mich häuten, Schicht um Schicht, wenn ich spreche, wenn ich schreibe, will Wörter herausschälen und erkennen, dass vieles tiefer geht und größer ist, als ich im ersten Moment meinte. Und wenn nun das Sprechen, die Sprache also, mein Denken beeinflusst, dann erweitere ich, wenn ich meine Sprache erweitere, gleichzeitig auch mein Denken. Und damit auch mein Fühlen.
N: …
Ich: Vielleicht ist das auch der Grund, warum ich dein Schweigen nicht verstehe, Nora. Oder besser gesagt – nicht aushalte. Weil es sich so sehr nach Stillstand anfühlt.
N: …

Dennis und ich blieben lange gemeinsam im Café sitzen, und ich redete viel, ungezwungen und leicht, wie es mir nur bei wenigen Menschen passiert. Ich erzählte ihm von meinem Studium, der Zeit in der WG, der Arbeit als Schriftdolmetscherin; von Leons Geburt und wie eine für mich unbenennbare Suche auch danach weitergegangen sei. Und auch Dennis erzählte mir, von seinem Studium in Wien, seiner Rückkehr in die Schweiz, vom Kennenlernen seiner früheren Frau und der Arbeit als Dramaturg in der freien Szene, dem Wechsel in ein Theaterhaus, in dem sich nicht das erfüllte, was er sich gewünscht hatte: Es hatte ihn innerlich zerrissen, diese Verantwortungen auf allen Seiten, dieses Ziehen und Drehen an jeder Idee; und er erzählte auch, wie lange er sich eingeredet hatte: Das ist es doch, was du unbedingt wolltest. Und trotzdem frage er sich immer mehr: Warum ist es jetzt nicht gut? Dennis erzählte, wie jeder Tag auf einmal zäher war als der letzte, als wären seine Schuhsohlen morgens überzogen mit einer Leimschicht, die nicht trocknen wollte und jeden Schritt anstrengend machte. Es war nicht nur die Arbeit, die nicht mehr stimmte, sondern auch die Beziehung und alles, was damit zusammenhing. Schließlich fasste er den Entschluss. Er ließ alles hinter sich: den Job, seine Frau, die schicke Wohnung, die ja ihr gehörte, die gemeinsamen Freunde und Bekannten, die er fast alle nur über sie kannte, die Sicherheit überhaupt, die seine Frau ihm jahrelang gegeben hatte, auch finanziell. Und jetzt lebe er noch möglichst lange sparsam von dem Geld, das er zurückgelegt habe, und versuche, zu schreiben, sich nicht zu viel Druck zu machen, aber auch nicht zu wenig, um seine Texte in absehbarer Zeit rauszubringen, diesmal vielleicht etwas erfolgreicher als beim ersten Mal. Eigentlich müsste er doch glücklich sein, sagte er, er habe sich ja endlich frei gemacht, aber tja, etwas spät, dieser Wandel, mit seinen einundvierzig Jahren, betonte er, aber es sei doch nie zu spät für einen Neuanfang.

»Ist es wirklich ein Neuanfang? Ist das nicht eher ein weiterer Schritt mitten im Prozess drin?«, fragte ich.

Er nickte und führte aus, dass das die meisten so nicht sehen würden. Dass sogar er manchmal selber ins Zweifeln komme, wenn er frühmorgens aufwache, allein, nachdem er scheinbar alles gehabt habe in seinem Leben. Dass die anderen, auch Freunde, sagten:

Jetzt bist du einen Schritt zurückgegangen, mindestens. Oder, wie es seine Mutter in Worte fasste: Schade um die verlorenen Jahre.
»Vielleicht stimmt das ja«, endete Dennis. »Dass es verlorene Jahre sind.«
»Und was hast du verloren?«, fragte ich.
»Ich könnte woanders stehen jetzt«, sagte Dennis. »Wenn ich mich früher gelöst hätte.«
Und ich spürte eine Schwere, die ihn auf einmal kleiner machte.
»Jedenfalls«, sagte er, richtete sich wieder auf, »habe ich *hier* im Grunde nichts verloren.«
Er schaute um sich.
»Wem sagst du das«, entgegnete ich und ergänzte, »von hier, von dort«; und dann standen wir auf, als hätten wir uns abgesprochen, verließen schweigend das Gebäude, spazierten Richtung See, ein starker Wind ging, wir zogen die Kragen so hoch wie möglich; und während ich Dennis von der Seite musterte, sein konzentriertes Gesicht, die wachen Augen, ging mir auf, wie wohl ich mich mit ihm fühlte, in diesem gemeinsamen Rhythmus, nicht zu schnell, nicht zu langsam, einfach gehen, und am liebsten nicht mehr aufhören damit.
»Wahnsinn, wo wir hier leben«, sagte Dennis, als wir den Sechseläutenplatz erreichten; wir blieben stehen. Das Opernhaus im Hintergrund wirkte ganz klein angesichts des ausladenden Platzes davor, ausgelegt mit perfekt geformten, silbrig grau glänzenden Quarziten.
»In der kapitalistischen Hochburg«, sagte ich, als wir den Platz überquerten, und fuhr fort, wie froh ich sei

um alles, worüber ich mir nicht im Geringsten den Kopf zerbrechen müsse: Essen, Bildung, Dach über dem Kopf. Aber wie deprimierend ich es auch fände; wie gerne ich etwas von diesem Prunk abtragen würde, von diesem Luxus, der nur auf Kosten so vieler anderer zu haben sei.
Dennis nickte; wir erreichten den See. Eine Frau und ein Kind waren gerade dabei, nussgroße Brotbrocken ins Wasser zu werfen, die Enten stürzten sich gierig darauf.
»Wenn du es dir hättest aussuchen können«, fragte ich, »wärst du dann lieber in Griechenland aufgewachsen?«
»Schwierige Frage.«
Das Kind traf eine der Enten am Kopf, sie begann laut zu schnattern.
»Wir wurden geboren, in eine Zeit, in ein Land, ohne Wahl«, sagte ich. »Sogen die Bräuche, die Blicke ein. Haben so vieles davon verinnerlicht. Mich davon zu befreien kommt mir manchmal fast unmöglich vor.«
»Jetzt machst du dich aber ganz schön passiv«, sagte Dennis, und ich erwiderte: »Manchmal kann ich nicht anders«; und er berührte meinen kleinen Finger, »wem sagst du das«; mehr nicht, nur diese Berührung, diese Worte, die sich ausbreiteten und alles in mir wärmten.
Wir trennten uns um neunzehn Uhr beim Bahnhofsplatz. Er müsse zurück nach St. Gallen, sagte er, und ich hatte mich eingebucht, ein einfaches Hotel in Zürich Oerlikon, meine kleine Auszeit, Noras Weihnachtsgeschenk.

Notiz
(Was ich sagen kann, Nora.)

Ich bin ein Haus mit vielen Zimmern. Eins der größten dieser Zimmer war jahrelang zugestellt gewesen mit ausgebleichten Möbeln. Die Tapete bröcklig, der Boden abgenutzt, ein dicker Teppich in der Ecke, Staub überall. Ich habe dieses Zimmer immer wieder betreten, habe auf den zugezogenen Vorhang geblickt und war wie gelähmt.
Eines Tages kam ich auf einmal in Bewegung. Ich schob den Schaukelstuhl an die Wand, den Barhocker in die Ecke, hob mit den Händen die Staubflocken auf, so gut es ging, öffnete das fleckige Fenster und ließ sie nach draußen segeln, in die Nacht. Und als ich mich umdrehte, stolperte Dennis in dieses Zimmer.
Er setzte sich auf den Boden. Mit einer einzigen Bewegung riss ich ein breites Stück Tapete von der Wand, darunter kam heller Putz zum Vorschein. Dennis wartete, bis ich mich neben ihn gesetzt hatte, gemeinsam schauten wir auf den Putz und projizierten Bilder darauf.

»Wasser«, sagte er, »das fließt, sehr schnell, ich tauche ab, sehe die Welt auf dem Kopf. Sind das Wolken, da unten, am Grund des Flusses?«

»Ein Wald«, sagte ich, »durch den ich gehe, Vögel, die auffliegen; ihre Flügelschläge sind ein Zeichen, das mir sagt, wo du bist.«

»Klopf, klopf«, sagte er, »hier hast du also die ganze Zeit gewartet, gewartet auf mich?«

*

Müßiggang, der, von althochdeutsch muozîg, Muße habend.

Muße, die, beschauliche Freizeit, bezeichnet eigentlich einen Zustand, der einem die Möglichkeit bietet, etw. zu tun; untätig, auch überflüssig, unnötig; wer durch ein standesgemäßes Vermögen berechtigt ist, kein Handwerk oder Gewerbe zu treiben.

*

Dennis liegt im Zimmer 217, Glieder ausgestreckt, sein nackter Körper bildet eine Kuhle in der Matratze; er sagt: »Der Prophet Ilias war Matrose. Eines Tages beschloss er, dort zu leben, wo die Leute das Meer nicht kennen. Er klemmte sich sein Ruder unter den Arm und fragte den Ersten, den er sah: ›Was ist das, was ich hier trage?‹ Die Antwort war: ›Ein Ruder.‹ Auch der nächste Mensch, der ihm begegnete, antwortete auf seine Frage: ›Das ist ein Ruder‹. Ilias ging so lange und so hoch hinauf, bis er einen Hirten traf, der ihn ratlos anblickte und sagte: ›Was das ist, kann ich dir nicht sagen.‹ An dieser höchsten Stelle baute Ilias sein Haus.
Von hier aus war das Meer ein einziges Schimmern, ein unendlicher Teppich aus Licht.«
Ich legte mich neben Dennis, Blick zur Holzdecke, und fragte: »Warum ging Ilias überhaupt vom Boot?«
»Matrose zu sein war ein gefährlicher Beruf. Er wollte noch nicht sterben«, antwortete Dennis. »Aber vor allem wollte er das Wasser sehen, auf eine neue Weise.«
»Wollte er nicht lieber fliegen?«
»Vom Fliegen wusste er nichts.«
»Noch nicht einmal aus seinen Träumen?«
»Nicht mal das.«

Er machte eine Pause. Dann fragte er: »Reist du mit mir nach Griechenland, im Sommer?«
»Ja«, sagte ich kurzerhand, drehte mich zu Dennis und zog ihn zu mir heran.
Er musterte mich, als wäre ich eben aus dem Nichts aufgetaucht; ich fühlte mich nackt auf unangenehme Weise und dachte daran, die Decke über mich zu ziehen, doch ich ließ es sein, blieb einfach liegen – bleich und unförmig.

*

Nora: Ist das alles, was du mir dazu sagen kannst?
Ich: Ist das nicht ziemlich viel?

Anni

Ich klopfe an. Es bleibt still. Ich klopfe fester. Ist sie in der Zwischenzeit auch noch taub geworden? Jetzt höre ich etwas von innen, direkt hinter der Tür. Mit einem Ruck wird sie geöffnet.

»Was ist?«, fragt Nora. Ihre Haare sind ganz durcheinander.

Ich wische mir die Hände an der Schürze ab. Nur nicht die Fassung verlieren.

»Kann ich etwas für dich tun?«, frage ich.

Nora sagt nichts.

»Ich dachte nur – ich habe mir etwas überlegt. Vielleicht hättest du Lust auf einen Friseurbesuch? Ich müsste meine Haare ja auch schneiden und neu färben. Dorothe hat morgen bestimmt Zeit.«

Nora sagt wieder nichts. Sie hat sich eine kurze Hose angezogen. Die Hose schlabbert am Bund.

»Es gäbe noch Tomaten-Quiche, falls du hungrig bist«, sage ich.

Jetzt hat sich doch etwas verändert bei ihr, oder nicht? Sie schüttelt den Kopf.

Meret steht wieder so seltsam in der Ecke und blickt zur Wand. Ich beuge mich leicht nach vorne. Ich bin zu weit weg, um zu sehen, was im Abfalleimer liegt. Eine andere Verpackung? Nora schaut mich prüfend an.

»Soll ich die Kleine ein wenig zu mir runternehmen?«, frage ich.
Nora zögert. Dann nickt sie.
»Kommst du, Meret?«, frage ich.
Sie bewegt sich keinen Millimeter. Nora kniet sich zu ihr runter. Das Mädchen dreht sich zu ihrer Mutter und schmiegt ihren Kopf an ihre Schulter. Wenn es das mal bei mir machen würde. Nora hebt es hoch, drückt es mir in die Arme. Ein kurzes Winseln, dann ist das Kind ruhig. Meret wiegt schwer in meinen Armen.
»Mach dir keine Sorgen«, sage ich zu Nora.
Schon ist die Zimmertür wieder zu, und ich stehe mit Meret im Flur.

Romi

Achtzehn Uhr vierundvierzig; wie die Zeit vergeht, und ich noch immer in diesem Zimmer mit dem einen Fenster, dem einen Schrank, dem Tischchen; der Teppich zerfließt vor meinen Augen, geht konturlos über in die weiße Wand, die hölzerne Decke. Je länger ich hier liege, desto schwerer fällt es mir, zu atmen, desto unmöglicher der Gedanke, rauszugehen. Wohin? Nichts von Nora. Ob sie noch immer da liegt, still und stumm? Ich sehe sie vor mir, mir gegenüber, eine Seifenblase schwebt über ihr, die Blase platzt, nässt Noras Haar; das Rot ergießt sich über sie, über den Boden, und jetzt sind auch die Wände rot.

»Mit Dennis besorgst du's dir jedenfalls ganz schön, oder?«, sagte sie, damals, nachdem ich ihr kaum etwas über Dennis erzählt hatte, obwohl ich ihn bereits zwei Wochen kannte.

Und ich antwortete, meine Stimme klingt in der Erinnerung scheppernd, die Silben langgezogen: »Es kommt mir so vor, als würden Dennis und ich auf eine gewisse Weise unglaublich gut zueinanderpassen. Nicht nur sexuell.«

Nora lächelt in sich hinein, sagt: »Klar, nach so kurzer Zeit. So was habe ich bei Emrik damals auch gedacht, dank den Hormonen. Süßer Anfang. Wie schnell

sich das ändert, solltest du ja eigentlich selbst wissen, Romi.«
Achtzehn Uhr fünfundvierzig; eine Mail ploppt auf, Newsletter, Frauenstreik, am 14. Juni wollten wir auf die Straße.
»Für uns!«, hat Nora seit Januar, seit sich das Komitee gebildet hatte, gesagt. »Für uns organisiere ich das! Und für unsere Kinder!«
Ich habe mich verlaufen, mich verrannt; ich hab zu viel zu verlieren. Ich muss mich konzentrieren. Ich tippe Phils Profil an. Wähle seine Nummer, es klingelt viermal, dann nimmt er ab.
»Phil!«, sage ich.
»Ja? Ist was los?«
»Wie geht es euch?«
»Wir sind gerade am Essen, Leon und ich. Ist es wichtig?«
»Ich vermisse euch.«
»Können wir später telefonieren?«
»Okay.«
»Ich ruf dich an, wenn Leon schläft.«
»Gib ihm einen Kuss von mir.«

Szibilla

Malitas klare Schritte. Die Treppe hoch. Eddy's Bar. Ihr Winken, zwei Bier. Oder lieber Wein? Wein dann. Das düstere Ambiente. Die dunkelgrauen Wände. Plakate von irgendwelchen lokalen Events. Sie nimmt die Gläser. Ich zeige auf einen Bartisch hinten im Raum. Malita nickt in Richtung eines Tischchens ganz vorne. Wir einigen uns stumm auf Mitte.

»Das ist also dein place to be?«, frage ich.

Malita nickt. Stellt die Gläser ab. Sie brauche das einfach, ab und zu einen trinken. Abends unter Menschen gehen. Sie sieht sich um. Ein junges Paar am Billardtisch. Zwei Männer an der Bar, Rücken zu uns. Eine alte Dartscheibe an der Wand schräg hinter ihr.

»Hier ist es selten so leer«, sagt sie. »Pfingstsonntag, und alle verduften. Wo wohnst du eigentlich?«

»Zürich«, antworte ich, »also, daneben.«

Sie zieht die Augenbrauen hoch. »Goldküste? Und wo ist dein Armani-Jäckchen?«

»Ich sage nur: Bülach!«

»Ui«, sagt Malita. »Wie hast du das denn geschafft?«

»Warst du schon mal da?«

»Nein«, sagt sie. »Aber kann ja kaum so schlimm sein, wie ich dachte, wenn *du* dort wohnst. Solange das Atommülllager noch nicht steht.«

»Du hast davon gehört?«
»Warum erstaunt dich das?«, fragt Malita. Nimmt ihr Weinglas. Setzt an. Trinkt es zur Hälfte aus. Stellt es wieder auf den Tisch zwischen uns. »Hättest du nicht erwartet von einer einfachen Dienstleisterin, richtig?« Sie zwinkert mir zu. Sie hat mich.
»Weißt du«, fährt sie fort, »ist nicht so, dass ich mich den ganzen Tag betrinke.«
Sie nimmt gleich noch einen Schluck. Schiebt mein Glas näher zu mir hin.
»Dann hast du auch vom Bülacher Riff gehört?«, frage ich.
Malita schüttelt den Kopf. Ich fahre fort: »Die sind kürzlich bei der Probebohrung darauf gestoßen. Fossilien, Korallen, solche Dinge. Stell dir vor, das ist Hunderte von Millionen Jahre alt. Ein Riff unter der Erde!«
Malitas Gesicht hellt sich auf. Sie sagt: »Als die entstanden sind, hättest du hier überall unter Zitronenbäumen faulenzen können, Meeresrauschen im Ohr.«
Sie schiebt mein Glas demonstrativ noch etwas näher zu mir heran. Ich nehme einen Schluck. Weißwein. Viel zu sauer.
»Klar, und wenn wir wach gewesen wären, hätten wir einen köstlichen Drink aus einem Dinosaurier-Ei geschlürft«, sage ich.
»Genau!«
Malita hebt wieder ihr Glas an die Lippen.
»Wenn es so weit ist, sollte mich auf eine Stelle in diesem Bülacher Tiefenlager bewerben«, fahre ich fort. »Kabumm, Müll rein. Riff futsch. Vielleicht finde ich so zufälligerweise versteinerte Kerne der Ur-Zitrone.«

»Und dann analysieren wir ihre DNA«, sagt Malita. »Wir züchten sie nach und werden reich und berühmt mit einem Ur-Zitronen-Drink à la Szibilla und Malita.« Malita lacht frei raus. Dann fragt sie: »Lebst du alleine? In diesem sagenumwobenen Bülach?«
Ich atme einmal tief durch. Sage: »Ich lebe im Haus meines Bruders. Er oben, mit seiner Familie. Ich unten.«
»Und wie versteht ihr euch so, dein Bruder und du?«
»Wir teilen dasselbe Schicksal«, sage ich. Ich hoffe, sie kann das hören. Die Ironie in meiner Stimme. »Das schweißt uns zusammen. Es zieht uns dahin, wo was zu Ende geht. Das Dorf, in dem wir aufgewachsen sind, liegt gleich neben dem zweiten möglichen Tiefenlagerstandort. Dort lebt unser Vater. Sein Haus werden wir mal erben. Schöne Aussichten, oder?«
»Lass mich raten«, sagt Malita. »Deine Mutter wohnt beim dritten möglichen Tiefenlagerstandort?«
Ich trinke vom Wein. Zwei Schlucke. Drei. Stelle das Glas zurück auf den Tisch.
»Sie lebt nicht mehr«, sage ich.
»Oh, das tut mir leid.« Malitas Gesicht jetzt nah vor meinem. Ich weiche ein wenig zurück.
»So ist das. Mit dem Leben. Mit dem Tod«, sage ich. »Krebs.«
»Wie viele es trifft!«, sagt Malita. »Vor einer Woche hat eine meiner Cousinen eine Brustkrebsdiagnose bekommen. Schon überall Metastasen.« Sie macht eine kurze Pause. »Das muss furchtbar für dich gewesen sein.«
»Ja«, sage ich. Würde Malita am liebsten nachschenken. Aber auf dem Tisch vor uns ist nur ihr fast leeres Glas. Und mein noch ziemlich volles.

»Eigentlich mag ich das gar nicht«, sage ich.
»Darüber reden?«, fragt Malita.
»Bei meinem Bruder leben«, antworte ich. »Unglückliches Haus. Unglückliche Ehe. Auch die: bald zu Ende.« Ich schiebe mein Glas Richtung Malita. Fahre fort: »Und diesen Wein hier mag ich auch nicht. Gibt's hier nichts Besseres? Ich geb einen aus.«
Malita schwenkt den Zeigefinger hin und her.
»Da musst du jetzt durch«, sagt sie. »Noch ein klein wenig, und du hast den Kippmoment erreicht. Der Wein wird dann auf einmal süß wie Honig. Ich schwör's dir!«
»Ich frag mal nach, was es sonst noch gibt.«
Ich mache zwei Schritte. Richtung Bar. Malita hält mich am Arm fest. Eine kräftige Geste. Aber zugewandt.
»Lass uns eine Runde spielen. Ja?«
Sie hält meinem Blick stand. Ich nicke. Sie setzt sich in Bewegung. Holt die Dartpfeile. Ein Abstand zur Scheibe von zweieinhalb Metern. Ihr erster Wurf trifft direkt in die Mitte. Jetzt ich? Zögern. Ein Wurf, daneben. Ein zweiter. Sie legt den Kopf in den Nacken. Lacht. Ich reiche ihr die restlichen Pfeile zurück.
»Noch einen!«, sagt sie.
Ich werfe. Treffe, zumindest an den Rand. Sie drückt mir den Wein in die freie Hand. »Nimm mal einen Schluck! Denk an den Honig!« Ihr eigenes Glas ist jetzt leer. Sie geht zur Bar. Alles an ihr bewegt sich. Flink, aber nie hastig. Der Barkeeper füllt das Glas auf. Als wäre es das Erfreulichste, was er heute machen könnte. Malita kommt zurück. Stellt ihr Glas hin. Holt die Pfeile. Wirft, präzise. Trifft. Dann sagt sie: Eigentlich sei

sie erst jeden Abend hier, seit sie Mutter ihrer Mutter sei. Überspitzt formuliert. Und ich: Warum lebt sie eigentlich bei dir? Und Malita: Wir schaffen's nicht. Und ich: Was? Und sie: Den Kompliziertheiten aus dem Weg zu gehen.
Sie macht die paar Schritte zur Dartscheibe. Zieht die Pfeile raus. Kommt zurück. Spricht schnell. Trinkt zwischendurch immer wieder kleine Schlucke aus ihrem Glas. Ihre Eltern seien in die Schweiz ausgewandert, als sie selbst noch fast ein Säugling gewesen war. Um hier ein besseres Leben aufzubauen. Sie, Malita, sei in den ersten Lebensjahren in Portugal geblieben. Sei rumgereicht worden. Von Tante eins zur Großmutter zu Tante zwei. Vier Jahre lang. Erst dann sei sie in die Schweiz gekommen.
»Die ersten Jahre waren schlimm. Ich verstand nichts, gar nichts! Irgendwann ging's dann, und ich wurde zur Dolmetscherin für meine Eltern«, sagt Malita. Wendet sich der Scheibe zu. Wirft. Trifft. Und jahrelang habe sie einen interessanten Fehler gemacht. Sie habe das portugiesische »viver« übersetzt mit »arbeiten«. Das sei ihr erst spät aufgegangen.
Sie schaut zu mir. Wirft einen Pfeil. Blind. Er knallt in die Wand rechts der Dartscheibe. Malita wendet den Blick nicht von mir ab. Sagt: Dann habe sie gemerkt: Stimmt ja! Leben, Arbeit, wo ist der Unterschied? Zumindest hier, in der Schweiz. Zumindest für ihre Eltern. Die verwachsen waren mit der Lohnarbeit. Zwangsläufig. Die kaum Zeit hatten für etwas anderes. Sie schaut zur Scheibe. Wirft die restlichen Pfeile. Trifft. Holt die Pfeile zurück. Ihr Vater sei vor einigen

Jahren gestorben. Herzinfarkt. Ihre Mutter ein Fall für die Invalidenversicherung. Die IV sehe das aber nicht so. Die müsse halt wiedereingegliedert werden, hieß es lange. Depression? Rückenschmerzen? Jetzt tun Sie mal nicht so! Und in der Zwischenzeit sei es eh zu spät. Die Rente betrage so wenig, dass es kaum reiche zum Leben. Daher arbeite jetzt Malita für anderthalb. Aber das sei bald vorbei. Die Mutter gehe zurück nach Portugal.
Malita hebt ihr Glas.
»Ein trauriges Prosit!«
Sie trinkt. Ich möchte fragen, wie das heute sei. Mit der Depression. Wie die Mutter damit umgehe? Besser nicht. Bodenloses Thema.
»Du bist ja richtig trinkfaul!«, sagt Malita mit Blick auf mein Glas. Da ist noch immer was drin. »So wird das nix mit dem Honig! Und jetzt du.«
Sie reicht mir die Pfeile. Geht zur Bar. Ich stehe alleine da. In diesem ekligen Raum. Klebrige Wände. Von Schweiß und Alkohol. Wer weiß, was sonst noch.
Malita kommt zurück mit einer gefüllten Karaffe.
»Hauswein!«, ruft sie. »Vielleicht magst du den ja lieber. Ich werde selbst übrigens auch auswandern, so in drei, vier Jahren. Nach Curaçao. Dort gebe ich dann Tauchkurse und eröffne meine eigene Massagepraxis. Besuchst du mich? In der Zwischenzeit sollten wir tanzen.« Sie wendet den Kopf Richtung Bar. Ruft: »Musik! Eddy, du weißt schon!«
Sie weiß es. Wie es geht. Leben. Der Typ hinter dem Tresen zwinkert ihr zu. Stellt was ein. Das ist er also, Malitas Sound. Bisschen Gipsy. Bisschen Pop. Beschwingt. Sie bewegt den Oberkörper zum Rhythmus. Dreht sich

einmal um sich selbst. Sie hat die Klarheit in jeder Faser. Die Pfeile noch immer in meiner Hand.
»Komm auch, komm tanzen!«
Ich schüttle den Kopf. Ihre Bewegungen werden etwas ruhiger. Jetzt haben sich die beiden Typen an der Bar zu uns umgedreht. Begaffen Malita. Ich würde mich am liebsten vor sie werfen. Sie schwitzt. Bemerkt die Blicke nicht. Oder sie stören sie nicht. Einer der Typen steht auf. Er hat einen Schnauzbart. Trägt eine Lederweste. Im einen Ohrläppchen ein massiver silberner Ohrstecker.
»Hey, Maddy, gut gelaunt?«, fragt er.
Malita dreht sich noch einmal um sich selbst. Wendet sich dann dem Typen zu.
»Na klar, bei so einer Begleitung«, sagt sie.
Nimmt meine Hand. Hebt sie in die Höhe. Gemeinsam ballen wir eine Faust.
»Was ist denn hier heute für eine Stimmung? Mal ein wenig Ausgelassenheit, meine Herren!«, sagt sie.
Das Paar am Billardtisch schaut gelangweilt zu uns. Widmet sich dann wieder den Kugeln.
Malita hat die Gelöstheit im Blut. Tanzt einfach weiter. Durch den ganzen Raum. Nimmt ab und zu einen Schluck aus ihrem Glas. Lächelt mir zu. Wirbelt umher. Ihre Haare schwingen mit. Der Biker folgt ihr mit den Augen. Ich muss Malita da rausholen. Sie ist unerreichbar. Bleibt abrupt neben mir stehen.
»Szibilla«, sagt sie, als wäre sie vollkommen nüchtern, »und wie ist das bei dir so?«
»Was?«, frage ich zurück.
»Na, zu was tanzt du?«, fragt sie weiter.

»Hier kann ich nicht reden. Mir ist es zu laut«, sage ich. »Wollen wir nicht noch woandershin?«
»Aber wir sind doch noch gar nicht ganz angekommen!«, sagt Malita. »Lass uns tanzen! Und später reden! Komm!«
Sie legt meine Hände an ihre Seite. Weich.
»Lass uns entspannen«, sagt sie. »Du willst das doch?«
Ich klebe an ihr. Unangenehm. Nicht wegen ihr. Weswegen dann? Die Blicke der Typen. Mein Körper, der bockt. Ich kann mich kaum bewegen. Möchte gleichzeitig auf einmal ihre Hände überall an mir haben. Mache mich los. Da steht ein Glas auf einem der Tischchen. Meines, ihres? Ich trinke es aus.
»So ist es gut!«, ruft Malita.
Ich will hier weg. Sehe das Toilettenschild. Schließe die Tür hinter mir ab. Höre die Musik noch immer. Dann kommt sie über mich. Wie ein Zelt. Die Erinnerung. An den weißen Raum. An die milchige Scheibe. Mein Körper festgezurrt. Mein Körper schläft nicht. Aber er ist auch nicht wach. Ich kann mich nicht bewegen. Ich mag mich nicht bewegen. Ich höre Schritte, an mir vorüber. »Ihr Puls geht zu schnell!« Jetzt zittere ich. Überall. Ich kann es nicht stoppen.
Ich beuge mich übers Waschbecken. Ich trinke. Eiskaltes Wasser. Strecke mich durch. Handgelenke unter den Strahl. Die Holztür. Durch sie hindurch. Zurück ins Lokal. Zurück zu Malita. Sie tanzt noch immer. Jetzt steht auch der zweite Typ im Raum. Glotzt ungeniert. Der Biker von vorhin versucht, mit Malita mitzuhalten. Versucht zu tanzen. Er hat Kraft in den Armen. Ich stürze auf Malita zu. Sie dreht den Kopf zu

mir. Ihr leuchtendes Gesicht. Sie ruft: »Szibilla, tanz mit mir!«
Ich komme ihr immer näher.
»Szibilla?«
Ich kann nicht mehr stehen. Sehe etwas im Augenwinkel. Ich stolpere. Falle vornüber. Etwas stößt hart in meine Seite. In meinem Kopf hämmert es.

Romi

Zwanzig Uhr einunddreißig. Leon schläft doch normalerweise früh, um acht, vielleicht mal um zehn nach; warum ruft mich Phil nicht zurück? Ich lese ein Wort, einen Satz, Buch zu, das nächste auf; zappe nochmals durchs Fernsehprogramm – sinnlos. Stimmen auf dem Flur, ein euphorisches Rufen, schlurfende Schritte. Ich öffne das Fenster, ein Auto rauscht vorbei; endlich dringt etwas Kühle ins Zimmer. Ich nehme mein Handy und wähle Phils Nummer.
»Hey«, sagt er.
»Hey«, antworte ich.
»Du wolltest reden?«
»Ja«, sage ich. »Geht's dir gut?«
»Definiere ›gut‹.«
»Stört es dich, dass ich anrufe?«
»Ich hatte einen anstrengenden Tag. Ich bin müde. Das ist alles.«
»Ich will dich was fragen.«
»Ja?«
»Liebst du mich noch?«
Ich höre einen Klang; das Schließen einer Tür.
»Bist du noch da?«
»Mhm«, antwortet er.
»Bis jetzt war das immer eine simple Frage für uns, nicht?«

Es vergeht ein weiterer Moment, bis Phil sagt: »Simpel? Meinst du wirklich?«
»Nein, natürlich nicht. Nicht simpel, aber klar beantwortbar.«
Ich warte und frage dann weiter: »Kannst du's mir noch immer sagen? Ob du mich liebst?«
Wieder Schweigen. Dann sagt Phil: »Nein.«
»Du liebst mich nicht mehr?«
»Ich kann dir das jetzt nicht sagten. So nicht. Nicht jetzt.«
Ich schlucke. Betrachte meine Fingernägel, die abgekauten Ränder.
»Und wieso nicht?«, frage ich.
»Jetzt willst du auf einmal an alten Mustern festhalten. Merkst du das auch?«
»Ich weiß.«
Ich höre Phils knarrende Schritte auf dem Boden in unserer Wohnung.
»Du hast mit deiner Entscheidung vieles ins Wanken gebracht«, sagt er. »Meinst du, bei mir bleibt alles ganz genau gleich?«
»Nein, aber –«
»Ich habe das Gefühl, manchmal dreht sich alles nur um dich.«
Er macht eine Pause, dann sagt er: »Leon ruft schon wieder.«
»Er schläft noch nicht?«
»Ist aufgekratzt heute.«
»Kannst du mich nochmals anrufen? Wenn er schläft?«
»Für mich wäre es besser, ein wenig Abstand zu haben. Die paar Tage, die du im Rheintal bist, könnten guttun. Uns beiden.«

»Du willst keinen Kontakt?«
»Lass uns von Tag zu Tag schauen.«
»Und Leon?«
»Es sind doch nur fünf Tage!«
Nochmals kurze Pause, dann fährt er fort: »Nur noch drei. Und falls Leon telefonieren will, darf er das natürlich tun.«
»Ja.«
»Ich leg jetzt auf.«
»Ja.«
»Eine gute Nacht dir.«

Ich lege auf. Das Handy ist heiß, Schweiß hat sich auf meinen Handflächen gebildet; ich mache alles zu, wie mechanisch: das Fenster, den Vorhang; ich schließe die Zimmertür ab. Im Badezimmer gurgelt das Wasser aus dem Hahn, die Zahnbürste knirscht über meine Zähne; Phil stand da, aufrecht, damals, am Schulhausfest, als wir uns kennenlernten, quasi; sein offenes Gesicht, sein Blick, der nichts verrät und nichts verschweigt, sein schwarzer Mantel, der ihm fast bis zu den Knien reichte, die glänzenden Knöpfe, die er mit seinen langen Fingern seelenruhig schloss. Und ich trat von einem Bein aufs andere, wartete, auf eine frühere Schulfreundin, und so war es schon immer, so hab ich gewartet und würde auch zukünftig warten, auf Nora, auf Dennis, auf Leon, auf Phil, und ich trat immer schneller, und die Knöpfe an Phils Mantel wie je ein Geheimnis, und ich wollte sie alle kennen, will es noch jetzt!
Ich greife mir in die Augen, meine Finger zittern, die Kontaktlinsen landen im Waschbecken, und da lass ich

sie auch. Ich drehe mich zum Lichtschalter, so drehte ich mich damals zum ersten Mal zu Phil, Licht aus, und zu Phil sagte ich: »Ich kenne dich doch!« Origamitiere flattern vom Drehbaum, Schulhausplatz, er war der Junge gewesen, der ständig Papier gefaltet hatte, und ich sagte: »Philip!«, und er sagte: »Phil. Seit wann nennst du dich Romi?«

Meine Beine tragen mich bis zum Bett, bewegen sich rhythmisch und schnell, wie der Sekundenzeiger; ich lasse mich hineinsinken, gebe nach, gebe auf; die Wangen sind heiß, das Kissen wird nass, das sind meine Spuren, die Spuren einer Frau im luftleeren Raum. Ein dunkler Laut kommt von tief her, wie von einem Tier, wie von einem Kind; das bin ich ja selbst. Kein Sauerstoff gelangt in mich hinein, und nichts kommt aus mir heraus, außer diesem Klang; welche Frau bin ich noch? In meinem Bauch liegt das Kind, will leben, braucht Luft; ich öffne meine Nasenflügel, so weit es geht, aber der Sauerstoff strömt nicht, erreicht mich nicht. Ich stehe auf, beuge mich vornüber, jetzt geht es besser, jetzt geht es gut.

Ich lege mich wieder hin, zurück ins Bett; lege mich hin, wie Nora gestern lag, seitwärts, Beine angewinkelt, Arme vor Oberkörper. Mein Bauch geht auf, geht ab. Schlafen, jetzt.

Szibilla

Eine fremde Wohnung. Ein fremdes Bett. Malita reicht mir ein Leintuch.
»Hier ist noch mehr Wasser«, sagt sie. Zeigt zum Nachttisch. Ein großes Glas steht darauf.
»Bleib morgen einfach so lange hier, wie du magst. Nimm dir, was du brauchst. Ich schlafe auf dem Sofa, damit ich dich nicht wecke.«
Sie zögert. Fragt dann: »Hast du wieder eine Massage gebucht?«
Ihre Silhouette im schummrigen Licht. Ihre Stimme wie immer. Klar, fest. Kein Hauch von Mitleid. Als wäre sie absolut nüchtern. Ich nicke.
»Schlaf gut«, sagt sie. »Und sorry, falls ich dich überrumpelt haben sollte.«
Sie macht die Nachttischlampe aus. Geht zur Tür.
»Übrigens, meine Mutter heißt Beatriz. Ich sag ihr, dass du da bist.«
Sie schließt die Tür hinter sich. Ich drehe mich auf die Seite. Bin müde. Und auf eine seltsame Art geborgen. Seltsam, oder selten?

Dritter Tag
10. Juni

Romi

Es ist ein Zimmer, in dem ich liege, es ist nicht meins. Ich setze mich auf, schiebe den Deckenbezug zur Seite; mein Schädel brummt. Ich schalte das Handy ein, es liegt schwer in meiner Hand, das Display leuchtet auf. Eine Kurznachricht von Dennis, er schreibt: *Guten Morgen! Du fehlst mir. Meldest du dich mal?*

Mir ist schlecht, ich habe großen Durst; in meinem Bauch ist es ruhig, vollkommen leer, wo ist das Kind, warum bewegt es sich noch nicht?

Ich muss mich frei machen. Der Matratzenrand: eine simple weiße Linie, eine Horizontale; ich darf mich nicht verlieren, muss bleiben. Leon vor mir, in seinem Kinderbett, die Decke bauscht sich wie Watte über seinem kleinen Körper; er schläft, Daumen im Mund. Er weiß um seine Mutter, eine, die blieb, was sie war, aber ganz, nicht halb. Eine, die sich entschied. Für ihn. Für das Kind. Für die Kinder. Für die Familie, früh genug. Das Handy blinkt. Noch eine Kurznachricht von Dennis.

Wegen unserem Urlaub: ich hatte dir ja versprochen, mich zu informieren. Hab ich gestern getan – das geht problemlos, mit Zug & Fähre reisen. Peloponnes?! Oder wenn du lieber magst, auch gerne aufs Festland. Überleg's dir doch, okay? Eilt nicht. Reservieren muss man nix, höchstens den Zug nach Ancona. Ich freue mich so darauf!

Ich tippe zurück, wie automatisch: *Ich kann das nicht.* Wenige Sekunden darauf Dennis' Reaktion: *Ist dir die Reise doch zu lang? Oder für Leon?*
– *Ich kann jetzt nicht. Ich brauche Abstand.*
– *Können wir bitte telefonieren?*
– *Nein. Es geht nicht.*
– *Kannst du mir schreiben, was los ist?*
– *Ich kann nicht.*
Und in einer weiteren Kurznachricht: *Alles spricht gegen uns.*
– *Was?*
– *Es tut mir leid. Ich melde mich.*

Ich schalte das Telefon aus, lege es auf den Nachttisch; das Zimmer ist matt, eine einzige Fläche, ohne Tiefen. Im Waschbecken liegen noch immer meine Kontaktlinsen, kleingeschrumpft und trocken, ich spüle sie runter. Im Spiegel sehe ich meine Umrisse, meine Hüften, lege meine Hände auf die breiteste Stelle, Teig, formbar; ich drücke zu. Ich: ein konturloses Etwas, mit Wölbungen, unscheinbar; Bäuchlein, Brüste, und das, was man Kopf nennt; ein Pochen. Und noch einmal. Eine dumpfe Stimme.
»Romi?«
Ich schlucke einen zähen Spuckekloß runter, rieche gleichzeitig die Spucke meiner Mutter an einem schon benutzten Taschentuch, sie wischt mir, dem Kind, den Mund damit; ich muss würgen.
»Moment«, rufe ich zurück, »Moment mal!«
»Hast du was gesagt?«, fragt Szibilla. »Machst du mir auf?«

Ich kotze in die Kloschüssel. Wische mir über den Mund. Szibilla klopft nochmals an die Tür; ich blicke in den Spiegel, aber ich sehe mich ja nicht wirklich, sehe nur eine Fläche von Frau; ich mach das jetzt zu, vergesse das alles. Binde mir die Haare straff zusammen, ziehe mir ein T-Shirt über, die Pyjamahose, gurgle kurz mit Wasser und Zahnpasta, atme tief ein und aus, »Entspannung ist möglich«, sagte die Hebamme; ich öffne Szibilla. Sie betritt den Raum und bleibt in der Mitte stehen.

»Hier riecht es seltsam«, sagt sie.

Ich setze mich aufs Bett, strecke den Rücken durch; jede Bewegung klemmt, als würden meine Knochen, meine Glieder nicht mehr richtig aufeinanderpassen und ineinandergleiten; ich höre es schon knacken und sage schnell: »Meine Worte.«

»Wie geht es dir?«, fragt Szibilla, und ich antworte möglichst gelassen, meine Stimme klingt wie von weit her: »Ich habe meine Kontaktlinsen ruiniert. Und ich habe keinen Ersatz dabei.«

»Brille?«

Ich schüttle den Kopf.

»Erkennst du mich?«, fragt Szibilla.

Ich blicke zu ihr, in das, was ihr Gesicht sein soll: verschwommen.

»Ich habe keine Ahnung, wer du bist«, sage ich, kneife die Augen zusammen, sehe etwas schärfer so, ihr offenes Haar, ganz ungewohnt.

»Dein Haar sieht aus wie ein Schleier«, sage ich. »Was versteckst du darunter?«

»Du siehst mich als Rokoko-Malerin? Ich hab mir

meine Haarklammer ruiniert«, sagt Szibilla, lacht auf, versöhnlich, und fährt fort: »Google mal. Anna Dorothea Therbusch. Selbstporträt.«

Ich will nicht, will mich nicht bewegen, auch nicht reden, und trotzdem kommen Worte, wie von allein.

»Willst du was besprechen?«, frage ich. »Oder warum bist du hier?«

»Wollen wir frühstücken?«

»Du und ich?«

»Trägst du mir das noch nach? Das von vorgestern?«

»Du bist ganz schön reingefahren.«

Szibilla legt den Kopf leicht in den Nacken, als würde sie überlegen. Dann nickt sie fast unmerklich und fragt: »Hattest du's gut gestern?«

Ich zucke mit den Schultern. Dann sage ich: »Ich habe keinen Hunger.«

»Okay«, sagt sie. »Ich pack dir was ein für später.«

Szibilla schaut sich um, steht auf, geht zum Fenster, »darf ich?«, fragt sie; wartet auf mein »Ja« und zieht dann den Nachtvorhang auf, öffnet auch das Fenster, frische Luft dringt in den Raum; viel zu hell.

Szibilla dreht sich zu mir.

»Lass uns runterfahren. Ins Dorf«, sagt sie. »Kontaktlinsen besorgen.«

»Wir haben Pfingstmontag.«

»Da wird sicher etwas zu machen sein«, entgegnet Szibilla. »Wir haben jetzt zehn vor neun. Um halb zehn fahren wir los. Das tut dir sicher gut. Mal rauskommen. Ich warte dann draußen, okay?«

Ich zucke wieder mit den Schultern, und Szibilla geht, lässt die Zimmertür sperrangelweit offen.

Dennis

es wird etwas / gesendet
Nein.
etwas wird / gesendet
Nein.
etwas wird gesendet –
etwas wird gesendet / und ich / warte / warte / warte – auf Romi.
Ich lösche die letzten vier Zeilen, klappe den Laptop zu, lege ihn neben den Sessel. Draußen fährt ein Linienbus vorbei. Ein einziger Mensch auf dem Gehsteig. Ein Mann um die fünfzig mit blauem Hemd, weiß gemustert. Er steht da und schaut sich um, als gäbe es etwas zu entdecken. Jetzt kommt ein jüngerer Mann mit Kinderwagen entlanggejoggt, mühelos tragen ihn seine langen Beine am ersten Mann vorbei. Der schaut ihm verblüfft nach.
Ich habe es geahnt, vom ersten Moment an. Wie sie im Café stand, kerzengerade, so aufrichtig, mit ihrer Zeitung unterm Arm, so verloren auch. Ich habe geahnt, dass sie auf der Suche war, und sie zog mich sofort an, ihre grünen Augen, die immer auf eine ganz bestimmte Weise in Bewegung sind, aufgehen, ganz viel sagen, und wieder zu, alles verbergen. Nach unserer ersten Nacht habe ich auch geahnt, dass sie mich wegschicken muss,

weil ich ihr zu nahe komme. Dass es schwierig werden würde. Das Kind von Phil in ihrem Bauch. Ihr Platz im Bett neben ihm. Weg davon, weg von diesen Gedanken. Der Mann mit dem blauen Hemd steht noch immer da, überquert die Straße, und währenddessen wedelt er sich mit der flachen Hand Luft zu. Seine Stirn glänzt. Ich stehe auf, so sehe ich auch den unteren Teil des Gehsteigs. Dort bleibt der Mann unschlüssig vor dem Tor zum Park stehen, schaut einmal hin und her. Auf dem Gehsteig ist noch immer niemand, auch niemand im kleinen Park, keine einzige Person auf einer der Sitzbänke, kein Rentner mit Hund, keine Studentin mit Wälzer, keine junge Mutter mit Zeitung. Der Mann hat sich entschieden. Er geht weiter, stadteinwärts. Von Schritt zu Schritt geht er schneller.

Romi hatte so bestimmt ihren Kopf geschüttelt, so klar und deutlich, so ohne Zweifel, so, als wäre die Frage gleich an ihr abgeprallt, als katapultierte sie sie schnellstmöglich zurück zu mir.

Sie werde Phil nicht verlassen, falls es das sei, auf was ich herauswolle, sagte sie. Sie sei da anders als ich.

Und auf meine Nachfrage präzisierte sie: »Ich kann das nicht. Alles hinter mir lassen.«

Ich sollte froh sein, dass sie das teilt mit mir, was sie teilt; es wird mir genügen, irgendwann. Es wird mir nicht genügen.

Keine weitere Nachricht von ihr. Vielleicht ist es das ja doch – eine Trennung. Endgültig. Es bleibt mir nichts anderes übrig, als hier zu warten: gelber Sessel, gelber Teppich, nackte Füße. Warten worauf? Keine einzige Wolke am Himmel. Ich öffne die MeteoApp. Heiß sei

es draußen, und so werde es bleiben; nichts als kleine gelbe Sonnen werden mir angezeigt, auch fürs Rheintal. Ich lege das Telefon auf den Schreibtisch; wofür hab ich den noch mal gekauft? Ich arbeite nicht an ihm. *Etwas wird gesendet.* Ich schalte das Radio ein, love is in the air. Schalte es wieder aus.
Etwas wird gesendet / und ich – So komme ich nicht weiter. Ich stehe auf, Blick ins Innere der Wohnung. Mein Provisorium. Die zwei Billy-Regale neben der Tür zur kleinen Küche, das Bett in der Ecke. Der eine Bücherstapel auf dem Regal neben der Tür, Maxims Geschenk: Ausgemistetes.
»Die sind alle toll«, sagte er.
Ich nehme das oberste vom Stapel: Tomas Espedal, *Gehen.* Lege es neben die anderen, schaue auch den Rest durch. Uwe Johnson, *Mutmassungen über Jakob*; Francesco Micieli, *Liebe im Klimawandel*; Michel Foucault, *Das giftige Herz der Dinge*; Paul Auster, *Die Erfindung der Einsamkeit*; Wells Tower, *Alles zerstört, alles verbrannt*; Maggie Nelson, *Die Argonauten.* Nur diese eine Autorin neben all den Autoren. Romi würde ausrufen, zu Recht. Hat sie nicht mal von dem Buch erzählt? Schwarze Buchvorderseite, weiße und pinke Buchstaben, darunter ein Zitat aus dem *Guardian*: »Ein Buch, das in das Bücherregal jedes Menschen gehört, der das Begehren kennt, vor allem, wenn das, was er begehrt, nichts Geringeres als die Freiheit selbst ist.«
Ich schlage es auf, lehne mich ans Billy-Regal, lese die ersten Zeilen.

Oktober 2007. Die Santa-Ana-Winde reißen die Rinde der Eukalyptusbäume in langen, weißen Streifen von den Stämmen. Eine Freundin und ich wagen es, draußen unter den durchstürmten Kronen zu Mittag zu essen, und sie schlägt mir vor, ich solle mir die Worte HARD TO GET auf meine Knöchel tätowieren lassen, als Erinnerung an die möglichen Früchte dieser Haltung.

Ich setze mich zurück auf den Sessel, Blick durchs Fenster, eine Gruppe junger Menschen geht auf dem Gehsteig. Sie sehen beschwingt aus – die einen mit schweren Wanderschuhen, die anderen mit Turnschuhen. Ich lese weiter.

Stattdessen purzeln mir die Worte Ich liebe dich *wie eine Zauberformel aus dem Mund, als du mich das erste Mal in den Arsch fickst. Mein Gesicht wird dabei gegen den Zementboden deiner feuchten und entzückenden Junggesellenwohnung gedrückt. Du hattest* Molloy *neben dem Bett liegen und einen Haufen Dildos in einer schattigen, unbenutzten Duschkabine. Geht es noch besser?* Worauf stehst du?, *fragtest du mich. Und bliebst, um auf meine Antwort zu warten.*

Ich blättere vor und zurück. Blättere wieder zum Anfang, lese nochmals von vorne.

Szibilla

Sie kommt. Sie kommt nicht. Sie kommt. Sie kommt nicht. Und wenn Romi nicht kommt, ziehe ich die Massage bei Malita vor. Ich gehe einmal um den Mietwagen rum. Kein einziger Kratzer. Einwandfrei.
Blauer Fleck an meiner Hüfte. Gegen den Tresen gedonnert gestern. Nur wegen der einen Erinnerung? An die Klinik. Das, was damit zusammenhängt.
Mein Arm über Malitas Schulter. Ihre kleine Wohnung. Sauber. Der Zettel heute früh. Neben einem »blitzblanken Frotteetuch«, wie sie schrieb, mit Zwinker-Smiley. Und dass ich gerne duschen dürfe in ihrem Bad. Ein zweites, seltsames Smiley am Ende der Notiz. Halb Kopf. Halb Herz. Ich hasse es, schlafen in einem fremden Bett. Normalerweise.
Ein kurzes Gespräch eben mit der Rezeptionistin genügte. Dominique heißt sie. Tätigte einen einzigen Anruf. Sie macht ihre Arbeit gut. Nur das »Sie« müsste nicht sein. Und die seltsame Trachtenaufmachung.
»Hier kennen alle alle«, hat Nora mal gesagt.
Nicht erstaunlich, dass Dominique Nora kennt. Dass Dominiques Onkel zufälligerweise Optiker ist. Sie hängte auf. »In zwei Stunden ist er zu Hause. Er wohnt direkt über dem Geschäft in der Altstadt. Da können Sie dann einfach klingeln.«

Sie schob mir einen Zettel mit Adresse zu.
»Die meisten Dioptrien hat er auf Vorrat.«

Romi kommt. Sie kommt nicht. Sie kommt. Sie kommt nicht. Beatriz auf der Couch. Unter dem Ficus. Wie sie mir zunickte.
»Entschuldigen Sie. Entschuldigen Sie das!«, sagte sie immer wieder.
Und ich dachte genau dasselbe. Eingedrungen. In ihre vier Wände. Wie eine Spionin. Beatriz erhob sich. Kam mit einem eingerahmten Foto zurück. Malita als Schulkind. Erste Klasse? Zahnlückengrinsen. Schon da dieses Beschwingte. Mitreißende. Kaum auszuhalten. So schön.
Romi kommt. Sie geht durch die Rezeption. Durch die Schiebetür. Ich lasse mich auf den Fahrersitz fallen.

Romi

»Da bist du ja tatsächlich!«, begrüßt mich Szibilla; ich gurte mich an, ein süßer Duft steigt mir direkt in die Nase. Ich würde mich am liebsten nochmals übergeben.
»Ich weiß ehrlich nicht, weshalb ich mich darauf einlasse«, erwidere ich.
Szibilla startet den Wagen und sagt: »Was wissen wir schon über solche Dinge.«
Der Motor springt an, sie drückt aufs Pedal, dreht den Kopf, um rückwärts aus dem Parkplatz zu steuern, ein Arm an meinem Kopfteil.
»Bist du's, Szibilla Jakab?«, frage ich.
»Das siehst du schon richtig«, antwortet sie, biegt in die Straße ein. »Welche Dioptrie brauchst du denn?«
»Minus zwei Komma zwei fünf.«
»Kurzsichtigkeit. Herrje.«
»Könnte schlimmer sein. Kann ich den Duftbaum abhängen?«
»Magst du nicht?«
»Minus zwei Komma zwei fünf.«
Szibilla lacht.
»Können wir schweigen?«, frage ich. »Einfach nichts sagen?«
»Lieber nicht.«
»Ich wäre dir wirklich dankbar.«

Hügelabwärts, in jeder Kurve verkrampft sich mein Magen, die Landschaft zieht an uns vorüber, die Buchenstraße haben wir längst hinter uns gelassen; Nora saß in ihrer Einzimmerwohnung, damals, zog an der Zigarette und sagte: »Zu dick, zu dünn, zu klein, zu groß, zu laut, zu leise, zu egoistisch, zu aufopfernd, zu, zu, zu – das habe ich mir meine ganze Kindheit lang anhören müssen, du doch sicher auch?«
Sie aschte in ihr leeres Glas.
»Eigentlich bin ich meiner Mutter dankbar, dass sie mich weggeschickt hat, weil: Jetzt lebe ich ja hier und mache, was ich will. Jetzt bin ich sozusagen frei.«
Die Häuser werden zahlreicher, das Dorf ist erreicht, Szibilla fährt weiter, schaltet das Radio ein, irgendein Countrysong, sie dreht leiser; wir fahren ein Stück in der Talebene, rings um uns, auf allen Seiten: Berge, unscharf, aber klar verortbar, und rechter Hand, das muss er sein, der hintere Teil des Alpsteins, das ist er, der Hohe Kasten, knapp tausendachthundert Meter über dem Meer, und dahinter, von hier nicht sichtbar, verbirgt sich das ganze Gebirge, »Mini-Gebirge«; auch die Marwees. Links und rechts davon Berge und nichts als Berge; Alp Sigel, Schäfler, Säntis; Profitis Ilias: unerreichbar. Und die Tränen fließen, einfach so, ohne dass ich was für sie tue und auch nichts dagegen, und Szibilla streckt mir ein Taschentuch hin und sagt: »Komm schon. So schlimm kann das alles nicht sein.«
Ich putze mir die Nase; zu laut, zu grell, hier zu weinen, neben Szibilla, zu pathetisch, zu selbstbezogen, zu kitschig ist das, und der Wagen kommt zum Stehen.
»Bannriet«, sagt Szibilla und steigt aus.

Szibilla

Sie hat das Reh in sich. Noch immer. Hat es lange nicht gezeigt. Sie hat Angst vor mir. Bewegt sich langsam auf mich zu.
Ob es okay sei?, frage ich. Hier zu spazieren? Bevor wir uns um die Kontaktlinsen kümmern?
Sie nickt. Tatsächlich, jetzt lässt sie sich von mir führen. Die Dämme sind gebrochen. Es muss ihr wirklich schlecht gehen.
»Was ist das, Bannriet?«, fragt sie. Macht eine ausladende Bewegung. Als hätte sie was getrunken. In ihrem Rücken ein massives weiß-gelbes Gebäude. Direkt über ihrem Kopf die Aufschrift »THÜR. A suberi Sach«. Ein Entsorgungspark.
»Hier wurde früher Torf abgebaut«, sage ich. Zeige in die Richtung, in die sie guckt. »Bis vor zwanzig Jahren. Ist heute ein Naturschutzgebiet. Wir müssen noch ein paar Meter spazieren.«
Sie geht einen halben Schritt hinter mir her. Kopf gesenkt. Parallel zur asphaltierten Straße: Gleise. Ein Interregio rauscht vorbei. Zwischen Gleisen und Teer ein Bach. Eher: Rinnsal. Dann ein Haus. Sieht aus wie verkleidet. Altes Ding in neuem Gewand. Knallrot. Davor plätschert ein Möchtegern-Kunstbrunnen. Mädchen mit Karaffe. Daneben ein Marmortisch mit ver-

goldeten Beinen. Ein automatischer Rasenmäher sorgt für die exakte Länge des Grases.
Die Häuser werden weniger. Birken zahlreicher. Ihre weißen Stämme glänzen. Wir biegen in einen Kiesweg ein. Vor uns jetzt die Landschaft. Viel Grün und Braun. Der Beginn des Bannriets.
»Da sind wir«, sage ich. »Überbleibsel von Natur. Immerhin. Hier leben heute wieder Störche, Molche, Ringelnattern. Finde ich beruhigend. Zu wissen: Die werden uns alle überdauern.«
Romi geht noch immer leicht hinter mir. Schaut sich ebenfalls um. Scharf sieht sie wohl kaum was.
»Der Mensch ist eine Fehlentwicklung. Meine Meinung«, sage ich. »Zufall, sein großes Gehirn. Punktmutation im Erbgut. Es hätte alles anders werden können auf dieser Erde, wenn das nicht passiert wäre. Und es hätte anders kommen sollen. Finde ich. Nicht so weit, dass sich dieser großhirnige Mensch dermaßen vermehrt und ausbreitet.«
»Bist du deshalb mit mir hierhergefahren?«, fragt Romi. Wacher, als ich erwartet hätte. »Um mir nochmals vor Augen zu halten, was du von meinem Lebensentwurf hältst? Von meiner Schwangerschaft?«
Sie schleudert mir die Worte förmlich hinterher. Gleich packt sie mich an der Gurgel.
»Keine Angst. Ich habe keine Absicht.«
Wir gehen an einer Wiese entlang. Voll mit zottigem Klappertopf. Kleine gelbe Blütenkelche. Dazu scharf gezackte Blätter, frisches Hellgrün.
Ich wische mit dem Handrücken über die Stirn. Feucht. So stelle ich mir Russland vor. Jedenfalls einen Teil

davon. Eine ebene Fläche. Sengende Sonne. Äcker. Dahinter überdimensionale Bauten von irgendwelchen nichtssagenden Firmen. Und Straßen. Vorbeifahrende Autos. Das Ganze umgeben von Bergen. Eine traurige Schönheit, dieses offensichtliche Versagen.
»Hast du eigentlich je geliebt?«, fragt Romi.
Ich drehe mich zu ihr um.
»Die Linde«, antworte ich prompt.
Romi schaut drein, als würde ich eine Fremdsprache sprechen.
»Stand am Dorfrand, wo ich aufwuchs«, präzisiere ich. »Nach Schätzungen meines Vaters ist sie über achthundert Jahre alt.«
Romi wirkt angestrengt. Scheint zu überlegen.
»Warst du oft da als Kind?«, fragt sie dann.
»Ja, sicher.«
»Und was hat sie ausgemacht, diese Liebe?«
»Verlässlichkeit«, antworte ich. »Unter anderem.«
Wir spazieren weiter. Die Birken wirken nun kleiner. Mickrig und mager.
»Wie meinst du das?«, bohrt Romi weiter.
»Die Linde war beständig. Der gewaltige Stamm. Wuchtig. Kompakt. Dinge kommen, Dinge gehen. Die Linde wächst unbekümmert jedes Jahr ein paar Zentimeter. Und gut ist. Ich fand das mehr als eindrücklich.«
Darauf weiß Romi nichts zu sagen. Meine Stirn ist schon wieder feucht.
»Kann ich ein Taschentuch haben?«, frage ich.
Romi kramt in ihrem Rucksack. Reicht mir eins. Ich wische den Schweiß weg.
»Würdest du sagen, du hattest eine gute Kindheit?«,

fragt Romi. Sie hat den Rucksack wieder geschultert. Ich schiebe das benutzte Tuch in meine Hosentasche.
»Definitiv«, sage ich. Wir gehen weiter. »Im Gegensatz zu den meisten Kindern hatte ich es wirklich gut. Vor allem meine Mutter war ein fürsorglicher Mensch. Einfach hatte sie es selbst nicht, als Kind. Mein Vater hat ihr viel Halt gegeben. Ich weiß nicht, wie sie das gemacht haben. Eine gute Ehe führen. Sie sind eins der wenigen Beispiele, die ich kenne. Eine der seltenen Beziehungen, die funktionierten.«
Ein Storch kreist über uns. Durchgestreckte Beinchen.
»Meine Mutter habe ich geliebt«, fahre ich fort. »Aufrichtig. Auch das: nicht selbstverständlich. Das wird von einem Kind ja erwartet, noch heute. Die Mutter muss geliebt werden. Die Eltern überhaupt. Das ist Bedingung. Aber wir schulden unsern Eltern nichts! Auch nicht Liebe.«
»Willst du damit sagen, die meisten Menschen würden ihre Eltern nur lieben, weil sie es als Pflicht empfinden?«, fragt Romi.
»Ja!«, sage ich. »Die meisten Eltern schaffen es nicht, den Kindern das Beste zu geben. Wie viele Kinder werden geschlagen, vernachlässigt, müssen als Vorwand herhalten! Wie viele Kinder werden von ihren Eltern überhaupt nicht gesehen! Nehmen wir Nora als Beispiel. Sie hätte mit ihrer Mutter freiwillig nie etwas zu tun gehabt. Und das ist mehr als verständlich. Anni hatte nie irgendetwas übrig für ihre Tochter. Nicht das leiseste ehrliche Interesse.«
»Warum denkst du, ist Nora dann ausgerechnet hierhergereist?«, fragt Romi.

»Das wird sie uns sicher bald erklären.«
Romi zupft sich mit zwei Fingern die Haut am Unterarm.
»Nochmals zurück zur Liebe«, sagt sie. »Wie ist das denn bei dir, abgesehen von deiner Mutter und der Lin...«
»Ich weiß schon, worauf du hinauswillst«, unterbreche ich sie. »Auf die romantische Liebe. Deine Beziehungskisten.«
»Du warst doch früher auch in Liebesbeziehungen?«, fragt sie. Und ergänzt: »Ich meine – das, was für gewöhnlich so genannt wird.«
»Da kommen wir nicht weiter«, sage ich.
Romi hat mich überholt. Geht Richtung Mischwäldchen, der am Wegrand beginnt. Sie bleibt stehen.
»Wir bleiben besser auf dem markierten Weg«, ergänze ich.
Sie dreht sich zu mir um. Sehr konzentriert, ihr Gesicht. Sie will es anscheinend wirklich wissen.
»Markus.«
»Wie?«
»Markus hieß er. Das weißt du doch sicher. Wie der Autor des ältesten Evangeliums.«
Ich würde am liebsten lachen. Halte es zurück. Sage: »Oder anders. Markus, der dem römischen Kriegsgott Geweihte. Fünf Jahre. Sag nicht, Nora hätte dir das nicht erzählt.«
»Hat sie nicht.«
Meine Nora. Der Kies knirscht unter meinen Füßen.
»Seine Liebe hatte ebenfalls was Beständiges«, erzähle ich. Kräftige Stimme. Zum Glück. »Aber auch was Beengendes.«

»Keine gute Beziehung?«
»Was ist für dich eine gute Beziehung?«
»Warum weichst du mir aus?«
»Ich wollte das nie. Eine solche Beziehung. Er zog seine Kreise um mich. Immer enger. Bis er mich geschwängert hat. Und ich durchdrehte. So, jetzt weißt du das auch.«
Romi nickt. Sagt nichts. Erst jetzt bemerke ich das leise Froschquaken im Hintergrund. Unser persönlicher Soundtrack.
»Muss sich eine Frau erklären, wenn sie nicht mit ihrem Freund zusammenwohnen will? Muss sie nicht! Er hat mir aufgelauert. Mich ausgequetscht. ›Mit wem warst du unterwegs? Und wo?‹ Ich habe ihn in diesen Momenten kaum wiedererkannt. Und im nächsten Augenblick stand er am Herd. Hat mir was gekocht. Mich gefüttert. Ich kann es dir nicht erklären, warum ich nicht früher gegangen bin. Warum ich keine Hilfe geholt habe.«
»Hast du Nora da schon gekannt?«, fragt Romi.
»Ich lernte sie kennen, als ich vier Jahre mit ihm zusammen war. Einige Monate bevor das mit der Schwangerschaft passierte. Als es dann so weit war, redete ich mir zu. Das wird schon! Ein Kind, ist doch schön! Aber da kam keine Freude. Im Gegenteil. Nur Panik. Abtreibung. Und dann die Klinik. Psychiatrische Abteilung.«
»Das alles höre ich zum ersten Mal, Szibilla.«
Wir lassen das Mischwäldchen hinter uns. Eine Abzweigung. Wir gehen weiter geradeaus.
»Eins wusste ich schon immer«, sage ich. »Und seither weiß ich es noch besser. Dass wir wurzellose Geschöpfe sind. Irren in der Welt umher. Suchen überall nach Geborgenheit. Aber formulieren diesen Wunsch ganz

anders. Ganz falsch! Und zerstören dabei nicht nur einander. Sondern auch die Erde, und zwar grundsätzlich. Auch das hier« – ich mache einen Schwenker mit meinem Arm –, »ist eine Art Täuschung! Natur? Das hier ist quasi ein Museum! Der Mensch versucht, etwas aufrechtzuerhalten. Einen winzigen Teil von dem, was er zerstört hat. Dreiviertel der unbeeisten Landfläche hat er bereits umgewälzt. Dass er das macht, also Kulturlandschaft pflegt, verstehe ich sogar noch. Dass es einem guttut, hier zu werkeln. Und einigen Feldhasen und Schleiereulen wieder ein Zuhause zu geben. Back to the roots, gewissermaßen. Aber nur fürs Gefühl.«
»Du hast doch auch so Projekte gemacht?«, fragt Romi.
»Ein wenig kindisches Umsorgen von Wald, ja. Jedes Jahr ein paar Wochen lang. Völlig okay. Aber ehrlich. Das darf nicht darüber hinwegtäuschen, dass das längerfristig nicht aufgeht. Dass sich der Mensch viel zu viel nimmt. Mehr, als dieser Planet hergeben kann.«
»Und darum soll er sich selbst ausrotten, indem er aufhört, sich fortzupflanzen?«
»Richtig. Da ist auch nichts Böses dran, an diesem Gedanken.«
Eine Beobachtungshütte taucht vor uns auf. Einfacher Holzverschlag. Ich trete ein. Es ist dunkel. Eine fensterähnliche Öffnung auf der Vorderseite ermöglicht den Blick über eine Stauwiese. Mitten in der Wiese ein Tümpel. Dahinter noch mehr Birken. Einige Storchenhorste. Auf Nistunterlagen, vom Menschen zur Verfügung gestellt. Romi setzt sich neben mich auf die Bank.
»Welch Idyll. Trügerisch«, sage ich. »Und trotzdem schön. Für den Moment.«

Ein Storch landet in einem der Horste. Büschelt seine Flügel zurecht.
»Ich kann dir nicht sagen, wie froh ich war, als ich das alles endlich schwarz auf weiß hatte«, sage ich. »Vor einem Jahr etwa. Da stieß ich auf ein Interview mit Théophile de Giraud. Darin redete er darüber, wie viel schwieriger und unwahrscheinlicher es ist, glücklich zu werden, als unglücklich zu sein.«
Romi räuspert sich. Aber sie sagt nichts. Und das ist gut.
»Vorher wurde ich ja nur noch schräg angeschaut. Eine mit Burn-out! Eine Depri-Tante? So eine also! Zu labil für diese Welt! Kann die sich nicht locker machen? Romi, du kannst dir nicht vorstellen, wie alleine ich war.«
»Was war mit deinen Freund:innen von früher?«
»Außer meiner Familie blieb da nur Nora. Was heißt hier nur! Nora war mir immer treu. Auch, als sich alles veränderte: neuer Job. Neue Wohnung. Geregelte Struktur. So konnte ich leben. Und heute lebe ich ja ziemlich gut.«
Ich greife mir an die rechte Schulter. Ein leichtes Stechen. Zieht sich von da oben bis zu meinem Unterleib und weiter bis in die Beine. Ich schaue auf die Uhr. Bald wieder Malita. Dann sage ich: »Um nochmals kurz auf die Beziehungskisten zu kommen. Hättest du das mit Dennis je angefangen? Wenn du Phil nach deinem Konzept lieben würdest?«
»Wie meinst du das?«
»Was du über Dennis gesagt hast. Und dich. Das entspricht diesem typischen Geturtel, das keinen Platz lässt für etwas anderes. So hast du Liebe schon immer

definiert. Oder nicht? Als romantische Zweisamkeit. Warum hältst du Phil weiterhin warm? Aus einem Pflichtgefühl heraus?«

Romi schüttelt ruckartig den Kopf.

»Ich halte mir nichts warm!«, sagt sie. »Auch wenn du dir das nicht vorstellen kannst: Ich fühle mich zu Phil hingezogen, genauso wie zu Dennis. Auf eine andere Weise, ja.«

»Mal in deinen Worten gefragt: Welche Art von Liebe ist das?«

»Ich sehe Phil. Seine Schönheit, seine Mängel. All seine Facetten. Seine Einzigartigkeit.«

»Tatsächlich: romantisch.«

Romi will aufstehen. Die Schwerkraft drückt sie auf halbem Weg zurück auf die Bank.

»Willst du es wirklich wissen, Szibilla?«, fragt sie. »Oder willst du mich nur fertigmachen?«

Sekunden vergehen. Das Froschquaken ist noch da. Wird lauter. Leiser. Romi vergräbt das Gesicht kurz in den Händen. Fasst sich sogleich.

»Ich hätte vorgestern nie gedacht, dass ich das heute sage«, sagt sie. »Aber vielleicht hast du in einem Punkt recht. Dass es besser ist, allein zu sein. Mich frei zu machen für den Moment.«

»Aber auch diese Freiheit«, sage ich, »ist trügerisch.«

Ich deute auf ihren Bauch. Sie legt eine Hand darauf.

»Als wäre Freiheit eine Konstante«, sagt Romi.

»Ist sie. Auf eine gewisse Weise.«

»Freiheit ist ein Prozess.«

»Für mich ist sie eine Entscheidung. Zumindest die Freiheit, von der wir eben sprechen.«

Romi holt tief Luft. Dann sagt sie: »Wir sind immer in Beziehung. Und erst dadurch kann eine gewisse Freiheit überhaupt entstehen.«

»Da täuschst du dich.«

»Ich verstehe, dass das für dich ein schwieriger Gedanke ist. Aber Szibilla, auch du bist in Beziehung und damit in einer Art Abhängigkeit«, sagt sie. »Da kommst du nicht drumrum, wenn du mich fragst. Diese Abhängigkeit ist zum Glück nicht immer so gewaltvoll wie das, was du mit Markus erlebt hast. In dieser Abhängigkeit kann Freiheit liegen, wenn Vertrauen da ist. Weil das Gegenüber ein Spiegel ist, wenn ich mich drauf einlasse. Weil ich mich dadurch neu sehen und entwickeln kann, als Individuum. Und auch kollektiv.«

Ich schüttle den Kopf. Sage: »Eben deswegen bin ich es nicht. In Beziehungen. Weil ich diese Abhängigkeit nicht will. Und auch nicht diese Art von Freiheit, von der du sprichst.«

»Und wenn du nicht in Beziehung bist«, fragt Romi, »warum bist du dann hier?«

Ich stehe auf. Meine Beine kitzeln. Waren kurz davor, einzuschlafen. Unangenehm.

»Am Anfang fast jeder Beziehung steht Unfreiheit. Biologie«, sage ich. »Das heißt: Am Anfang jeder sogenannten Liebe. Die meisten Menschen hätten ihre Mutter nicht geliebt, wenn sie nicht in Unfreiheit auf die Welt gekommen wären. Wenn sie nicht so abhängig von ihr gewesen wären. Und ich hätte mich nie in Markus verliebt, ohne die neurobiologischen Prozesse im Gehirn, die mir einredeten, ich müsste mich fortpflanzen. Gegen diese Abhängigkeiten wehre ich mich heute.

Dafür brauche ich meinen Kopf. Da beginnt nämlich meine Freiheit. Und sonst nirgends!«
Romi blickt geradeaus durch die Öffnung.
»Es tut mir sehr leid, dass du so verletzt worden bist«, sagt sie. »Aber ich wollte auf was anderes hinaus. Was ist mit Freundschaft? Das zwischen Nora und dir ist ja auch eine Beziehung. Ist die auch aus Unfreiheit entstanden?«
»Gute Beziehungen sind selten«, sage ich. »Auch in Freundschaften. Aber sie sind möglich. Und die Beziehung zwischen Nora und mir ist so eine Seltenheit.«
Ich klopfe mir die Beine kurz und kräftig ab.
»So«, fahre ich fort. »Jetzt nutze ich mal meine Unabhängigkeit und gehe zur Schollenmühle. Ich muss kurz alleine sein. Wartest du hier?«
Romi nickt.

Phil

Das Programm ist durch, Klappe auf, das Geschirr dampft, das Baumwolltuch saugt sich mit Wasser voll. Der Besteckkorb ist schwer, ein Maiskorn steckt zwischen zwei Gabelzinken. Messer rechts, Löffel links, Gabeln in der Mitte, eine Kalkschicht hat sich darübergelegt. Ich sollte Salz in die Maschine nachfüllen. Leon ruft was, unverständlich.

»Moment«, rufe ich zurück, »jetzt wart doch mal!«

Dieses Unmaß an Besteck hier und Krümel auf dem Tisch und Schlieren am Fenster und Wäsche im Wohnzimmer und Papiere auf dem Schreibtisch. Ich sehe das Oberste vor mir, Lektüreliste, ich sollte endlich beginnen, Häkchen setzen, am Paper schreiben – ich komme zu nichts!

Saubere Teller aus dem Geschirrspüler raus, in den Schrank gestapelt, dreckige Teller rein, Müslireste in den Kompost, Wasser in einen Becher, ich trinke. Leon steht neben mir.

»Ich gehe raus, spielen.«

»Ist gut.«

»Hast du meinen Hasen gesehen?«

»Der liegt bestimmt noch in deinem Bett.«

»Nein!«

»Dann such ihn mal.«

»Er ist nirgends!«
Jetzt schreit er fast. Immer diese Sucherei, immer dieses Bücken unters Sofa und hinter Gestelle, immer dieses unerklärliche Verschwinden vor aller Augen. In der Küche nichts, im Flur nichts, im Wohnzimmer Chaos. Playmobil, Plüschtiere, Bücher, Kissen, alles durcheinander. Als würde die Wohnung nur aus Kindersachen bestehen. Als würde mein Leben nur noch aus Kindern bestehen. Die Bananenkisten mit Romis und meinen Büchern noch immer in der Ecke. Die Teile des Büchergestells erst aus dem Karton gepackt.
»Wo ist denn jetzt der Hase?«, fragt Leon.
»Ich seh ihn nicht. Geh halt ohne ihn raus!«
»Nein!«
»Der ruht sich sicher gerade aus.«
»Nein!«
»Dann such ihn!«
»Hilf mir!«
»Da liegt er doch!«
»Wo?«
»Da, neben dem Sofa.«
Leon hebt ihn sachte auf, drückt ihn an sich.
»Ich komme nach«, sage ich.
»Nach draußen?«
»Ja, wohin denn sonst. Aber vorher muss ich noch was regeln.«

Romi

Ich sehe diese Landschaft nicht, ich bin nicht Teil davon; immerhin, mir ist weniger schlecht hier draußen. Das Holz unter meinen Händen schwarz verbrannt von der Sonne, der Kopf eines Nagels steht hervor, die Luke ist dreißig auf hundertzwanzig Zentimeter groß. Rechts, kilometerweit entfernt, der Alpstein. Und links, ebenfalls in der Ferne, aber von hier aus so oder so nicht sichtbar, fließt irgendwo der Rhein, zieht eine weitere Grenze, die Grenze zwischen zwei Ländern; eine Grenze, die Ordnung schaffen soll.

Ich sehe Nora vor mir, wie sie ins Klassenzimmer schritt, damals, sich auf den nächstbesten Platz setzte und nicht wusste, dass da normalerweise Vural saß, und Vural neben Marc, dann Luca, dann Martin, dann Barbara, Sulamith, Fabienne, dann ich und so weiter; Nora wusste nicht, dass sie die Ordnung durcheinanderbrachte, eine Ordnung, die wir quasi als naturgegeben betrachtet hatten; und jetzt saß sie mittendrin. Vural betrat das Klassenzimmer und blieb hinter ihr stehen. »Sitzordnung?«, fragte Nora zurück, als Luca sie anwies, Vural Platz zu machen. »Sind wir hier beim Militär?« Von da an war Luca nicht gut auf Nora zu sprechen, er ignorierte sie; und sie tat, als würde sie es nicht merken, bezog ihn in Gespräche ein, bot ihm ihre Hilfe an, bei

Englisch und Mathe. Im Kontrast zu Luca hatte Vural diese ganz besondere Verbindung zu ihr, der einzige, außer mir; er war genauso froh gewesen wie ich über die Unordnung, die Neuordnung, die Nora ausgelöst hatte. Die anderen bewunderten Nora, ein Jahr jünger als der Durchschnitt, mit ihrem etwas ungewohnt klingenden Dialekt; aber es war ein distanziertes Bewundern.
»Rheintal? Klingt eher als wärst du Ausländerin. Aus Österreich!«, hieß es zu Beginn manchmal, und Nora ignorierte das, fragte nur ein einziges Mal zurück: »Wisst ihr eigentlich, was ihr hier macht?«
Zuckende Schultern; und als wir am selben Morgen in der Pause zu zweit hinterm Haselstrauch saßen, wie so oft, sagte Nora: »Die sind wie die Kids auf dem Land. Jeden möglichst einordnen, ›von hier‹, ›von dort‹. Bin ich von hier, wenn ich in der Stadt wohne und Rheintaler Dialekt spreche, oder bin ich von dort? Ist Vural von hier, wenn er in St. Gallen aufwuchs, oder ist er noch immer von dort, wo seine Eltern geboren wurden, bevor sie in die Schweiz gepfiffen wurden, um zu schuften? Die sollen aufhören mit diesem Scheiß und sich lieber den Menschen anschauen!«
Und während sie sprach, zupfte sie Blätter vom Haselstrauch und schnippte sie auf den Boden vor uns.

Schnabelklappern der Störche; eine Spinne, millimeterklein, seilt sich direkt vor meinen Augen aufs Fensterbrett ab. Da ist noch kein Netz, sondern nur dieser eine, im Licht glitzernde Faden, der sie trägt.
Die Landschaft vor mir: auch sie, als wäre sie naturgegeben. Aber sie ist gemacht, von Menschenhand, wie

Szibilla sagt; sie ist System, ist Ordnung, wie die Grenze zwischen der Schweiz und Österreich, wie die Sitzordnung im Klassenraum, wie die Kleinfamilie, wie die Möglichkeiten, die den Individuen in einer Gesellschaft offenstehen.
Im Kindergarten und in der Primarstufe waren noch Derya, Aziz, Fatma, Dilip und Zaina mit sogenanntem Migrationshintergrund, dem offensichtlichen, in meiner Klasse gewesen; Christian mit der holländischen Mutter und Thomas aus Bayern waren zu wenig sichtbar »fremd«. In der Sekundarstufe waren nur noch Derya und Vural in meiner Klasse, die anderen in der Realstufe, und Vural war dann der Einzige, der ins Gymnasium wechselte.
»Und warum? Weil Gleichberechtigung ein Fremdwort ist!«, sagte Nora, und sagte später auch Phil, auf eine andere Weise. Nora und ich begannen nach und nach zu verstehen, dass sich diese Dinge alles andere als zufällig gestalteten, wir verstanden mit den Jahren besser, was das war, ein strukturelles Problem, eine gemachte Ordnung; aber Nora war mir von Beginn an voraus. Unsere Sitzordnung im Klassenzimmer war von dem Moment an, als sie das Zimmer betrat, durchbrochen; trotzdem setzte ich mich wenn immer möglich neben sie, neben Nora, und ich war nicht mehr Romina, sondern Romi.

Und wer bin ich jetzt, in diesem Kabäuschen? Ich blicke in die unscharfe Landschaft, knipse mit dem Handy ein Foto. Klar konturiert sehe ich nun auf dem Bildschirm die struppige Wiese vor mir, leuchtendes Grün, einige Punkte violett.

Noch ein Bild, das ist sie wohl, die Schollenmühle. Sie sieht aus, als wären mehrere alte Holzschuppen ineinandergeschoben worden und zu einem einzigen Gebäude verschmolzen. Seltsam ruhig wirkt sie, als wäre sie das Selbstverständlichste an diesem Ort und trotzdem fremd; aus der Zeit gefallen. Das Dach des Hauptgebäudes spitzt sich zu wie die Berge dahinter; die Schollenmühle muss schon lange hier stehen. Etwas Dunkles umgibt sie, als wäre sie ein Schatten, aber ein Schatten wovon? Davor, zwischen Mühle und Hütte, am unteren Rand des Fotos, unverkennbar, auf dem Weg zurück zu mir: Szibilla mit der Zebramuster-Sonnenbrille und der schwarzen kurzen Jogginghose, die in der Sonne glänzt.

Szibilla

Wir sind ein Furz, wir Menschen. Unsere ganze Geschichte: ein Püpschen. Ich versuche es mir vorzustellen. Dass sich hier vor Jahrtausenden alles hundertachtzig Meter tief unter einem Gletscher befand. Der das Tal ausschabte. Unendlich langsam. Irgendwann zu einem riesigen See schmolz. Der dann immer kleiner wurde. Sich schließlich zweiteilte. Rheintalsee, Ur-Bodensee. Unter Wasser setzte sich unvollständig abgebautes Pflanzenmaterial ab. Das sich zu Torf verdichtete. Ein Millimeter pro Jahr. Der Rheintalsee verschwand. Nur der Rhein blieb übrig und der Bodensee. Auenwälder wuchsen. Flachmoore bildeten sich. Die voralpinen Hügel waren von Wald überwuchert. Ein Paradies für Tiere und Pflanzen. Dann wurde der Mensch immer dominanter. Und auf einmal ging es schnell. Der Mensch bildete großflächig Landschaft aus Natur. Und stach während wenigen Jahrzehnten die neun Meter tiefen Torfschichten aus, die sich während neuntausend Jahren gebildet hatten. Um sie zu trocknen. Zu verbrennen. Für eine warme Stube. Nur dafür!
Da hat sich was bewegt. Romis Kopf in der Beobachtungshütte. Arbeitet sicher wie verrückt da drin.
Ich gehe um die Kurve. Erreiche die Hütte. Trete ein. Setze mich neben Romi.

»Du solltest dir das auch mal anschauen. Die Schollenmühle«, sage ich. »Da kann man so einiges auffrischen von seinem Wissen. Das tut gut. Sich daran zu erinnern, woher der Mensch kommt. Wohin er geht. Gehen sollte.«

»Große Fragen für einen Pfingstmontag«, sagt Romi.

»Das sagt die Richtige.«

Unsere Blicke streifen sich. Romi kneift ihre Augen zusammen. Als wollte sie mich fokussieren. Für einen Moment wirkt es, als würde sie gleich loslachen. Und ich mit. Wir tun es nicht.

»Weißt du«, fahre ich fort, »sich selbst als relative Komponente in der Welt zu sehen, das ist nicht pessimistisch. Es ist realistisch. Gibt den Dingen etwas mehr Leichtigkeit.«

»Fühlst du dich so?«, fragt Romi. »Leicht?«

»Anders als früher schaue ich den Tatsachen ins Gesicht. Statt mich von ihnen überrollen zu lassen.«

Romi knubbelt an etwas im Fensterbrett rum.

»Etwas daran verstehe ich ganz und gar nicht«, sagt sie dann. »Wenn das so ist, dass du all den Ballast hinter dir lassen konntest und jetzt so viel Klarheit hast, wie du sagst – warum nimmst du dann die Dinge nicht ein bisschen gelassener? Auf mich wirkst du nämlich alles andere als leicht.«

Ich zögere. Dann sage ich: »So ist das. Mit dem Menschsein. Ich habe ja bereits versucht, es dir zu erklären. Wie selten Glück ist.«

»Mal ganz direkt gefragt«, sagt Romi. »Und nimm mir das nicht krumm. Ich frage nur, weil es mich wirklich interessiert. Warum bringst du dich nicht um?«

Sie wendet sich mir zu.
»Da antworte ich ganz im Sinne von Théophile«, antworte ich. »Weil es ein Auftrag ist. Die Menschen, die schon hier sind, auf den richtigen Weg zu bringen.«
»Schon ein wenig abgefahren, diese Perspektive«, sagt Romi.
»Wenn du es mal zu Ende denkst, dann ist es gar nicht so abgefahren. Außerdem würde es dich überraschen. Wie viele es gibt, die eine ähnliche Einstellung haben. Birthstrike in England. Die Childfree-Bewegung. Die politischen Denatalisten. Auch Fridays for Future geht in die Richtung. Es gibt in der Zwischenzeit viele, die sich dagegen entschieden haben. Gegen das weitere Wachstum der menschlichen Population. Und damit gegen das Leid, das Leben immer beinhaltet.«
Romi lässt die Worte anscheinend auf sich wirken. Sagt dann: »Du hast selbst gesagt, dass ein Kind, das schon mal da ist, das beste Leben bekommen sollte. Was das für dich meint, darüber hast du noch kein einziges Wort verloren. Also, was ist ein ›bestes Leben‹?«
»Ich mein damit ein stabiles Umfeld«, sage ich. »Zugewandtheit. Einen ehrlichen elterlichen Blick. Durch den das Kind gesehen wird, wie es ist. Eltern, die nichts aufdrücken. Aber das ist ganz schön utopisch. Also besser sein lassen.«
Romi erwidert nichts. Schaut betreten vor sich hin.
»Machst du dir Sorgen um deine Kinder?«, frage ich.
Sie schüttelt langsam den Kopf und sagt: »Darum geht es mir jetzt gar nicht. Es ist nur so – um dich herum wird alles irgendwie sinnlos.«
Meine Sneakers schaben auf dem Kies hin und her. Das

will ich nicht. Aber so ist es jetzt. Das Zitterbein ist zurück. Nicht aufzuhalten.

»Es kommt mir so vor, als wäre die Idee, dass der Mensch sich selbst abschafft, dein einziger Lebensinhalt geworden. Aber was ist denn da sonst noch, Szibilla? In deinem Leben? Ich meine, ganz konkret?«

»Bitte nicht«, sage ich. »Bitte lass uns einen Schritt zurückgehen.«

Romi wendet mir ihr Gesicht zu. Sie ist überrascht. Offensichtlich. Der Mund zu einem kleinen ›o‹ geformt.

»Dann also doch noch schweigen?«, fragt sie schließlich. Sie steht auf. Sieht sich um. Angestrengt.

Eine Entenfamilie hat sich auf dem Tümpel niedergelassen. Das Weibchen in Ufernähe. Zerrt an irgendwas. Die Jungen umkreisen sie. Irgendwann lässt es das Weibchen sein. Nichts erwischt.

Romi

Verstaubte Spinnennetze unter den Balken seitlich am Gebäude, wohl auch weiter oben, unter den Dachziegeln - knapp erkenne ich sie. Die Astlöcher im Holz leuchten hell, als versuchte die Sonne mit voller Kraft einzudringen ins Kabäuschen. Aber hier drin ist es dunkel und kühl. Kühl wie Noras liegender Körper.

Szibilla steht auf.

»So«, sagt sie. »Gehen wir zurück.«

Sie tritt aus der Beobachtungshütte. Ich hinter ihr; die Sonne steht hoch am Himmel.

»Hat Nora dir gegenüber je gesagt, dass sie es bereut hat, Meret bekommen zu haben?«, frage ich.

Szibilla macht ein paar Schritte, bis sie antwortet: »Sie hat vom ersten Tag an gehadert. Darum hat sie's mir auch erst so spät gesagt. Mit der Schwangerschaft. Im Gegensatz zu dir. Ihr war klar, dass ich skeptischer reagieren würde als du.«

Sie schlägt nicht den Weg ein, den wir gekommen waren, sondern geht den Weg, wahrscheinlich ein Rundgang, weiter.

»Sie hat immer mal wieder was durchsickern lassen«, fügte sie hinzu. »Schon während der Schwangerschaft. Sie könne das nicht. Sie schaffe es nicht.«

»Mir hat sie nie was von ihren Zweifeln gesagt. Kein Wort!«
Mit den Händen bedecke ich meine Augen und gehe ein wenig näher zu Szibilla heran, um ihr Gesicht besser zu sehen.
»Ich würde ihr so gerne helfen«, sage ich.
»Das braucht sie nicht. Sie hilft sich selbst. Hinterher wird's ihr besser gehen. Sie wird klarer sehen. Irgendwann kommt jede an den Punkt. Früher oder später.«
Szibilla macht eine kurze Pause, schaut um sich, in die Landschaft, dieses Etwas, und plötzlich habe ich das Gefühl, ihr nahe zu sein, etwas zu erkennen in ihrem suchenden Blick.
»Schon als ich als Kind unter der alten Linde saß«, sagt sie, »da habe ich es gespürt. Diese fehlende Notwendigkeit meiner Existenz. Der Existenz aller Menschen. Aller Wege, die Menschen auf diesem Planeten gehen. Tochter hinter Mutter hinter Mutter hinter Mutter und so weiter. Aber ich brauchte den Umweg. Um mir Dinge wieder klarzumachen. Und ich kann nicht leugnen: Das war unglaublich anstrengend. Ich hätte mir gerne einiges erspart.«
»Warst du lange in der Klinik?«, frage ich.
»Ein paar Wochen. Warum willst du das wissen?«, fragt sie zurück und blickt auf ihre Uhr. »Wir können deine Kontaktlinsen abholen.«
Wir umrunden die Schollenmühle, ich knipse ein Foto und betrachte es. Von der Seite sind die schuppenartigen, schief stehenden Gebäude, die ein verwinkeltes Ganzes ausmachen, noch besser zu erkennen als vorhin. Das Holz ist dunkelbraun, schwarz fast; die Ziegel-

dächer fallen scharf ab, sind verwittert. Vor dem höchsten Gebäude wächst eine Birke, die obersten Äste enden direkt beim Dachgiebel: eine helle Hand, die nach dem Dunkeln greift.

Ich drücke das Bild weg und hebe den Kopf. Unwirklich, diese Landschaft, eine einzige Fläche; nur die Fotos geben mir einen Schimmer davon, was hier konkret ist, was sich hier noch finden ließe. Ordnung aufbrechen, Ordnung schaffen. Ich würde am liebsten in die Schollenmühle hinein, möchte es betrachten: ihr Inneres, diesen Schatten.

Szibilla geht weiter, ich neben ihr; wir schweigen, erreichen den Mietwagen, öffnen die Türen, die Hitze schlägt uns entgegen; sofort ist die Übelkeit zurück. Szibilla startet den Motor.

Phil

Drei Tüten Mehl, alle angebrochen. Wo ist die Hefe? Nix im Kühlschrank, Schrank auf, da, eine Tüte Trockenhefe.

»Darf ich helfen?«

Ich nicke Leon zu, er zeigt auf die Tüte in meiner Hand. Ich reiße sie auf, er schüttet die Hefe in die Schüssel. Den Maßbecher mit Wasser füllen, Leon schüttet die Hälfte daneben, nochmals halb auffüllen, der Teig quillt zwischen meinen Fingern durch, auch Leons Finger in der Schüssel.

»Gibt's das zum Mittagessen?«, fragt er.

»Das ist für den Abend«, antworte ich. »Pizza.«

»Ich habe Hunger!«

»Ich schmier dir gleich ein Brot.«

»Wann kommt Mama?«

»Sie kommt heute nicht. Sie ist im Urlaub mit ihren Freundinnen, noch bis übermorgen. Das weißt du doch.«

»Aber Pizza ist Geburtstagsessen! Feiert Mama nicht mit?«

»Es hat doch gar niemand Geburtstag.«

»Aber Pizza gibt's nur zu Geburtstagen!«

»Wir bekommen heute Besuch.«

»Von Oma?«

»Von einer Kollegin.«
»Was ist eine Kollegin?«
»Sie heißt Chiara. Wir arbeiten zusammen an der Fachhochschule.«
»Dann ist sie eine Freundin?«
»Das kann man so sagen.«
»Ist sie eine Freundin, ja oder nein?«
»Ja, schon.«
»Ist die nett?«
»Sicher. Und Leon, wenn du nach deinem Brot ein wenig Paw Patrol gucken darfst, könnte ich dann in der Zeit etwas im Büro lesen, bitte? Das ist ganz wichtig jetzt.«
Er überlegt. Er nickt.
»Chiara und ich, wir müssen etwas arbeiten, wenn sie hier ist. Du darfst in der Zeit zu Oma. Und zum Pizzaessen kommst du zurück. Einverstanden?«
»Ist Chiara dann noch hier?«
»Ich denke mal, ja.«
»Okay.«

Romi

Meine bloßen Füße auf dem rauen Teppich. Es ist derselbe wie am Morgen, wie gestern; auch der Geruch in meinem Zimmer: langsam vertraut. Vierzehn Uhr vierzehn. Die Kontaktlinsenschachtel ist so groß wie meine Handfläche, ist so groß wie der Berlin-Kartenausschnitt auf meinem Notizbuch; ich werde die Linsen später einsetzen. Jetzt will ich noch nicht scharf sehen.

»In zwei Stunden haben wir ein anderes Zimmer für Sie bereit – also, für dich«, sagte die Rezeptionistin eben, Dominique, der ich die Kontaktlinsen verdanke, laut Szibilla; und ich schüttelte den Kopf und sagte: »Nicht nötig.«

Ich fühlte Dominiques Blick mehr, als dass ich ihn sah; sie wirkte, als würde sie prüfen, ob dieselbe Person vor ihr stand wie am Morgen, Romina Bertschy, genannt Romi; als würde sie sich fragen, warum die sich denn nicht freut, ob dem Umzug in ein größeres Zimmer, ob den am Pfingstmontag errungenen Kontaktlinsen, ob der Rheintaler Sonne, die vom Himmel knallt wie sonst was.

Das Buch mit Susan Sontags Langinterview liegt auf dem Boden, ich lege mich daneben. Auch Sontag eine Mutter, eine Liebende, eine Suchende, schon immer; eine, die redete.

Notiz
Anzahl der Definitionen für Liebe: ...
Meine Definition für Liebe: ...
Anzahl der Menschen, die mir wichtig sind, die ich liebe: ...
Momente, die mir spontan in den Sinn kommen, wenn ich an Liebe denke:

Wanderung mit Phil, ganz am Anfang unserer Beziehung, als ich die Augen schloss und mich führen ließ von ihm, Hunderte von Metern, und nichts hörte als das Singen der Vögel.

Tanzen mit Nora, damals, als die Tanzfläche auf einmal leergefegt war, nur noch wir beide, einander gegenüber, noch nicht mal mehr Musik, so kam es mir vor; und auf einmal tanzte es sich wie von allein, eine unglaubliche Kraft in meinen Hüften, und so eine Nähe, zu Nora, und zu mir selbst.

Mit Dennis, unser zweites Treffen, ich ganz zerzaust, und er sagte: »Du willst in die Weite, weit hinaus, nicht wahr?«; und ich fühlte mich so gesehen, von der Zehe bis zum Scheitel, und erwiderte nichts, weil es nichts brauchte.

Mit Robert, im Garten, Frühling, ich war elf Jahre alt, Karottensamen auf der Handfläche meines Vaters, ich zog eine Linie in die Erde. »Nicht zu tief!«, sagte er. »Die Samen brauchen Licht, um zu keimen!«

Leon auf meinem Schoß, »Singen!«, sagt er, immer wieder, »Wann singst du für mich, Mama? Wann singst du?« Seine

Händchen, die aneinanderpatschen, verschmiert von Soße und Sabber, und ich kann nicht anders, als zu lachen, und er sagt: »Singen! Singen! Noch einmal!«

*

Anzahl der Momente, die konträr dazu stehen, die mir in den Sinn kommen, wenn ich an die Stille denke, damals, in der Kindheitswohnung, im Schulhaus; an das Nicht-Reden, an das große Schweigen von Familien, das Schweigen meiner Familie: ...

Das große Schweigen
Mutter sitzt am Küchentisch, vornübergebeugt, ein Zittern geht durch ihren Körper, ein Zittern, das abbricht, als ich mich neben sie setze, vor meine leere Frühstücksschale. Bevor ich etwas sagen kann, sehe ich Mutters Augen, rot umrändert; »iss jetzt«, sagt sie. Auf dem Platz ihr gegenüber steht Vaters Kaffeetasse, gefüllt bis obenhin, Stuhl zurückgeschoben, schräggestellt. »Iss!«, sagt Mutter. Die Haferflocken schmecken trocken, das Zittern kommt wieder, Mutter schüttelt's, ich wollte fragen, wo Vater ist, kaue stattdessen die Flocken zu Schleim und schlucke.

Das große Schweigen II
Folge Vater durchs Schulhaus, als wäre ich sein Schatten. Die Flure sind dunkel, seine Schritte hallen, er geht routiniert, beginnt mit den Toiletten, schrubbt den Boden, ölt die Tür. Geht dann Richtung Turnhalle. Bleibt auf dem Weg stehen, auf Höhe der Bibliothek. Gegenüber der Tür zu den Büchern befindet sich die Tür zum Zimmer der Klasse 3A. Sie wurde mit Zeichnungen beklebt. Ganz oben die Überschrift »Meine

Familie«. Auf den Zeichnungen, mit Buntstiften gemalt: Mama, Papa, Kind. Die meisten Zeichnungen zeigen eine Familie vor einem Haus, lachende Gesichter, winkende Hände.
Ich bin zwölf Jahre alt. Ich besuche die Klasse 6B. Wäre ich noch ein kleines Kind, dann wäre auf meiner Zeichnung dasselbe zu sehen: Mama, Papa, Kind vor einem Haus, lachende Gesichter, winkende Hände. Aber dahinter liegt folgendes Bild: ein Mann, eine Frau und ein Kind sitzen um einen runden Tisch, alle drei mit gesenkten Köpfen, ihre Haarspitzen reichen bis in den Topf mit der Suppe, der zwischen ihnen steht.

Das große Schweigen III
Im Kühlschrank, oberstes Fach, stehen Slimline-Produkte, die Mutter neuerdings isst. Slimline Joghurt, Slimline Margarine, Slimline Käse, Slimline Milch, Slimline Aufschnitt.
Im Badezimmerkästchen, unteres Fach, eine Puderdose, ein schwarzes Kajal, noch ungebraucht, daneben ein Spitzer.

Das große Schweigen IV
Vater dreht sich zu mir um. Legt einen Finger an seine Lippen. Wir betreten den Raum des Schulwarts, seinen Raum für sich allein: Staubsauger, Berge von Lappen, Werkzeug. Er drückt mir eine Flasche Orangina in die Hände und prostet mir zu. Das Getränk schmeckt süß und kribbelt auf der Zunge. Vater sagt: »Das hier ist mein liebster Ort.« Er deutet in den Raum hinein. Erst jetzt bemerke ich, dass da ein schmaler Durchgang ist, durch den wir einen zweiten, kleineren Raum erreichen.

In diesem Raum befinden sich ein kniehohes Tischchen, darauf ein verschnörkeltes Tischtuch und verschiedene Deko-Bäumchen aus Metall: eine Hainbuche, ein Ahorn, eine Tanne, eine Kiefer, eine Esche. Darum herum stehen einfache Kerzen, Packungen von Räucherstäbchen, eine Halterung. Vor dem Altar eine dünne Bastmatte. Zerdrückte Bierdosen.
»Schön, nicht?«, sagt Vater. Legt mir einen Arm um die Schultern. »Das wollte ich dir zeigen. Aber jetzt können wir zurück ins Bett. Deine Mutter muss nichts davon wissen.«

Das große Schweigen V
Ich lege Robert die Hand auf den Rücken. Fühle ein Pulsieren, das immer stärker wird, wärmer auch, dann wende ich mich ab.
»Ich habe mich entschieden, jetzt von hier zu gehen. Alles Gute!«, sage ich, und ich gehe durch den dunklen Flur zurück und durch die Tür nach draußen, und da steht Mutter mit einer Zigarette in der Hand und hohen Absätzen, sie lächelt und winkt mich zu sich. Sie ist jung. Sie ist groß. Der Jeansrock schneidet beim Bauch ein. Ihre Brust hebt und senkt sich.
»Genau!«
Ich gehe auf sie zu und frage: »Hast du was gesagt?«
»Genau!«, wiederholt sie. »Jetzt kommst du zu mir!«

Ich setze den Bleistift ab. Dann greife ich zum Telefon und wähle Mutters Nummer. Es klingelt zweimal, bis sie abnimmt.
»Hallo Romi, hast du's gut?«, fragt sie, offensichtlich erfreut.
Ich bringe kein Wort heraus.

»Romi?«, wiederholt sie.
»Wo bist du?«, frage ich zurück.
»Im Zug. Auf der Rückfahrt von einer Weiterbildung.«
Jetzt klingt es so, als würde sie etwas kauen, ein Stück Apfel, ein Kaugummi, ihre Fingernägel, und ich frage: »Wie geht es dir?«
»Gut! War spannend heute. Du bist im Rheintal, habe ich gehört? Und wie geht es dir?«
»Was hat Robert dir gesagt?«
»Nur, dass du ihn über die alten Zeiten ausgefragt hast.«
»Erinnerst du dich gut an damals?«
Mutter sagt einen Moment lang nichts. Dann fragt sie, mit unveränderter Stimme, aber etwas weniger beschwingt: »Meinst du das mit seiner Affäre?«
Ich zögere. Dann sage ich: »Ja.«
»Sicher erinnere ich mich.«
»Es würde mich total interessieren, wie du das alles heute siehst«, sage ich.
Pause. »Ist ja lange her«, beginnt Mutter dann, »und sicher sehe ich das heute von einer anderen Warte aus.« Sie scheint zu überlegen. »Mich hat das alles damals sehr gekränkt. Nicht mal so sehr, dass sich Robert in jemand anderen verliebt hatte, sondern vor allem seine monatelangen Lügen. Als ich es dann rausgefunden hatte, versprach er mir immer wieder von sich aus, dass er sich von der anderen Frau trennen würde. Aber es geschah nicht.«
Sie hält inne.
»Und irgendwann hast du ihn vor die endgültige Wahl gestellt«, sage ich.

»Ja. Wenn du jetzt nicht handelst, dann entscheide ich. Und wenn ich entscheide, dann musst du gehen.«
»Würdest du das heute noch immer so machen?«
Stille am andern Ende der Leitung. Wieder dieses Kauen.
»Sag mal, bist du am Essen?«, frage ich.
»Studentenfutter«, sagt Mutter und lacht einmal auf.
Ihre Stimme wird wieder ernster, als sie fortfährt: »Es ist sicher nicht meins, etwas zu bereuen. Es ist jetzt so, wie es ist. Wir haben es gut, dein Vater und ich.«
»Was meint das?«
»Wir haben ein gutes Leben heute. Wir haben uns gemeinsam eingerichtet«, antwortet sie, Betonung auf »gemeinsam«. »Das war nicht immer so, das weißt du. Überleg dir mal, ich hatte damals, als dein Vater die Affäre begann, noch keine wirkliche Ausbildung. Nur dein Vater hat Geld verdient, und wegen seiner Anstellung hatten wir die Wohnung im Schulhaus zugesprochen bekommen, die ja sehr günstig war.«
Sie macht wieder eine kurze Pause und sagt dann: »Ich habe damals tatsächlich nicht viele Möglichkeiten gesehen.«
Ich stelle mir Mutter vor, wie sie im Zug sitzt, im Jeansrock, die Tasche neben sich auf dem Sitzplatz, die nackten Füße auf dem Platz gegenüber, eine Hand drückt das Handy ans Ohr, die andere steckt in der Tüte mit den Sultaninen und Nüssen; als wäre sie eine junge Frau, eine, die ich eben erst kennenlerne.
»Ich wollte eine Therapie machen, aber er kam nur ein einziges Mal mit«, sagt sie. »Er hat in zwei parallelen Welten gelebt, so lange das mit Tana noch lief. Und wie

gesagt, das war es, was für mich am wenigsten erträglich war.«
»Aber nachher war es ja auch nicht besser.«
»Die ersten Jahre waren furchtbar, das stimmt. Wir mussten schrittweise das Vertrauen wieder aufbauen. Das hat lange gedauert. Weißt du Romi, ich finde es mutig, was du und Phil ausprobieren. Ich weiß nicht, ob ich das damals gekonnt hätte. Aber es ist nicht so, dass ich das im Vorhinein ausgeschlossen hätte. Sofern es keine Lügen gegeben hätte.«
»Sagst du mir das heute, weil du gute Laune hast?«, frage ich.
»Warum sollte ich?«
»Du hast bisher noch kein einziges Wort zu dem gesagt, was Phil, Dennis und mich betrifft.«
»Du hast mich nicht gefragt! Ist doch ganz allein deine Sache. Eure Sache.«
Ich schlucke leer.
»Weißt du«, sage ich, »für mich war das eine schwierige Zeit. Euer Schweigen. Und du warst unglaublich weit weg.«
Sie sagt einen Moment nichts. Ich würde gerne sehen, wie sie schaut; nachdenklich, nervös oder gelangweilt?
»Ja. Das kann ich mir vorstellen«, sagt sie.
Und nach einem weiteren kurzen Schweigen, als müsste sie mich aufheitern: »Aber es gab ja auch andere Momente. Die gemeinsamen Einkaufsbummel samstags. Du hast dir immer das größte Croissant geschnappt!«
Ich warte. Es kommt nichts mehr.
»Wenn ich an die Zeit denke, dann bist du nicht da«, sage ich schließlich. »Nicht wirklich.«

»Das tut mir sehr leid.«
Sie wartet. Dann fragt sie: »Habt ihr's gut, deine Freundinnen und du?«
»Ist alles ein wenig kompliziert. Ich melde mich, okay?«
»Klar. Pass gut auf dich auf. Ich hab dich lieb.«

Ich drehe mich auf den Rücken; der Sekundenzeiger der Uhr über der Zimmertür tickt langsamer, die Geräusche aus dem Flur sind verstummt. Schon nach vier. Kann das sein, dass ich schon wieder seit zwei Stunden hier drin sitze?
Umwege machen, sagte Szibilla. Um sich über Dinge klar zu werden. Ich höre ihre Stimme, die Substantive betonend: »Tochter hinter Mutter hinter Mutter hinter Mutter«; wiederhole: Kind hinter Eltern hinter Eltern hinter Eltern. Ich kann es nicht ändern.
Ich werde das Baby in meinem Bauch bald zum ersten Mal fühlen, so wie Leon damals, im Nachtzug aus Hamburg zurück, Urlaub mit Phil an der Nordsee, unser letzter zu zweit. Schön war es gewesen, vertraut, aber die ganze Zeit hatte ich mich körperlich unwohl gefühlt, aufgedunsen, so, als hätte meine Haut ihre ganze Spannkraft verloren, und als ich da lag, auf der engen Liege, nichts erwartete außer einer ruckelnden, beschwerlichen Nacht, bewegte es sich auf einmal in meinem Bauch, dieses neue Leben, dieses klitzekleine Geschöpf, das täglich wuchs, über sich selbst hinaus, und über mich, so wie auch das Baby jetzt, das aus mir kommen wird, mich binnen Kurzem anblicken wird mit großen Augen und das mir anfangs alles glaubt, so wie ich Robert geglaubt habe, und meiner Mutter, die

vielen Jahre hindurch, als Kind; und diese Herkunft ist noch immer Teil von mir – Teil meiner Haut.
Ich schließe die Lider, mein Magen knurrt. Ich sollte was essen, und zwar gleich; sechzehn Uhr siebenunddreißig, raus aus dem Zimmer.

Szibilla

Schwarzes Sitzleder unter mir. Weiße Wand vor mir. Daran das graue Regal. Das Lehrbuch steht genauso da, wie ich es gestern zurückgelassen hatte. Eierstöcke, Eileiter, Gebärmutter, Scheide. Unter den Büchern, im Korb: bunte Gesellschaftsspiele. Die große Spielesammlung. Eine Würfelbox. Monopoly. Alles durcheinander. Auch neben dem Korb. Spielfiguren in allen Farben. Schnecken aus Holz. Hier macht niemand Ordnung.
»Hast du dich erholt von gestern Nacht?«, fragte Malita vorhin.
»Ich hab nicht viel getrunken«, antwortete ich.
»Das meine ich nicht.«
Malitas Hände klopften. Strichen. Kneteten. Tasteten. Ravensburger 4 erste Spiele. Scrabble. Wäre was für Romi. Sie würde nicht einzelne Wörter legen. Sondern Sätze. DAS BESTE LEBEN. Mit Fragezeichen am Ende. Und dann würde sie zu mir blicken. Erwartungsvoll. Meine Antwort vorhin reichte nicht. Ihr nicht. Und mir nicht.
Ich ziehe mein Handy aus der Hosentasche. Finde auf die Schnelle nichts. Keinen Artikel, den ich nicht schon kenne. Dann zu YouTube. Ein neuer Film. Zwei Minuten. Théophile de Giraud sitzt in einem dunklen Zimmer. Filmt sich selbst. Warum er Antinatalist sei?, fragt

er. Er wolle sich heute nicht in philosophischen Gedanken verlieren. Sich lieber den scheußlichen Fakten der Realität widmen. Er schnarche neuerdings. Habe so seine Frau geweckt. Vor Stunden. Und sich daraufhin selbst verbannt. In dieses Zimmerchen. Und hier würde er nun nicht mehr in den Schlaf finden. Trotz der Hilfe von Alkohol.
Die Kamera schwenkt. Ein Arsenal von Flaschen wird gezeigt. Die Kamera schwenkt zurück. Théophile sitzt noch genauso da. Große Augen. Ernster Blick.
Das zeige es, sagt er. Dass man andere Menschen sogar im Schlaf belästige. Und selbst im Schlaf belästigt werde. Auch von den Menschen, die man liebe. Das Leben sei eine Hölle. Sogar mit den besten Absichten werde das immer so sein. Und das sei der Grund, warum er Antinatalist sei. Er nickt in die Kamera. Abschließend. Wissend.
Ein lautes Lachen entfährt mir. Er meint es ernst. Und hat Humor. Beides gleichzeitig. Ich wische mit der Hand über die Lippen. Das Telefon klingelt. Romi.
»Hey, ich bin auf dem Weg in den Speisesaal«, sagt sie. »Kommst du auch?«
»Ja«, erwidere ich. »Bin gleich da.«

Romi

Die Gabel gleitet durchs Gebäck, alles landet in meinem Mund, auf meiner Zunge, eins nach dem andern: Sahne, Biskuit, Himbeere, Vanillecrème, Sauerkirschen; der Blätterteig knackt zwischen meinen Zähnen. Szibilla blättert mir gegenüber in einem Buch zum Bödmerenwald; »der letzte Urwald der Schweiz«, sagte sie vorhin und vertiefte sich wieder.

Ab und an macht sie eine kurze Pause, um sich einen Löffel Schokoladenpudding in den Mund zu schieben, ihn konzentriert einen Moment im Mund zu behalten, dann zu schlucken, sich wieder dem Buch zu widmen.

Ich esse wie zum ersten Mal; mein Hunger ist groß und auch mein Appetit; ich fülle mein Glas mit Wasser, auch das von Szibilla; ich trinke, fokussiere die Hinterseite von Szibillas Buch. Darauf zu sehen ist ein dicker Baum von unten, der Blick wird Richtung Krone gelenkt; hinter dem Blätterdach schimmert blauer Himmel durch.

»Warst du mal in diesem Bödmerenwald?«, frage ich.

»Ja.«

»Empfehlenswert?«

»Und ob.«

Sie blättert einmal um, streicht die Seite glatt und ergänzt: »Karstlandschaft. Eine weite Landschaft. Von

Gräben und Brüchen durchfurcht. Moorbirken wachsen aus Felsmulden. Ich sollte da mal wieder hin.«
Sie streckt sich durch, fasst sich sogleich mit der linken Hand an die rechte Schulter.
»Hast du heute noch eine Massage?«, frage ich.
»Schon hinter mir.«
»War's gut?«
»Meinem Rücken ging es nie besser in den letzten Jahren.«
»Und die Mensschmerzen?«
»Fast weg.«
»Halleluja«.
»Nein, Malita sei Dank.«
»Heißt die Masseurin so?«
Szibilla nickt, widmet sich wieder ihrem Buch. Ich nehme den letzten Bissen von meinem Himbeertörtchen, lehne mich im Stuhl zurück. Nur drei weitere Tische sind besetzt, allesamt Fenstertische; die Kellnerin gleitet mehr durch den Raum, als dass sie geht, serviert am einen Tisch Kaffee, nimmt am andern die Bestellungen auf und verschwindet dann hinter der Ausschenke.
Auf einmal ist mir wieder schlecht. Ich lege die Hand auf meinen Magen, bleibe sitzen, wie ich bin; Szibilla liest, ihre Augen folgen Buchstabenspuren, springen von Zeile zu Zeile. Ich halte den Atem an. Atme langsam aus. Dann nehme ich mein Handy hervor und betrachte nochmals die Bilder vom Nachmittag. Die Ebene. Szibilla vor der Schollenmühle. Die Schollenmühle.
Ich öffne Google und tippe Schollenmühle alte Torffabrik.

Szibilla

Romi blickt immer wieder von ihrem Telefon auf. Mal zu mir. Mal aus dem Fenster.
»Seltsam«, sagt sie irgendwann, »dass man das Bannriet von hier aus gar nicht sieht.«
Wir gehen raus auf die Terrasse. Ich zeigte es ihr. Da, das Naturschutzgebiet. Dort, die Schollenmühle. Aber stimmt schon. Schwer zu erkennen von Weitem.
Wir schauen noch eine Weile. Ungetrübter Himmel. Dieses Flirren überall. Tierchen, Autos.
»Jetzt ein Film?«, frage ich schließlich.
Romi wirkt unschlüssig.
»Oder hast du noch was anderes vor?«, frage ich weiter.
»Nein«, sagt Romi. »Ich glaube, ein Filmabend ist wirklich keine schlechte Idee.«
»Eine Taube sitzt auf einem Zweig und denkt über das Leben nach.«
»Das ist der Titel?«
»Genau.«
»Wie poetisch.«
»In meinem Zimmer, so in einer halben Stunde?«
Romi nickt. Wir gehen zurück in den Speisesaal. Hat sich gefüllt. Abendessenszeit. Unsere Kuchenteller wurden bereits abgeräumt. Eine Kellnerin tritt an unsern Tisch.

»Darf's noch was sein bei Ihnen?«
Ich bestelle zwei Sandwiches zum Mitnehmen. Nenne meine Zimmernummer.
»Geht auf mich«, sage ich zu Romi.
»Danke. Und bis gleich.«
Ich nehme den Lift. Ungewohnte Müdigkeit. Schwere Füße. In meinem Zimmer starte ich den Laptop. Streife die Jogginghose ab. Sie riecht. Nach Schweiß. Nach diesem Tag. Nach meinen Tagen. Licht im Badezimmer an. Die Lüftung surrt. Ich setze mich aufs Klo. Tampon raus, Tampon rein. Wie ich es hasse, meine Finger an diesen labbrigen Stellen.
»Ich wollte mich entschuldigen«, sagte ich am Nachmittag zu Malita. Ich auf der Liege. Ihr ergeben. »Das mit dem Blut gestern.«
»Kein Ding«, sagte Malita nur.
Ich drücke die Spülung. Wasche mir die Hände. Zurück ins Zimmer. Der Laptop verlangt mein Passwort. DeGiraudNow! Die zerstückelten Myome auf dem Bildschirm vor mir. Ich schließe das Bild wieder. Lege es in den Ordner Dies & Das. Ich schließe das externe Laufwerk an. Es schluckt die DVD ohne Hemmungen.

Phil

Leon zieht sich den Bund der Pyjamahose bis zum Bauchnabel. Dann legt er sich ins Bett. Ich platziere den Hasen neben ihn, er greift sofort danach.
»Du, Papa, schläft Mama heute eigentlich bei Dennis oder wieder in diesem Hotel?«, fragt er.
»Im Hotel«, antworte ich. »Sie ist noch immer mit ihren Freundinnen unterwegs.«
»Schläft Chiara heute hier?«
»Nein.«
»Wo wohnt sie denn?«
»In Zürich.«
»Das ist aber weit!«
»Eine Zugfahrt nur.«
»Kommt Dennis heute noch hierher?«
»Nein.«
»Wo ist er?«
»In St. Gallen, vermute ich mal. Bei sich zu Hause.«
»Ist er ein Freund oder ein Kollege?«
»Was ist er für dich?«
»Ein Freund.«
»Würde es dir denn etwas ausmachen, wenn Chiara hier schlafen würde?«
Leon schüttelt den Kopf.
»Sie ist ja auch eine Freundin, hast du gesagt.«

Seine altkluge Stimme. Ich lösche das Licht.
»Das stimmt«, sage ich.
»Möchtest du nicht auch mal bei Dennis schlafen, so wie Mama?«
»Nein, eher nicht.«
»Wieso? Ist er nicht auch dein Freund?«
»Gute Frage.«
»Also ist er jetzt dein Freund oder nicht?«
»Ach du, mein Junge mit den großen Fragen – schlaf schön.«
Er dreht sich von einer Seite auf die andere.
»Ich hab dich lieb«, sagt er.
»Ich dich auch. Gute Nacht!«
»Gute Nacht.«

Ich trete in den Flur, gehe an der unbenutzten Stehlampe vorbei, den überfüllten Babykleidersäcken. Sie endlich in den Estrich bringen oder schon im Kleiderschrank versorgen, das wäre der Plan. Aber weder Romi noch ich rühren die Sachen an. Morgen packe ich ein paar Kisten aus, so viel ist sicher.
Ich schiebe die Balkontür auf. Chiara sitzt nach hinten gelehnt da, die Füße légère auf dem Balkongeländer. Sie hat sich eine Zigarette angezündet, fragt, ob Leon schlafe. Ich nicke. »Fast. Zündest du mir auch eine an?«
»Du rauchst?«
»Nur heute, mit dir.«
»Hast du es nötig?«
»Mhm.«
Sie lächelt, klaubt eine Zigarette aus der Packung,

schiebt sie sich zwischen die Lippen, zündet sie an, reicht sie mir weiter.
»Lass sie dir schmecken.«
Ich ziehe daran. Das Nikotin macht mich sofort leicht benommen. Im Garten hat sich eine Menschentraube gebildet, Vinzenz' Grillfest. Ein Feuer wurde entfacht, ruhige Musik läuft.
»Eigentlich unglaublich, dass das mit den glasfreien Solarmodulen so lange gedauert hat«, sage ich. »Wir könnten schon Meilen weiter sein!«
»Komm, wir lassen die Arbeit mal Arbeit sein«, sagt sie. »Schön habt ihr's hier, wirklich. So ruhig auch.«
Ich frage sie, ob ich ihr schon erzählt hätte, dass ich in diesem Dorf geboren worden sei. Und dass ich hier gelebt hätte, bis zur Einschulung. Chiara schüttelt den Kopf. Ihre rehbraunen Haare bewegen sich mit. Ich sage, ich hätte mir ja nie vorstellen können, hier je wieder zu leben.
»Du hast die Wohnung geerbt, oder?«
»Ja«, antworte ich. »Ich war, nachdem wir weggezogen waren, noch recht oft hier, bei meiner Großmutter. Manchmal, wenn ich heute Leon beobachte, wie er seine Plüschtiere an sich drückt und ewig lange auf dem Gemüse kaut und mit Perfektion seine Playmobilfiguren platziert, dann sehe ich mich selber. Eigentlich weiß ich gar nicht, ob das so eine gute Idee war, hierherzuziehen.«
Chiara wendet sich mir zu, die Haare hat sie eben alle auf eine Seite geschoben. Erst jetzt bemerke ich den Tomatenfleck auf ihrer Bluse, genau da, wo ich einen Nippel vermute.

»Wo ist eigentlich deine Frau?«
»Romi macht Urlaub, mit Freundinnen.«
»Cool, dass du ihr das ermöglichst.«
»Ist doch selbstverständlich.«
»Gar nicht. Bei den meisten meiner Freundinnen macht ja sie alles. Haushalt, Kids zur Hauptsache betreuen, die ganze Mental Load und so, und nebenbei - sagen wir mal - zwanzig Prozent arbeiten, aber weniger für sich selbst, sondern vielmehr, damit die Kinder noch einen Papi-Tag haben. Habe ich jedenfalls manchmal den Eindruck.«
Die Schweiz sei in Sachen Familienpolitik so was von hintendrein, sage ich. Sogar bei einer Unicef-Studie, die eben rauskam, habe sie den hintersten Platz belegt.
»Erstaunt mich gar nicht!«
»Weltweit den letzten Platz?«, fragt Chiara.
»Unter einunddreißig europäischen Ländern. In einer Fachhochschule in Deutschland würde ich zwar weniger verdienen, aber dafür gäbe es auch Elternzeit. Nicht bloß einen Tag Vaterschaftsurlaub. *Urlaub!*«
»Ich habe gehört, es gäbe Bewegung in dem Punkt. Eine Petition für mehr Elternzeit«, sagt Chiara und nimmt einen Zug von ihrer Zigarette. Sie bläst den Rauch langsam hoch in die Luft. »Ich muss schon sagen. Du bist echt ein fortschrittlicher Mann.«
Sie lacht. »Sorry. Das klingt bescheuert. Aber ich mein das schon so.«
Ich stocke. Dann sage ich es. »Ich habe gar keine andere Wahl.«
Chiara blickt mich forschend an.
»Wie meinst du das?«, fragt sie.

Hätte ich mir ja denken können, dass diese Frage kommt. »Wie soll ich sagen«, beginne ich. Nehme einen Zug von der Zigarette. Die Zeit, die ich mir damit einräume, nützt nichts. »Eigentlich ist es ganz simpel. Romi und ich leben in einer – sagen wir, Übergangsform. Sie hat noch einen zweiten Mann.«

»Oh, echt? Einen fürs Bett oder was?«

»Für sie ist da mehr dran.«

»Eine zweite Beziehung also«, sagt Chiara, guckt mich von der Seite an. Ich wende mich ihr zu. »Das heißt, wir könnten uns jetzt auch miteinander vergnügen?«, fährt sie fort. »Husch, ins Bett?«

Sie kichert, nicht kindlich, eher verwegen. Was soll ich sagen.

»Du bist nicht nur ein fortschrittlicher, sondern auch ein sexy Papa«, sagt sie und hält sich schnell eine Hand vor den Mund. »Oh, oh, ich mach's nicht besser. Und jetzt muss ich mich irgendwie wieder rausreden.«

Sie macht eine Pause, in der sie überhaupt nicht verlegen aussieht. Wie sie an der Zigarette zieht, mich dabei weiterhin mustert. Dann fragt sie: »Du schmeißt den Laden hier trotz allem mit links, hab ich recht?«

Ich schiebe meine Füße ebenfalls aufs Geländer. Einer von Vinzenz' Gästen hat die Musik gewechselt. Jetzt läuft Electroswing. Wie spät ist es eigentlich?

»Keine Antwort ist auch eine Antwort«, sagt Chiara.

»Ich dachte, das seien alles rhetorische Fragen.«

»Gar nicht!«, sagt sie. Schnippt die Asche ihrer Zigarette übers Balkongeländer.

»Die haben es ja lustig da unten«, sagt sie, deutet zur feiernden Gruppe. Die Ersten haben angefangen zu tanzen. Hauptsächlich Frauen. Der Rest – alles Männer – steht breitbeinig ums Feuer, mit je einer Bierflasche in der Hand.

»Das Leben in der Stadt habe ich langsam, aber sicher satt«, fährt Chiara fort, »nicht nur wegen den Mieten. Am Ende ist es ja doch die ewige Bubble, in der man sich bewegt, egal wo. Ich finde das Stadtgedingse in der Zwischenzeit echt ermüdend. Lieber mal ein wenig gärtnern!«

Sie drückt die Zigarette auf dem Steinboden aus. Nimmt noch eine aus der Packung, schiebt sie sich zwischen die Lippen und zündet sie an.

»Wir können ja einen Tausch machen«, sage ich. »Manchmal würde ich nämlich gar nicht so ungern in die Stadt zurück.«

Einer der Feiernden versucht, lautstark irgendwas zu singen. Seine Stimme geht über in ein unkontrolliertes Grölen. Die Gruppe lacht.

»Aber ihr seid hier doch in bester Nachbarschaft!«, sagt Chiara.

Wir lachen beide.

»Ich hab ja in Zürich gewohnt, während dem Studium«, sage ich. »Und ich glaube, ohne Romi wäre ich dort geblieben.«

»Höre ich etwa Bedauern?«

»Nein.«

»Kein kleines bisschen?«

»Falsche Frage.«

»Okay. Hast du eigentlich noch was zu trinken?«

»Bei uns auf dem Land gibt's um diese Zeit nur noch Tee.«

Chiara zeigt mit dem Daumen Richtung feiernder Nachbarn und sagt: »Du willst wohl, dass ich bei denen mitfeiere!«
»Würdest du?«
»Sicher!«
Jetzt hat sie ihn auch bemerkt, den Fleck auf ihrer Bluse. Sie reibt daran herum, während sie die brennende Zigarette im Mund behält. Ihre Brust wippt auf und ab.
»So, ich hol mir noch ein Bier bei denen unten, und dann mache ich mich auf den Heimweg«, sagt sie und steht auf.
»Nein, warte. Ich habe was Besseres. Baumnussschnaps. Magst du so was?«
Sie nickt.

Romi

Szibilla schiebt den Laptop in die Mulde zwischen ihrem Oberschenkel und meinem, rückt sich auf dem Bett zurecht. Der Filmtitel wird eingeblendet, dann: »Der letzte Teil einer Trilogie übers Menschsein«; weiße Lettern auf schwarzem Hintergrund, die Musik wird leiser, erste Szene. Ein Mann steht vor einem gedeckten Tisch, eine Frau hantiert in der Küche, Musik läuft, die Frau summt dazu. Der Mann versucht, eine Weinflasche zu öffnen, und während er das tut, bekommt er einen Herzinfarkt, fällt tot auf den Boden, und die Frau summt noch immer; nächste Szene.

Szibilla blickt gebannt auf den Bildschirm; dahinter die Fensterfront, der hölzerne Balkon, und von dort reicht mein Blick weiter, ins Tal. Ich lasse mich tiefer ins Kissen gleiten. Eine Gruppe tanzt Flamenco, nur ein einziger Mann unter Frauen. Die Lehrerin steht immerzu bei ihm, berührt ihn, und er schiebt ihre Hände weg. Schnitt – eine Frau sitzt auf dem Boden im Flur, sie putzt. Die Schuhe der Flamencotänzer:innen von nebenan sind zu hören. Die sitzende Frau telefoniert. »Es freut mich zu hören, dass es euch gut geht«, sagt sie immer wieder. Eine Tür geht auf, der Flamencotänzer eilt durch den Flur, an der putzenden Frau vorüber, sein Blick geht starr geradeaus.

Ich sinke noch tiefer ins Kissen, in die Matratze. »Da gibt's keine Handlung, richtig?«, frage ich. »Richtig«, antwortet Szibilla; und ich merke, wie meine Lider schwer werden, wie ich eindöse.

»Es freut mich zu hören, dass es euch gut geht.«

Dieser Satz wieder – zerschneidet die Stille in meinem Kopf; ich wache auf. Szibilla sitzt genauso da wie vorhin, Blick auf den Bildschirm. Zwei Männer betreten ein Geschäft und sagen mit monotonen Stimmen, sie wollten Scherzartikel verkaufen und den Menschen helfen, Spaß zu haben. Sie präsentieren eine Maske mit dem Namen »Gevatter einsam«; einer der Männer zieht sie über. Schlaffe Plastikhaut, graues Haar, erloschener Ausdruck. Niemand lacht. Es bleibt mucksmäuschenstill; nächste Szene. Ich döse schon wieder weg.

Irgendwann höre ich ein Klicken, ich öffne die Augen. Szibilla hat die Pausentaste gedrückt.

»Halbzeit!«, sagt sie, bückt sich und hebt eine Flasche Apfelsaft in die Höhe. »Willst du auch davon? Das weckt auf!«

Szibilla schenkt in ein kurzstieliges Weinglas ein, reicht es mir. Sie selbst führt die Flasche an die Lippen. Ich trinke mein Glas bis zur Hälfte aus und stelle es auf den Nachttisch auf ihrer Seite des Bettes.

Der Film geht weiter, eine skurrile Szene folgt auf die nächste. Wieder döse ich weg. Als ich aufwache, hat sich etwas verändert; der Laptop wurde geschlossen, Szibilla ist nicht mehr da; auf dem Nachttisch stehen noch immer mein halb volles Apfelsaftglas und die leere Flasche.

»Szibilla?«

Die Zimmertür ist von innen abgeschlossen, der Schlüssel steckt. Die Tür zum Badezimmer offen, kein Licht an. Die Balkontür ist angelehnt. Ich trete hinaus. Szibilla sitzt da, Beine angezogen, eine Wolldecke straff um sich geschlungen; man sieht wenig mehr als ihren Kopf.
»Alles okay?«, frage ich.
Ihre Augen wirken verquollen, die Lider größer als gewöhnlich. Sie zieht die Decke noch etwas enger um sich. Ich stelle mich neben sie. Unten im Tal sind erste Lichter angegangen, sie flackern, als wären sie im Wind.
»Alte Geister?«, frage ich.
Szibilla deutet ein Nicken an.
Auf der anderen Seite des Rheins ziehen sich die österreichischen Berge wie eine Mauer, darüber erstreckt sich der sich langsam eindunkelnde Himmel.
»Hast du den Film eigentlich zum ersten Mal gesehen?«, frage ich.
»Zum dritten Mal. Das erste Mal im Kino. Mit Nora.«
»Ziemlich deprimierend.«
»Findest du?«, fragt Szibilla.
Ich gehe nah an die Balkonbrüstung heran, blicke hinunter, nach rechts; das Haus an der Buchenstraße hundertzweiundzwanzig ist von hier aus nicht zu sehen, wird wohl von den paar Fichten verdeckt, die unterhalb des Hotels stehen.
»Schade, dass Nora nicht hier ist«, sage ich und drehe mich zu Szibilla. Sie wendet mir ihr Gesicht zu; etwas überraschend Zugewandtes liegt darin.
»Was sind deine Pläne für morgen?«, fragt sie.
»Ich will nochmals runter, zur Schollenmühle. So früh wie möglich. Jetzt, wo ich wieder alles sehen kann.«

»Willst du es dir also anschauen?«, fragt Szibilla. »Woher du kommst, wohin du gehst?«
»Ich will unbedingt in die Schollenmühle hinein. Ich werde das Gefühl nicht los, als hätte die ganz viel mit mir zu tun. Mit *meinen* alten Geistern.«
Szibilla blickt wieder ins Tal.
»Und was sind deine Pläne?«, frage ich.
»Um halb zehn bin ich eingeladen. Frühstück. Bei Malita.«
»Ihr versteht euch also richtig gut.«
Szibilla rückt sich auf ihrem Stuhl zurecht, stellt einen Fuß nach dem andern auf dem Boden ab.
»Bei Nora wird sich morgen auch was tun«, fährt sie fort, ohne auf meine Bemerkung einzugehen. »Bin ich mir sicher.«
»Sehen wir uns am Mittag?«, frage ich.
»Auf jeden Fall.«
»Brauchst du noch was?«
Szibilla steht auf, faltet die Fleecedecke, schüttelt sie leicht, faltet sie nochmals, legt sie über den Stuhl.
»Nein, danke«, sagt sie. »Gute Nacht.«

Vierter Tag
11. Juni

Romi

Fünf Uhr dreißig; meine Füße bewegen sich durchs Gras, als wären sie schon die ganze Nacht in dieser Landschaft unterwegs gewesen, den Hügel runter, während der Rest von mir im Hotelbett gelegen und geschlafen, sich ausgeruht hat. Schafe weiden am Hang, blöken ab und an, und links, im Osten, schiebt sich jetzt der äußere Rand der Sonne über die Bergkuppen, ihre Strahlen dringen noch nicht zu mir durch.

Ich gehe schnell, leichte Übelkeit, aber sie ist okay, ist ertragbar; ich bewege mich von etwas weg, auf etwas zu, bin dazwischen, »Dinge geschehen, und sie geschehen gleichzeitig«; dieses Licht, dieses Gefühl, wie am Morgen nach Leons Geburt. Das Baby an meiner Brust. Suchende Händchen, suchender Mund; und auch ich war noch nicht ganz da, war noch immer im Transit, war noch die Hochschwangere, die in den Stunden davor breitbeinig durch die Räume der Wohnung gegangen war, Phil in Reichweite – auf dem Bett, auf dem Sofa, am Küchentisch –, und trotzdem fühlte ich mich ganz allein, völlig konzentriert in diesem seltsamen Rausch von Schmerz, Vorfreude und Vergessen; alles war innen, alles war außen, keine Grenzen. Ein stetiges Sirren überall, und dieser Druck nach unten. Phil fragte immer wieder, ob wir nicht endlich ins Spi-

tal fahren wollten, und ich schüttelte den Kopf: hierbleiben, in meinen Räumen, in unseren, in dieser altbekannten Wohnung. Wir blieben, bis die Presswehen einsetzten; erst dann fuhren wir los, Leons Kopf schon halb auf der Welt, schon über die Grenze hinaus.
Und dann war er da, endgültig. Eine Fülle, die sich über seinen Körper erstreckte, darüber hinausging, den ganzen Raum einnahm; im Kontrast dazu die gleichzeitige Leere in meinem Bauch. Unter der Spitaldusche fuhr ich mit der Hand wieder und wieder darüber, hohl fühlte er sich an, noch immer nach außen gewölbt, aber ohne konkreten Inhalt; ein verlassener Ort, ein Ort, der sich zuerst wieder würde definieren müssen. Doch diese Leere war schon vergessen, als ich zurück im Zimmer war. Ich ließ mich ins Bett gleiten, Leon auf mir, meine Finger zeichneten über seine Stirn, seine Wangen, seinen Nacken; seine Haut: als wäre sie magisch. Er war bereits ganz für sich, Leon, gemacht aus Phil und mir, zwischen Phil und mir; sein Atem ging von allein. Jetzt gab es das »Ich« und das »Du«, jetzt gab es ein neues »Wir«, die Grenzen zwischen uns und um uns herum frisch gezogen; vier Jahre her. Ein Morgen wie dieser, nur war es kühler.
Und würde Leon mich nun beobachten, würde er eine Frau sehen, fast dreißig Jahre alt oder jung, die einen Hügel im St. Galler Rheintal runtereilt, eine Tasche über der Schulter, erneut mit einem Leben im Bauch. Jetzt hat sie die signalrote Bank passiert, eine Straße überquert, und die Frau würde ihr Schweigen sofort brechen, würde sie das Kind bemerken, und würde das Kind fragen: »Was machst du denn da?«, dann würde

sie innehalten, dem Kind über den Rücken streichen und sagen: »Ich muss weiter, aber keine Sorge, ich bin ja da, bei dir.«
Der Kirchturm kommt näher, fünf Uhr fünfundfünfzig; ich gehe die Straße entlang, erreiche die Altstadt, gepflasterter Boden, alles schläft. Die Apotheke ist noch geschlossen, auch die Bäckerei und das Blumengeschäft; keine Schilder stehen auf der Straße, keine Werbeslogans lenken ab. Ich nehme mein Handy hervor, öffne Google Maps, prüfe den Weg nochmals; gehe dann weiter, unter einem Torbogen hindurch. Auf der anderen Seite eine größere Straße, schon recht befahren; ich überquere sie. Die Sonne steht bereits einiges höher.
Vor einem Schulhaus erstreckt sich ein Platz, der mit Erde aufgeschüttet wurde, als würde hier ein Acker errichtet; drei Männer sind mit Rechen daran, die Fläche zu ebnen, heben den Kopf kein einziges Mal, als ich an ihnen vorübergehe. In der einen Ecke, nah beim Zaun: ein Haselstrauch, aber keine Nora darunter, auch nicht dahinter; keine eben erst angezündete Zigarette.
Ich habe meinen Rhythmus gefunden, mein Tempo; gehe einem kanalisierten Gewässer entlang, erreiche eine Bahnhofsunterführung, dahinter eine Straße mit Einfamilienhäusern, dazwischen ein Pferdestall, die Hausfassade behängt mit bunten Plaketten.
Vor mir tauchen die Industriebauten auf: eine Transportfirma, eine Werkzeugfabrik, ein Recycling-Center; dann ein Parkplatz – das muss jener von gestern sein. Kein einziger Fußgänger, keine Fußgängerin weit und breit, dafür Autos auf der Hauptstraße, die ich jetzt

erreicht habe. Als würde das untrennbar zum Menschsein gehören, dieses Sitzen in einem Ding aus Metall und Motor, dieses Lenken in jedwede Richtung, Gefühl von Freiheit. Dabei sind es vorgefertigte Straßen, die wir befahren, und links und rechts, die Landschaft: unerreichbar.
Ich überquere die Straße. Nun erstreckt sich die Ebene vor mir: mit Gras überwachsene Äcker, Scheunen im dunstigen Licht, Reihen von Bäumchen; dahinter ein Bagger, der in der Erde gräbt. Der Beginn des Bannriets. Mein Weg geht weiter geradeaus, der Kies knirscht unter meinen Schuhen. Vor mir taucht das Bild von Nora auf, das in ihrem Zimmer hängt; sie, am Rheinufer im Badeanzug, der Vater daneben, beide ganz für sich, beide so, als würden sie auf etwas warten, aber worauf?
Von Weitem sehe ich nun das Beobachtungshäuschen von gestern, und es kommt mir vor, als wäre es ewig her, dass ich dort saß, gemeinsam mit Szibilla; ein anderes Leben fast. Plötzlich fühlt es sich an, als läge eine Faust in meinem Magen, sie ist groß und versucht, sich langsam zu öffnen. Ich bleibe stehen, beuge mich vornüber, warte, bis der Druck abflaut; dann gehe ich weiter, am Häuschen vorbei, etwas langsamer. Der Weg macht eine Biegung. Vor mir taucht die Schollenmühle auf, dieses hölzerne Konstrukt aus unterschiedlichen Schuppen. Sie ist dunkel, ein schwarzes Loch. Durch jeden Schritt, den ich auf die Mühle zu mache, nimmt der Druck in meinem Magen wieder zu; ich weiß nicht mehr, warum ich hierherwollte, ich weiß nur, dass ich es wollte.
Links erstreckt sich ein langgezogener Schuppen am Wegrand, etwas abseits vom Hauptgebäude, mit Seiten-

wänden aus losen Brettern. Mein Blick fällt durch die Ritzen in das dunkle Gebäude hinein und auf der anderen Seite wieder raus, ins Helle.
Dann beginnt, rechts von mir, das Hauptgebäude. Der Weg zwischen dem einzelnen Schuppen links und der Schollenmühle rechts wird enger, schattig, so dunkel, dass ich nichts mehr sehe, es ist, als hätte es mir den Boden entzogen, und ich befinde mich in dieser einen Sekunde kurz vor dem Fall, hinein in einen Raum, den ich nicht kenne, einen Raum unter der Erde, Bauchraum, der Bauch meiner Mutter, atmen unmöglich; aber meine Beine bewegen sich, ich mache Schritte, eins, zwei, drei, und öffne die Augen. Eine neue, alte Landschaft öffnet sich vor mir: zwei kleine Holzwagen auf Schienen, offensichtlich schon lange nicht mehr in Betrieb; ein schilfumrahmter Weiher, dahinter wieder diese Weite. Ich blinzle in die Sonne, es ist, als hätte sich ein Filter über meine Augen gelegt: alles ist klarer gezeichnet.
Ich gehe Richtung Weiher. Ein gerillter Steg führt zwei Meter aufs Wasser hinaus. Ich trete durch eine türhohe Öffnung, die in den Kubus aus Cortenstahl führt, zehn steile Treppenstufen runter, und ich stehe in einem kleinen Raum, der sich unter der Wasseroberfläche befindet, zwei auf zwei Meter groß. Ein senkrechter schmaler Streifen aus Plexiglas ermöglicht den Blick ins trübe, grünliche Wasser; aufgeweichter, schlammiger Boden, vereinzelt lösen sich Luftblasen, steigen an die Wasseroberfläche. Über dem Plexiglas-Durchguck befindet sich eine Art horizontales Bord, das den Blick direkt auf die Wasseroberfläche leitet. Das Licht, das

sich im Wasser spiegelt, fällt durch diese Öffnung in diesen Raum, meinen Raum, auf die rostroten Innenwände; waberndes, bewegliches Licht; Licht im Transit, im Dazwischen, gleichzeitig fest und fluid, sichtbar und fühlbar. Ich setze mich auf die Bank, die hier steht; halb acht. Nochmals kurz dösen.

Szibilla

Der rote Teppich. Die gelben Punkte. Die Schuhpaare, die darüberschlendern. Zum Buffet. Und zurück. Alle essen. Reden durcheinander. Oder schweigen sich an. Mein Kaffee ist bereits kalt. Am Tisch nebenan die Drei-Personen-Familie. Der Papa stiert ins Telefon. Das Kleinkind singt. Sagt ab und zu was. Der Papa wiederholt exakt das, was es sagt. Nur: als Frage. Die Mama wandert vom Buffet zum Tisch. Hin und her. Immer fehlt was. Brot. Schinken. Butter. Honig. Der Teelöffel. Noch eine Dreiviertelstunde. Dann zu Malita. In der Zwischenzeit aufwachen. Das Hirn einfach machen lassen. Erbsengroß fühlt es sich an. Ich muss geträumt haben.
Die Jugendliche vom ersten Tag geht zwischen den Tischen umher. Ohne ihren Hünen-Vater. Oder die Zauberflöten-Mutter. Hat eine Bauchtasche um. Schaut gewitzt. Blickt den Leuten ungeniert auf die überladenen Teller. Auf die kahlen Hinterköpfe. Sie ist die einzig Vernünftige hier drin. Jetzt geht sie am Tisch mit dem Rentnerehepaar vorbei. Sie geht schneller. Verschwindet auf der Treppe.
Auch das junge Paar ist wieder da. Heute haben sie sich was zu sagen. Sie sprechen leise. Köpfe zusammengesteckt. Machen immer wieder längere Redepausen. In

denen sie aufs blanke Tischtuch starrt. Er zur Decke. Sie rührt in ihrem Tee.
Die Mama nebenan wird vom Papa aufgefordert, dem Kind noch ein Mohnbrötchen zu bringen. Sie steht auf. Geht zum Buffet. All you can eat. Großartiges Motto. Ich sollte schleunigst weg. Schon mal eine Runde drehen. Bisschen erkunden. Alleine. Ich nehme den Autoschlüssel. Gehe am Buffet vorbei. Richtung Ausgang. Und durch die Schiebetür.

Romi

Ich setze mich auf; mir ist kühl. Ich nehme meinen Pullover aus der Tasche und ziehe ihn über, blicke für einige Augenblicke aufs Wasser, die Bewegung, die es macht. Dann wähle ich Dennis' Nummer. Nach kurzem Klingeln hebt er ab.

»Guten Morgen«, sage ich.

Durch den Hörer spüre ich seine Überraschung; ich sehe ihn vor mir, seine Haare, die in alle Richtungen abstehen, seine Augen, in denen noch die Müdigkeit liegt, Fragen vielleicht; »Romi!«, sagt er nur; und ich erwidere: »Ich weiß, ist noch früh.«

»Bin schon länger wach«, sagt er.

»Wie geht es dir?«

Pause. Vielleicht liegt er in seinem Bett, ein Buch neben sich; vielleicht steht er am Fenster, blickt auf den Park vor dem Haus; vielleicht ist er in der Küche, mit einer Tasse Schwarztee in der Hand.

»Um ehrlich zu sein: beschissen«, sagt er endlich. »Du meldest dich nicht. Lässt mich im Unklaren. Fühlt sich an, als hättest du dich von mir getrennt.«

Meine Knochen sind schwer, bohren sich in die Bank unter mir; ich sage: »Nein. So habe ich das nicht gemeint. Ich war überfordert.«

Ich stehe auf, mache die paar Schritte zum Durchguck,

gehe direkt davor in die Hocke. Meine Nasenspitze berührt beinahe das Plexiglas.
»Und was genau hat dich überfordert?«, fragt Dennis.
Ein Blesshuhn taucht im grünen Wasser ab, paddelt mit seinen Füßen Richtung Grund, macht in der Hälfte kehrt.
»Meine Angst«, sage ich. »Davor, dass alles auseinanderdriftet. Mir entgleitet.«
Dennis wartet einen Moment ab, bevor er erwidert: »Das musst du mir genauer erklären.«
»Wenn ich dem einfach so Raum gebe, dem zwischen dir und mir«, sage ich, »dann wird das im ersten Moment alles einnehmen. Alles überstrahlen. Und ich fürchtete mich davor, dass ich dann ähnlich abwesend sein werde für Leon und das Baby wie meine Eltern damals für mich.«
Dennis schweigt, lässt Atem.
»Vielleicht fürchte ich mich noch immer ein wenig«, ergänze ich.
»Das verstehe ich nicht so ganz. Was sollte es deinen Kindern bringen, wenn du dich dagegenstemmst? Gegen deine Gefühle?«
Dennis' Stimme klingt hart.
»Als wäre man dem einfach so ausgesetzt, dem Verliebtsein«, entgegne ich. »Als hätte man keine Wahl! Dabei ist es auch eine Entscheidung. Verliebtsein. Und Liebe.«
»Sicher hast du die Wahl«, sagt Dennis. »Bis zu einem gewissen Grad jedenfalls.«
»Bis zu welchem Grad?«
»Man kann sich das Verliebtsein nicht aussuchen«, antwortet er. »Man kann sich nicht bewusst dafür ent-

scheiden, nur dagegen. Man kann sich entscheiden, sich nicht mehr bei einem Menschen aufzuhalten, in den man verliebt ist. Du kannst dich entscheiden, nicht mehr bei mir zu sein.«

»Ich weiß.«

»Wirkt, als wäre es dir egal«, sagt Dennis.

»Egal?«, frage ich zurück. »Meinst du, ich gehe aus reiner Langeweile so ein Risiko ein?«

Dennis schweigt, eine ganze Weile.

»Weißt du«, sagt er dann, »die Vorstellung, dich zu verlieren, ist für mich unerträglich. Aber was soll ich tun?«

Ich stehe auf, lege meine Hand auf die Wand über dem Durchguck, dahin, wo das Licht wabert, und ich frage: »Falls Liebe kein Gefühl ist, was ist sie denn dann, für dich?«

Dennis lässt sich Zeit mit seiner Antwort; meine Hand wandert auf dem rauen, kalten Cortenstahl.

»Ich glaube, mit der Liebe ist es anders als mit dem Verliebtsein«, sagt er ruhiger. »Liebe ist umfassender. Sich dagegen entscheiden ist sicher keine gute Idee.«

Er macht eine Pause und ergänzt: »Die Frage ist vielmehr, auf welche Weise man sie lebt.«

»Ja«, sage ich. »Und ich kann es nicht leugnen. Ich habe auch Angst vor all den Verletzungen.«

Ich ziehe meine Hand zurück, setze mich wieder auf die Bank.

»Das verstehe ich doch«, sagt Dennis.

Ich folge mit den Augen einigen Luftblasen, die vom Grund des Weihers aufsteigen, bis zur Wasseroberfläche, und dort hängen bleiben.

»Ich will es«, sage ich schließlich. »Mit dir zusammen sein. Auch wenn ich nicht weiß, wohin es mich führt.«
Ich höre Dennis ausatmen. »Es bleibt uns ja auch nichts anderes übrig«, sagt er, »als loszulassen, zuzulassen. Und zu sehen, was kommt. Ich wünsche es mir so sehr, dass du das mit mir wagst.«
Die Blasen an der Wasseroberfläche platzen geräuschlos, eine nach der anderen.
»Weißt du«, sage ich, »ich würde so gerne Worte finden, für das, was da ist. Für das, was passiert. In mir und zwischen uns und um uns herum. Aber ich finde sie nicht, die Worte. Nicht die richtigen.«
»Dann sind die Worte heute also nicht gut genug?«, fragt Dennis.
»Wie meinst du das?«
»Maggie Nelson. Die Argonauten. Hast du nicht mal gesagt, du hättest das Buch gelesen?«
»Länger her.«
»Ich lese es gerade. Vielleicht erinnerst du dich an die Ausführungen darüber, dass Worte gut genug sind, für Maggie Nelson jedenfalls«, sagt Dennis. »Und zwar weil das, was unaussprechlich ist, im Ausgesprochenen immer schon enthalten sei.«
»Wittgenstein, richtig?«, sage ich. »Ein schöner Gedanke.«
»Finde ich auch«, sagt er. »Und mir geht es da wie Nelson. Die Überzeugung, dass Worte gut genug sind, ist der Grund, warum ich schreibe. Warum ich überhaupt schreiben kann. Weil ich erst durch diese Gewissheit, dass das Ungesagte im Gesagten mitschwingt, nicht überrollt werde von der Angst, etwas eben nicht sagen zu können.«

»Das macht alles Sinn«, sage ich. »Nur – ich traue dem nicht recht. Ich möchte mehr sagen, direkt sagen, benennen können. Aber wie?«
Dennis antwortet nicht, scheint darauf zu warten, dass ich fortfahre.
»Worte sind gut genug, für Maggie Nelson«, sage ich. »Worte sind nicht gut genug, für mich. Darüber schreibt Nelson doch auch, nicht? Daran erinnere ich mich gut. Dass man es so betrachten kann: Indem man etwas konkret sagt, fällt alles andere weg, also alles, was unbenennbar ist. Das geht verloren. Hast du das auch so verstanden?«
»Ja«, sagt Dennis.
»Wenn ich beispielsweise sage ›Es ist so schön, heute deine Stimme zu hören‹ – was meint das dann?«, frage ich. »Es kommt nirgendshin! Es berührt so wenig, fast nichts. Ein gestanzter Satz, nur Worte, nichts dahinter. Das, was ich eigentlich damit meine, bleibt im Dunkeln. Aber ich« – ich drücke meine Hand an mein Brustbein –, »ich will es berühren!«
Stille. Nur leise Vogelstimmen sind zu hören, die durch die Luke in diesen, in meinen Raum dringen; ich hatte sie vorher nicht bemerkt.
»Worte sind gut genug. Worte sind nicht gut genug«, sagt Dennis. »Beide Gedanken sind einleuchtend, und klug. Aber eigentlich geht es bei Maggie Nelson am Ende um was anderes. So habe ich das jedenfalls gelesen. Es geht darum, dass das Unbenennbare existiert, flackernd und fließend. Und dass darin sehr viel Schönheit liegt.«
»Wahrscheinlich ist das die Essenz«, sage ich. »Und

weißt du, ich will mich ja verlieren, in diesem Unbenennbaren. In diesem Labyrinth.«
Ich hole tief Luft und sage: »Ich liebe dich.«
»Wie eine Argonautin?«, fragt Dennis.
»Wie eine Argonautin«, antworte ich.
Und dann sagen wir eine Weile nichts, während sich weitere Luftblasen vom Weihergrund lösen und ein Blesshuhn zu schnattern beginnt, und irgendwann sage ich: »Ich reise morgen ab. Ich melde mich, okay?«
»Ja«, sagt er. »Mach das bitte.«

Ich bleibe sitzen, wie ich bin; umgeben von Cortenstahl, von Schilf, vom Weiher hinterm Plexiglas; mein Shirt wirft Falten: belichtete Hügel, dazwischen Schattenmulden. Ich krame in meiner Tasche, trinke einen Schluck Wasser. Nach ein paar Minuten stehe ich auf und gehe die Treppe hoch; jede Stufe macht einen Ton, jeder Ton ein wenig anders in seinem Klang. Niemand zu sehen, alles wie vorhin, nur ist es noch heller geworden, die Sonne steht schon recht hoch.
Hinter dem Gleis mit den zwei Holzwagen die Schollenmühle, dieses eine Gebäude, bestehend aus vielen kleineren; sie ist Teil der Geschichte. Teil des Unbenennbaren.
Ich gehe darauf zu, trete unter ein Dach, das zwei der Schuppen verbindet; es ist dunkel. Im Schuppen links befindet sich hinter einer Absperrung eine alte hölzerne Schubkarre, der Boden unter ihr ist sandig. Daneben wurden Torfbriketts gestapelt: ziegelsteingroß, schlammbraun und bröcklig. »Alte Torflagerhalle« lese ich auf dem Informationsschild an der Wand. Auch hier

dringt Licht durch die Ritzen, auch hier hat sich Staub abgelegt, überall. Auf der anderen Seite, im zweiten Schuppen: ein Förderband, ebenfalls mit Torfbriketts zu Demonstrationszwecken beladen. Ich mache einige Schritte zurück, bin wieder unter freiem Himmel. An der Außenwand des zweiten Schuppens befindet sich eine Wendeltreppe mit wenigen Stufen. Ich steige hoch und blicke ins Innere des Gebäudes. Ich muss nah ans Fenster heran, um überhaupt etwas zu sehen durch die dicken Spinnweben hindurch. Im Inneren erkenne ich einen großen, düsteren Raum, darin ein einziges Gerät, meterhoch, offensichtlich längst außer Betrieb, »Torfpresse«; sonst ist da nichts. Jahrzehntelang wurde an diesem Ort die Erde umgegraben, Torf gestochen, getrocknet, verladen; jahrzehntelang war das der Sinn von zig Menschen, hier zu arbeiten, in diesem Gebäude ein und aus zu gehen, und jetzt ist es still, und es hat nichts mit mir zu tun, und hat es doch; nur schon, dass ich hier stehe und schaue. Die Geschichte liegt wie ein Säckchen Sand in meinem Nacken, ein kleines Loch darin, der Sand rieselt meinen Rücken runter, es kitzelt; es ist nicht meine Geschichte, aber sie ist es doch, wie die Geschichte meiner Eltern, der Eltern meiner Eltern.

Ich drehe mich um, ich stehe im Schatten, aber wenig vor mir, am untersten Treppenabsatz, ist es bereits sonnig. Erst jetzt bemerke ich den Druck in meinem Hals, der nach oben wandert, langsam, kontinuierlich; der Druck nimmt zu, wird warm, und es ist schwer, zu atmen; da löst er sich plötzlich, und mir ist, als würde etwas durch meinen Mund quellen. Ich schaue an mir herunter, aber da ist nichts, nichts Sichtbares. Als ich wieder aufblicke, hat sich alles ausgeweitet: die Farben, die Formen; die Sonne hat mich beinahe erreicht – das Licht berührt bereits meine Zehen. Ich krame nach meinem Handy und tippe eine Nachricht für Szibilla.

Hey du, wie geht es dir? Ich habe noch nichts von Nora gehört. Und du? Meldest du dich, wenn du auf dem Weg zurück ins Hotel bist? Bis gleich!

Szibilla

Kopfhörer in die Ohren. Hände wieder ans Lenkrad. Ich biege rechts ab. Fahre den Hügel hoch. Jetzt nimmt Romi ab.
»Hallo?«, sagt sie. Belegte Stimme.
»Hast du geschlafen?«
»Ja.«
»Nichts mit Spazieren?«
»Doch. Bin schon zurück. Seit einer Stunde oder so. Welche Zeit haben wir?«
»Viertel vor eins«, sage ich. Nehme eine Kurve. Ohne vom Gas zu gehen.
»Bist du parat? Wir gehen zu Nora.«
»Hast du mit ihr gesprochen?«
»Ich habe mit Anni telefoniert.«
»Weiß Nora, dass wir kommen?«
»Glaub mir«, erwidere ich. »Jetzt ist es okay. Ich bin gleich beim Hotel.«
Weiter oben am Hügel die »Buche«. Ich lasse das Fenster runter. Schiebe den Ellbogen durch die Öffnung.
»Ich warte draußen auf dich«, sage ich. »Beim Auto.«
»Also gut«, sagt sie. »Bis gleich.«

Anni

Nora sitzt auf dem Bürostuhl am Fenster. Sie hat die Beine übereinandergeschlagen und schaut nach draußen. Meret hockt auf ihrem Schoß und macht kleine Hopser. Hoppe, hoppe, Reiter.

»Fährst du?«, fragt Nora.

Ich schaue auf die Armbanduhr. Eines der goldfarbenen Steinchen auf dem Zifferblatt ist leicht angelaufen. Ich werde sie bald in die Reparatur bringen.

»Ich müsste in fünf Minuten los«, sage ich. »Oder wäre es dir lieber, wenn ich doch hierbleiben würde? Hast du es dir vielleicht anders überlegt? Ich könnte Dorothe jederzeit anrufen und absagen!«

Nora dreht den Kopf zu mir. Meret hört auf mit dem Hopsen. Auf dem Teppich vor ihrem Stuhl ist ein dunkler Fleck. Gestern war der noch nicht da.

»Ich hole schnell den Reiniger«, sage ich. Ich mache einen Schritt in den Flur.

»Nein!«, sagt Nora sehr laut. Ich bleibe stehen. »Bleib hier!«

Ich gehe zurück ins Zimmer. Nora hat sich auf dem Stuhl etwas gedreht. Meret ist von ihrem Schoß gerutscht.

»Ich mach das nachher selber«, sagt sie. Dann fragt sie: »Wohin geht's eigentlich?«

Meret geht zum Fenster. Sie streckt ihre Ärmchen aus und hält sich am Fensterbrett fest. Sicher möchte sie gleich daran hochklettern. Ich laufe schnell zu ihr hin. Jetzt stehe ich ganz nah bei ihr und auch bei Nora. Nora dreht sich wieder zum Fenster und hebt Meret auf ihre Knie.
»Dreiländerfahrt«, sage ich. In der Hecke hat sich etwas verheddert, auf Höhe Tomatenhäuschen. Ein weißer Plastiksack. Ich muss ihn nachher noch schnell wegnehmen.
»Wir fahren mit dem Reisebus nach Bregenz und dann mit der Bahn hoch zum Pfänder, für Kaffee und Kuchen und einen kleinen Spaziergang. Und Vesper gibt es dann später in Lindau.«
Nora sagt nichts. Sie legt ihre Arme um Meret. Die will mich nicht hierhaben.
»Ich wäre sicher nicht vor zweiundzwanzig Uhr zu Hause«, ergänze ich.
Nora sagt noch immer nichts. Der Sekundenzeiger macht fünf Sprünge.
»Dann richte Dorothe mal Grüße von mir aus«, sagt Nora.
Der Sekundenzeiger macht nochmals fünf Sprünge. Ich streiche Meret über die Wange. Sie lässt es geschehen. Wie Nora als Kind. Ich bücke mich zu ihr hinunter.
»Kriegt die Oma noch ein Küsschen?«, frage ich.
Sie duckt sich von mir weg. Ich richte mich auf. Ich gehe zur Zimmertür und drehe mich noch einmal um.
»Habt –«, meine Stimme versagt. Ich räuspere mich und beginne nochmals: »Habt ihr denn alles, was ihr braucht?«

Nora schaut mich lange an. Sie sagt: »Wir kommen zurecht.«

Szibilla

Ich nehme den ersten freien Parkplatz. Steige aus. Das Blech ist aufgeheizt. Ich spüre die Wärme im Rücken. Hab den Hoteleingang im Blick. Malitas Frühstück noch im Magen. Die Omeletts, selbstgebacken. Die klein geschnittene Petersilie. Andächtig streute Malita sie auf ihr Omelett. Beatriz am Kopfende des Tisches. Schwieg die meiste Zeit. Aber das war keine unangenehme Stille, die von ihr ausging. Eine Ruhe, die von etwas Abgeschlossenem herrührt. Einem Sein-Lassen. Einem Nicht-mehr-Müssen. Als wären wir Altverwandte. Und ich hätte sie Beatriz am liebsten auf der Stelle weggezaubert. Die Depression. Die Rückenschmerzen. Malita war wortkarg.

»Freier-Tag-Mood«, sagte sie.

Die Schiebetür geht auf. Nicht Romi tritt hinaus. Sondern eine Frau mit Wanderschuhen und Schirmmütze. Geht schnurstracks zum Wanderwegweiser hinterm Parkplatz.

Beatriz zog sich irgendwann in ihr Zimmer zurück. Ich stellte mich vor die vollgepinnte Wand. Mit unzähligen Postkarten behangen. Strände. Olivenbäume. Leuchttürme. Möwen. Eine Stadt von oben. Auch Polaroidfotos hingen da. Auf fast jedem war Malita abgelichtet. Immer mit Leuten. Immer gut gelaunt.

»Alle, die mal hier waren, werden fotografiert«, sagte Malita.
Sie zeigte auf eine Polaroidkamera. Rief nach Beatriz. Die gleich kam. Um uns zu fotografieren. Zweimal. Ich sehe Malita vor mir. Wie sie kurz darauf das erste Bild an die Wand pinnte.
Die Spaziergängerin hat sich für eine Route entschieden. Stapft den Hügel hoch. Ich fasse in meine Hosentasche. Nehme das zweite Bild hervor. Fast identisch mit dem ersten. Malita hat einen Arm angewinkelt. Die Hand hinter dem Kopf. Sie schaut seitlich, von leicht oben herab zu mir. Sie grinst. Ihre zweite Hand hinter meinem Kopf. Ich blicke in die Kamera. Als würde mich etwas erschrecken. Dabei fühlte ich mich gut. Zumindest vor dem Foto. Und danach.
»Ein verschrecktes Huhn bist du!«, sagte Malita. Sagte sie sanft. Ihre Stimme erinnerte mich an Nora. Wo bleibt Romi?

Romi

Es ist Zeit. In meinem Magen ist es wieder flau, oder noch immer. Ich ziehe mich an, lasse das Zimmer hinter mir, Treppe runter; ich trete hinaus, in die Hitze, die immer stärker wird, gefühlt zumindest. Da steht Szibillas Auto, sie öffnet die Fahrertür, als sie mich sieht, und setzt sich hinters Lenkrad, Sonnenbrille auf der Nase. Ich öffne die Beifahrertür, Kühle dringt aus dem Innern, die Klimaanlage rauscht.

»Hey«, sage ich, »wollen wir nicht spazieren?«

»Wir müssen später bestimmt noch ins Dorf. Einkaufen.«

Ich gleite neben Szibilla auf den Beifahrersitz, sie startet den Wagen. Wir bringen die Fahrt stumm hinter uns, hügelabwärts, die paar hundert Meter. Beide Parkplätze vor Annis Haus sind frei. Wir steigen aus, gehen durch den Garten, Treppe hoch. Szibilla hebt den Fußabtreter an und nimmt einen Schlüssel hervor. Dann schließt sie auf.

»Sturmfrei!«, sagt sie, schnürt ihre Sneakers auf und deponiert sie im Schuhregal, einer neben den anderen, die Schnürsenkel im Schuh versenkt.

»Wo ist Anni?«, frage ich, schlüpfe aus meinen Sandalen, mache drei Schritte Richtung Wohnzimmer, der Boden ist angenehm kühl.

»Bei irgendeinem Seniorenausflug«, antwortet Szibilla, bückt sich nach meinen Sandalen, legt sie neben ihre Schuhe ins Regal.
Wir treten ins aufgeräumte Wohnzimmer, alles an seinem Platz, selbst der Boden glänzt. Auf dem Couchtisch vor dem Sofa liegt ein Schnuller neben einer einzigen unangezündeten Kerze. Keine Spur von Nora.
Wir gehen zurück in den Flur, die Treppe hoch, stehen wieder vor ihrem ehemaligen Kinderzimmer. Ich schaue zu Szibilla, versuche, Blickkontakt herzustellen, zu erkennen, ob sie sich genauso fühlt wie ich: als Eindringling. Aber Szibilla klopft schon an, und als sich nichts tut, geht sie hinein; ich hinter ihr.
Das Zimmer sieht anders aus als beim letzten Mal, der Fensterladen wurde geöffnet, Sonnenlicht dringt in den Raum, erhitzt ihn umso mehr. Die Luft steht. Auch die Bananenkisten wurden geöffnet, der Inhalt über den Boden verteilt; die Dinge bilden eine Spur, die von den Kisten in der Ecke zur Matratze führt, auf der Nora liegt. Dasselbe Bild wie vor drei Tagen, nur liegt jetzt auch Meret da. Sie scheinen beide zu schlafen. Szibilla und ich gehen langsam auf sie zu. Von Nahem betrachte ich Noras Gesicht, im Profil, sie sieht entspannter aus, hat etwas mehr Farbe bekommen, ihr Atem geht ruhig, ihre Brust bewegt sich hoch und runter.
»Nora?«, frage ich leise. »Wir sind's.«
Nichts, nur Meret seufzt im Schlaf. Sie hat ihre Ärmchen über dem Kopf ausgestreckt, das Gesicht an Noras Brust geschmiegt.
Ich schaue mich im Zimmer um. Die beiden A4-Fotografien wurden von der Wand entfernt, die Reißnägel

liegen auf dem Tisch, im Eimer darunter liegen Papier- und Alufolien-Schnipsel, eine leere Saftlasche, zwei Notizbücher. Szibilla deutet mit dem Finger zur Tür. Wir gehen raus, die Treppe runter, zurück ins Wohnzimmer.

»Und jetzt?«, frage ich und bleibe mitten im Raum stehen. »Was machen wir?«

»Wir kaufen ein. Wir kochen.«

»Meinst du wirklich, dass Nora damit einverstanden ist?«

»Ja. Und wenn's dir hilft: Ich übernehme die Verantwortung.«

Sie öffnet Schubladen, Schränke, den Kühlschrank, dreht sich dann zu mir und sagt bestimmt: »Es gibt Hühnersuppe!«

»Ach echt, so was kochst du?«, frage ich. »Eine Wochenbettsuppe?«

»Was-Suppe?«

»Wird von Hebammen empfohlen. Päppelt auf nach der Geburt.«

»Ja, dann kochen wir Nora eine Wochenbettsuppe.«

Gemeinsam suchen wir mit meinem Handy Rezepte, entscheiden uns für eins der ersten, das uns in der Suchmaschine angezeigt wird. Ich notiere auf einen Zettel: Suppenhuhn, Karotten, Knollensellerie, Ingwer, Petersilienwurzel, Koriander, Nelken, Wacholderbeeren. »Lorbeerblätter und Zwiebeln gibt's hier sicher irgendwo«, sage ich.

Szibilla deutet auf den Zwiebeltopf, dann auf das Gewürzregal; alle Gläser sind säuberlich beschriftet und sehen so aus, als wären sie noch nie in Gebrauch gewesen. Ganz rechts stehen sie, die Lorbeerblätter. Plötzlich bohrt sie sich zurück, die Übelkeit, wieder ist da diese Faust in meinem Magen, wie am frühen Morgen; ich fixiere den quadratischen Zettel auf dem Tisch vor mir.

»Alles klar?«, fragt Szibilla.

»Mir ist schlecht. Ich glaube, du musst ohne mich kochen.«

Ich richte mich auf, gehe zum Spültrog, stelle das Wasser auf die kälteste Stufe und nehme einige Schlucke direkt vom Hahn.

»Hat Phil dir das damals auch gekocht? Diese Wochenbettsuppe?«

Ich drehe den Hahn zu, das Wasser friert die Faust ein, die Übelkeit; zumindest hilft die Vorstellung.

»Nein«, sage ich. »Ich habe Pizza gefuttert. Und massenhaft süßes Gebäck. Ich hatte noch nie so viel Hunger wie nach Leons Geburt.«

Ich nehme den Stift wieder zur Hand und notiere auf den Einkaufszettel: Kekse, Brot, Butter. Dann öffne ich das Küchenfenster, ein leichter Luftzug dringt hinein. Szibilla nimmt mir den Zettel aus der Hand und sagt: »Lass uns fahren.«

Im Eingangsbereich schlüpfe ich in meine Sandalen, Szibilla kniet sich auf den Boden, beginnt damit, ihre Schuhe zu schnüren; in diesem Moment hören wir ein Brabbeln, ein Wimmern.

»Wir haben keinen Kindersitz, richtig?«, frage ich.

»Nicht dass ich wüsste.«

Wir streifen die Schuhe wieder ab, gehen hoch, in Noras

Zimmer. Meret sitzt auf der Matratze und reibt sich die Augen. Nora schläft.
»Hey, da ist ja wer wach geworden!«, sage ich und nehme das Kind hoch.
Meret strampelt, lässt ihren Oberkörper Richtung Matratze fallen, ich halte sie fest, ihr Widerstand wird kleiner. Sie gibt noch einen letzten, zornigen Laut von sich, dann legt sie ihren Kopf erschöpft auf meiner Brust ab, macht keinen Mucks mehr.
»Wie wär's, wenn du alleine einkaufst?«, frage ich. »Und ich bleibe hier, mit Meret?«
»Machen wir's so«, sagt Szibilla, nickt uns zu und geht.
Ich gehe mit Meret durch die Wohnung. Ihr Herz an meiner Brust, es pocht, regelmäßig und immer ruhiger.
»Hast du Lust, was zu spielen?«, frage ich.
Meret schweigt.
»Ein Puzzle vielleicht?«
Ich bleibe vor dem Küchenfenster stehen, vereinzelt fahren Autos die Straße hoch oder runter, Motorräder auch, dicke Maschinen. Hinter der Straße das Tal, das Bannriet.
»Raus!«, sagt Meret auf einmal.
»Willst du in den Garten?«
Sie ist schon auf dem Weg zur Haustür, kommt nicht ganz bis zur Klinke; ich folge ihr, öffne ihr. Vorsichtig hält sie sich an den Geländerstäben fest und wartet kurz. Dann geht sie zögernd etwas näher zur Treppenstufe heran und macht dann langsam einen Schritt, nimmt die erste Stufe, zieht das zweite Bein nach. Und noch eine Stufe, vorsichtig, präzise; so bewegt sie sich die Treppe runter, ein Tritt nach dem anderen. Ich gehe

mit kleinem Abstand hinter ihr her. Unten angelangt dreht sie sich zu mir, patscht beide Händchen aneinander und lacht, glücklich und stolz, übers ganze Gesicht. Dann springt sie über die Wiese, so schnell sie kann, mit ihren kurzen Beinchen, zum Gartenbeet, in dem Salate wachsen, eine Zucchinipflanze, Mangold. Sie steckt einen Finger in die Erde, gräbt dann mit der einen Hand und mit der zweiten.

»Wurm, wo, wo Wurm?«

Ich grabe mit, meine Hände gleiten leicht durch die lockere Erde, sie ist feucht und schwarz, frisch gegossen wohl; hier ist es besser, hier ist es mir weniger schlecht, trotz der Hitze. Ich grabe, bis ich einen Regenwurm erwische, umfasse ihn mit zwei Fingern und halte ihn hoch. Meret jubelt, schaut genau hin, wie sich der Wurm kringelt und windet; betrachtet seine glänzende Haut, die fließenden Farbübergänge: braun, orange, schwarz. Meret streckt ihre Hand aus, ich lasse den Wurm daraufgleiten, sie schreckt zurück, der Wurm fällt auf die Erde und sucht sich seinen Weg zurück; schon ist er verschwunden.

»Nochmals!«, ruft Meret.

Wir graben weiter, an den Stellen, die nicht bepflanzt sind, finden noch zwei Würmer, beobachten sie, lassen sie zurückkriechen in ihr Erdreich; und mir ist es, als wäre auch Leon hier, als würde auch er graben, seine Händchen schon größer als die von Meret, sein Wissensdurst riesig; ich sehe ihn, wie er in unserm Garten steht, auf die einzelnen Pflanzen zeigt. »Wie heißt das?«, fragt er. »Und das?«, »Und wie heißt das, Mama?«, und ich antworte, so gut es geht, versuche, meine Wissens-

lücken zu umgehen; Leons kleines Gesicht, seine sanften Augen, seine weiche Hand, die er in meine schiebt, selten, aber wenn, dann sehr bestimmt.
Jetzt finden wir keine Würmer mehr, und Meret hat Durst. Wir gehen zurück ins Haus, und als ich das Wohnzimmer betrete, wird mir auf einmal klar, dass Nora hier aufgewachsen ist, dass sie all die Räume belebte, für sich einnahm; dass das der Ort ist, an dem sie ihre ersten Entdeckungen machte, ihre ersten Enttäuschungen erlebte; dass das der Ort ist, der sie prägte, dieses glänzende Haus mit dem Marmoresstisch, dem großen Fernseher, dem dicken Teppich davor; dieser Ort mit all dem Firlefanz: der Schale mit buntem Sand und Kerzen, den Clowns und Engeln aus Porzellan. Wie sah es wohl aus hier, als Nora jünger war, klein wie Meret; was hat sich verändert? Es packt mich, zu ihr hochzugehen, sie zu fragen, nach allem, was ich nicht weiß. Ich reiche Meret das Fläschchen; sie saugt gierig daran. Draußen wird eine Autotür zugeschlagen. Kurz darauf steht Szibilla im Eingang, sie hat eine Supermarktpapiertasche in der rechten Hand und balanciert eine große Melone in der linken.

Szibilla

Das kalte Wasser rinnt über das Hühnchen. Die rosa Haut. Leicht picklig. Eklig. Aber wichtig heute. Damit Nora wieder zu Kräften kommt.
Ich mache das Wasser aus. Deponiere das Suppenhuhn auf einem sauberen Teller. Bücke mich. Da ist ein Topf. Groß genug. Ich lege das Hühnchen hinein. Gieße mit Wasser auf. Bis fünf Zentimeter unter den Rand. Stelle den Herd an. Wasche das Gemüse. Nehme das Messer. Schneide den Knollensellerie. Den Ingwer. Die Karotten. In feine Stücke. Halbiere die Zwiebel. Lege sie auf die Alufolie. Und damit auf die kleinste Herdplatte. Ich höre Meret vom Wohnzimmer. Sie weint. Kreischt. Ich warte, bis die Zwiebel schwarz ist. Nehme sie vom Herd. Schöpfe vom Hühnchen den Schaum ab. Stelle den Timer. Dreißig Minuten. Dann gehe ich rüber. Meret ist rot im Gesicht. Romi steht neben ihr.
»Keine Ahnung, was mit ihr ist«, sagt Romi. »Sie will den Schnuller, aber wenn ich ihn ihr gebe, dann wirft sie ihn wieder weg.«
Ich wische meine Hände an der Hose ab. Gehe in die Hocke. Meret blickt mich verdattert an.
»Du«, sage ich, »wollen wir uns ein Buch anschauen?«
Meret geht schnurstracks zum Fernseher. Auf der Ablage darunter liegen ein paar Kinderbücher. Meret deu-

tet auf das dickste. *Meine ersten Märchen.* Ich setze mich aufs Sofa. Meret setzt sich neben mich. Auf dem Buchcover ist eine Prinzessin abgebildet. Blond. Im blauen Kleidchen. Der Prinz kniet vor ihr. Ein Junge mit rotem Gewand. Roter Mütze. Zwei Federn daran.
»Welches willst du hören?«, frage ich. Schlage das Buch auf. Überfliege das Inhaltsverzeichnis. Rotkäppchen. Dornröschen. Frau Holle. Schneewittchen. Rumpelstilzchen. Aschenputtel.
»Alle«, sagt Meret.
Dann beginne ich mal von vorn.

Romi

Ich gehe die Treppe rauf, öffne die Tür zu Noras Zimmer. Sie liegt auf dem Rücken, die Beine angewinkelt, ihre Augen offen.
»Nora!«, sage ich überrascht.
Ich würde am liebsten auf sie zu, sie umarmen, bleibe stattdessen im Türrahmen stehen. Nora nickt Richtung Fenster und sagt: »Verdammt heiß hier!«
Dann dreht sie sich abrupt auf die Seite, Rücken zu mir, Gesicht zum Fenster.
»Soll ich dir was zu trinken holen?«, frage ich.
»Nein, danke«, antwortet sie. »Wo ist Meret?«
»Unten, mit Szibilla.«
Ich schließe die Tür hinter mir und setze mich im Schneidersitz auf den Boden; in dieser Haltung wird der Druck auf den Magen größer, trotzdem bleibe ich so. Meine Knie berühren den Rand von Noras Matratze; es liegen Welten zwischen uns. Noras rötliche Haare sind fettig, das Kissen unter ihrem Kopf ist von winzigen Hautschuppen gepunktet.
»Wie geht es dir?«, frage ich schließlich.
Keine Antwort.
Die Spur zwischen Bananenkisten und Matratze hat sich verändert, Gegenstände wurden verschoben, näher zu Nora hin: zwei Fotoalben, einige lose Bilder, und

da, direkt neben ihrem Kopf, liegt ein aufgeschlagenes Tagebuch; vollgeschriebene Seiten, kraklige Schrift, eindeutig ihre.
»Ich weiß gar nicht, was ich sagen soll«, sage ich. »Ich würde dir so gerne etwas geben.«
Langsam dreht sich Nora auf den Rücken. Ihre Unterlippen sind mittig leicht aufgerissen, ihre Haut wirkt wächsern.
»Hast du was Bestimmtes in den Kisten gesucht?«, frage ich.
Sie macht einen dunklen Laut, etwas zwischen Lachen und Seufzen. Ich strecke meine Beine aus, längs der Matratze, schiebe das rechte über das linke; so ist es besser.
»Was riecht hier eigentlich so?«, fragt Nora. »Ist meine Mutter zurück?«
»Szibilla kocht«, sage ich. »Ich weiß, wir hätten fragen sollen, bevor wir hier einfach auftauchen.«
»Ist schon gut.«
Nora blickt zur Decke; sie wirkt, als würde sie etwas in den Holzmusterungen suchen, neue Chiffren vielleicht, oder Figuren; einen bisher unbekannten Anhaltspunkt. Dann dreht sie ihren Kopf zu mir und mustert mich wie zuvor die Decke. Sie streckt ihren Arm und legt die Hand auf meinen Bauch, ganz kurz nur; rappelt sich sogleich auf, macht die paar Schritte zum Fenster, bleibt davor stehen, die Knie durchgestreckt. Sie kippt das Fenster. Über ihren Shorts trägt sie ein weißes Shirt mit dem Abdruck einer Kinderzeichnung: ein Sparschwein und goldene Münzen, die ums Schwein rumfliegen. Sie lässt sich nach unten gleiten, lehnt sich

an die Wand unter dem Fenster. So bleibt sie sitzen, ihr Gesicht ungewohnt nüchtern.
»Sollen wir mal runter? Zu Meret und Szibilla?«, frage ich.
Nora greift mit zwei Fingern ihr T-Shirt, dort, wo das Schwein abgebildet ist, hebt es an und macht kleine, fächernde Bewegungen; dann sagt sie unvermittelt: »Viel draußen warst du auch nicht die letzten Tage, bleich, wie du bist.«
Ihre Augen zucken zweimal, als würde sie sich davon abhalten zu blinzeln.
»Szibilla hat mir das Bannriet gezeigt, immerhin«, sage ich.
Nora streicht sich mit den Handflächen übers Gesicht; jetzt wirkt sie ruhiger.
»Was hast du da eigentlich an?«, frage ich.
Nora schaut an sich herunter. Ihr Haaransatz zeigt einen braunen Streifen, zwei Zentimeter breit ungefähr; ihre natürliche Haarfarbe, lange nicht gesehen.
»Ist noch aus der Schulzeit«, sagt sie. »Ich hab das irgendwann mal gemalt, für einen Wettbewerb von der Sparkasse. Die haben das dann für alle Schulkinder gedruckt, in Übergröße. Super Schwachsinnsidee. Neunziger halt. Heute verteilen die Plüschäffchen, mit so ganz lustigen, niedlichen Gesichtern. Setzen noch früher an mit ihrer Kundengewinnung.«
»Haben sie's damit auch schon bei Meret versucht?«
»Sicher«, sagt Nora, stützt sich am Boden ab und steht auf. »Ich will nochmals schlafen«, fährt sie fort, kommt zurück zur Matratze und setzt sich.
»Darf ich hierbleiben«, frage ich, »bei dir?«

Nora nickt, schiebt die Baumwolldecke beiseite und lässt sich auf die Matratze gleiten. Ich lege mich hin, auf den Rücken wie sie, rieche den Schlaf in diesem Bett, Noras Gammelklamotten und noch etwas anderes, Süßliches. Unsere Körper berühren sich nur an den Unterarmen, ganz langsam bildet sich Schweiß dort, klebt uns zusammen, wie damals, nachdem wir über die Tanzflächen gewirbelt waren, nie auf der Suche nach einem Mann, sondern immer auf der Suche nacheinander, und uns erschöpft an der Bar einen Drink teilten, Seite an Seite.

»Wir haben das viel zu lange nicht gemacht«, sage ich.

»Was?«, murmelt Nora.

»Gemeinsam getanzt.«

Sie scheint schon wieder am Einschlafen zu sein.

Ich drehe mich auf die Seite. Mein Blick fällt auf ein aufgeschlagenes Fotoalbum auf dem Boden. Ich ziehe es etwas näher zu mir heran. Eines der Bilder zeigt ein Kind, es ist Nora, zehn Jahre alt vielleicht, sie ist verkleidet: Nora als kleine Hexe. Sie trägt einen Patchworkrock, der sie doppelt so breit macht und bis zum Boden reicht, hat die Augen fett mit Kajal nachgezeichnet und um ihren Kopf ein neongrünes Tuch gebunden. Da, wo die Haare zwischen den Tuchbahnen sichtbar werden, sind sie verwuschelt, stehen ab. Sie stützt sich auf einem Gehstock ab, ohne wirklich Gewicht abzugeben: so blickt sie unwirsch in die Kamera. Nora ist elegant auf eine ganz bestimmte Weise; wie schön sie ist.

Nora neben mir bewegt sich. Sie setzt sich auf, lehnt sich einen Moment über dasselbe Fotoalbum, schließt

es dann, steht auf und legt es in eine der geöffneten Bananenkisten.
»Lass uns runtergehen«, sagt sie, mehr zu sich als zu mir, während sie sich nach den restlichen Foto- und Tagebüchern bückt, sie achtlos in die Bananenkisten räumt, eins nach dem andern, Deckel drauf. Auf einmal dreht sie sich zu mir und fragt: »Freust du dich eigentlich auf das Kind?«
Überrascht fahre ich mir mit den Fingern durchs Haar, und auf einmal fühle ich mich sehr schmutzig.
»Du«, sage ich, »könnte ich mal kurz duschen?«
»Ist das deine Antwort?«, fragt Nora und wartet ein paar Sekunden ab, bis sie fortfährt: »Ach, Romi. Was haben wir nur mit unserm Leben angestellt? Und was wird noch alles kommen?«
So steht sie vor mir, mit baumelnden Armen, und ihre Fragen, die sie nicht mal als solche gestellt hat, nehmen den ganzen Raum ein, machen ihn noch enger, noch kleiner.
»Großartiges wird kommen!«, sage ich. »Da bin ich mir sicher. Und in fünfzig Jahren sitzen wir irgendwo auf unserer selbstgezimmerten Terrasse, erzählen einander obszöne Geschichten und trinken Aprikosenlikör.«
Nora bleibt stehen, wie sie ist, gedankenverloren; ich gehe auf sie zu und umarme sie, fühle ihren schmalen Rücken, ihren Brustkorb, grazil, aber stark. Auch Nora legt ihre Arme um mich.
Nach einer Weile lassen wir einander los, und Nora verlässt das Zimmer. Eine Welle von Übelkeit schwappt durch mich hindurch, ich gehe in die Hocke, atme ein, atme aus; ein Handtuch kommt geflogen, ich fange es auf.

»Nimm dir im Bad, was du brauchst. Ich bin dann mal unten«, sagt Nora.

Ich drücke die Spülung und stelle mich unter die Dusche. Das Hängeregal ist voll mit teuer aussehenden Produkten. Ich lasse das Wasser über meinen Körper laufen; rauer, fester Strahl. Das Wasser plätschert auf den Boden, sammelt sich, gurgelt den Abfluss runter. Ich schäume mich mit möglichst wenig Shampoo ein, versuche, nicht zu atmen, damit mir nicht noch schlechter wird von den künstlichen Düften, und wasche alles ab. Zurück bleibt ein angenehmer Film auf der Haut, ein kribbelndes Etwas; ich trockne mich ab, das Gefühl bleibt. Ich ziehe mir meine Kleider wieder über und gehe runter, ins Wohnzimmer.
Nora sitzt auf dem Sofa, Meret in ihren Armen; Noras Füße auf dem Couchtisch vor ihr, zwischen Tischplatte und Füßen das Märchenbuch. Nora hat ihre Augen geschlossen, den Kopf auf der Sofalehne abgelegt. In der Küche hantiert Szibilla: Besteck scheppert, eine Schublade wird geschlossen, der Dampfabzug auf eine höhere Stufe gestellt.
Ich setze mich auf den Sessel schräg gegenüber von Nora und Meret. An der Wand auf der anderen Seite ist der Fernseher befestigt, die schwarze Scheibe spiegelt uns, wie wir da sitzen, bewegungslos.
Irgendwann löst sich Meret vom Schoß ihrer Mutter und geht zielstrebig zur Vitrine mit den Gläsern, öffnet die Tür und beginnt, sie auszuräumen. Ich gehe zu Meret, nehme sie hoch.
»Komm, wir suchen dir was anderes«, sage ich.

Auf einem Regal liegt eine leere Keksbüchse; ich fülle sie mit Dingen, die ich finde: zwei leichte Handschuhe, Tierfiguren aus Filz, Taschentücher, die ich aus der Packung ziehe und in die Büchse lege. Meret beginnt sofort damit, die Büchse aus- und einzuräumen, die Filzfiguren in den Handschuh, den Handschuh auf den Kopf, sie gluckst zufrieden, und mir kommt ganz plötzlich ein Satz in den Sinn, dieser eine von Susan Sontag: Das Bewusstsein erweitern und die Dinge komplizierter machen – das sei immer gut.
Szibilla kommt aus der Küche und lässt sich neben Nora aufs Sofa fallen.
»Die sind für dich«, sagt sie und nickt Richtung Tischchen. Ich folge ihrem Blick, lande bei einer orangenen Dose; Ingwerpastillen.
»Hab ich in der Küche gefunden. Gut gegen Übelkeit«, ergänzt Szibilla.
Ich nehme drei Pastillen aus der Dose, schiebe sie mir in den Mund; scharf und süß. Ich lutsche, und währenddessen nimmt Nora langsam einen Fuß nach dem andern vom Märchenbuch. Meret tapst gleich zu ihr hin und zeigt aufs Buch.
»Anschauen!«
Nora betrachtet es kurz und fragt, Szibilla zugewandt:
»Hast du ihr daraus vorgelesen?«
»Von vorne bis hinten.«
Nora mustert das Buch nochmals, als würde es sie anwidern, steht auf, legt es ganz oben ins Regal; ich schiebe mir die Pastillenreste zwischen Backenzähne und Wange. Nora dreht sich wieder zu uns. Etwas in ihrem Gesicht hat sich verändert.

»Ich habe was anderes für euch, was Besseres«, sagt sie. »Den Mythos von Baubo!«
Nora setzt sich wieder aufs Sofa, kerzengerade.
»Kenne ich doch«, sage ich.
»Nur die abgespeckte Version!«, erwidert Nora.
Szibilla murmelt irgendwas, verschwindet in der Küche und kommt wieder zurück.
»Nachher essen wir«, sagt sie und lässt sich in die Polster fallen.
Nora nickt. »Jaja«, sagt sie, »aber jetzt hört ihr mir mal zu, okay?«
Wie anders Nora wirkt. So lebendig, mit ihren Händen, die alles, was sie sagt, unterstreichen; sie spricht schneller als vorhin.
»Demeter hatte eine Tochter, Persephone. Die trug am liebsten Gummistiefel und Cordwesten, von morgens bis abends, sie hatte ja zu tun, auf den Wiesen und in den Wäldern. Da trieb sie sich gerne rum und fand auch das meiste, was sie brauchte. Sie war eh gerne ganz für sich, und wenn sie Bock hatte auf Menschen, dann lud sie die ein, und ihre Feiern waren immer ausgelassen. Eines Tages wurde Hades auf sie aufmerksam. Er sah ihr Haar, von dem er sagte, ›das ist schön‹, und ihr Gesicht, von dem er dasselbe sagte, und ihr Häuschen, das sah er auch, das war nicht das größte, aber das pompöseste in der ganzen Stadt: giftgrün bemalt, mit so einer Farbe, die in der Nacht leuchtet. Hades dachte, die brauch ich, die Persephone, die muss ich irgendwie bändigen. Und er sagte zu seinem Bruder, dem Vater von Persephone, das war dieser Typ namens Zeus, so was wie: ›Ich habe mich verliebt.‹ Zuerst wollte Hades

Persephone noch von sich überzeugen. Er versuchte, sich von der besten Seite zu zeigen, aber sie wollte nichts wissen von ihm oder von seiner Unterwelt, die er ihr verkaufte als tollste Party. Da entschied sich Hades, sie zu entführen, und sogar ihr Vater, der sogenannte Göttervater, billigte diesen Plan. Stillschweigend, natürlich. Hades holte sie nachts aus ihrem Haus. Persephone wehrte sich, sie rief um Hilfe, aber niemand hörte sie. Dass Persephone verschwunden war, bemerkte Demeter am nächsten Tag, als sie sie besuchen wollte. Demeter wusste gleich, dass da was ganz schieflief, und suchte die Tochter an ihren Lieblingsorten, auf dem Feld, beim Holzschuppen – aber sie war spurlos verschwunden. Demeter suchte weiter, überall. Zuerst in den Städten, dann irrte sie lange durchs Land. Sie verfluchte alles, ließ die Pflanzen verdorren, und die Erde blieb trocken. Nichts wuchs und gedieh mehr, alles war kahl und leblos, kein Kind wurde mehr geboren. Alles verödete vor sich hin. Auf einmal ging ihr auf, wo Persephone war. Unterwelt! Es konnte nicht anders sein. Aber Demeter hatte keine Ahnung, wie sie sie dort wieder rausholen sollte. Da fuhr eine andere Göttin in ihrem Cabrio daher. Baubo, eine hutzlige Gestalt mit einem Bauch, der gleichzeitig ihr Kopf war, und Augen, die auch ihre Brüste waren. Sie hielt neben Demeter. ›Hey, du!‹, rief sie. ›Was suchst du?‹ Demeter ging weiter, wie im Wahn, ohne Baubo zu beachten. ›Hey, du, Schwester, hörst du mich?‹, fragte Baubo. Sie fuhr ganz nah an Demeter heran, drückte dreimal auf die Hupe, und jetzt blickte Demeter zu Baubo. Diese begann damit, ihre Brüste zu schwingen. ›Hey, schau mal!‹, sagte sie, sprang mit

einem Satz aus ihrem Auto und hob ihren Rock. Sie zeigte Demeter ihre fleischige, große, braune und pinke wunderschöne Vulva. Als Demeter das sah, blieb sie stehen und begann zu lachen. Dieses Lachen löste alles. Der Fluch war gebrochen. Demeter ging es augenblicklich besser, und die Pflanzen begannen wieder zu sprießen.«
Nora macht eine kurze Pause, holt tief Luft. Kurz bin ich mir unsicher, ob sie weiterspricht oder hier abbricht. Meret patscht mit ihren Händen auf dem Boden, auf die Büchse, es scheppert. Dann versucht sie, den Handschuh überzuziehen wie eine Socke, sie schaut zu Nora, konzentriert sich gleich wieder auf ihr Spiel, und Nora erzählt weiter: »Und jetzt ging Demeter schnurstracks in die Unterwelt. Sie ließ Charon links liegen, schwamm über den Styx und befahl Hades, ihre Tochter wieder freizugeben. Nix da. Hades behauptete, tja, Persephone habe blöderweise schon vier Granatapfelkerne gegessen, was ja bedeute, dass man nicht mehr rauskomme aus der Unterwelt und dass sie nun für immer dableiben müsse. ›Was laberst du‹, sagte Demeter, ›Persephone kommt jetzt heim.‹ – ›Okay‹, meinte Hades, ›weil es nur vier Granatapfelkerne gewesen sind, machen wir einen Deal. Persephone bleibt vier Monate im Jahr bei mir hier unten, und die restlichen acht Monate darf sie zu dir hoch in die Sonne.‹ Demeter nahm zwei Gläschen und eine Flasche Ouzo aus ihrer Tasche und reichte Hades eins der Gläschen. ›Trink mal was‹, sagte sie, ›das tut dir gut.‹ Sie schenkte ihm ein und auch sich selbst, und nach drei, vier Gläschen wurde Hades ganz gelassen, ließ sich auf den Boden sinken, spielte an einem seiner

Nippel herum und fragte Demeter, ob sie ihn nicht ein wenig verwöhnen könne. Demeter stellte einen Fuß auf seinen Bauch, das war ihr Nein, und sie hätte Hades zerquetschen können mit ihrem bloßen Fuß, aber das war nicht nötig, er war schon eingeschlafen. Demeter holte Persephone. Auf der anderen Seite des Styx wartete Baubo auf die beiden, und gemeinsam fuhren sie zurück. Baubos Freudenschreie konnte niemand überhören, wirklich niemand, höchstens ignorieren konnte man die. Sie brachte Demeter und Persephone nach Hause und fuhr dann weiter, zu einem neuen Abenteuer. Demeter und Persephone hingegen änderten ihre Namen, und wenn sie nicht gestorben sind, dann leben sie noch heute.«

Kurze Stille. Noras erwartungsvolles Gesicht, ihre Augen, die von Szibilla zu mir und wieder zurückschnellen. Szibilla hebt ein unsichtbares Glas.

»Prost!«, sagt sie. »Auf deine Version des Persephone-Mythos!«

Nora hebt ebenfalls ein unsichtbares Glas. Mitten in der Bewegung lässt sie ihre Hand sacken, sie landet auf ihrem Schenkel; Nora lässt sich an die Sofalehne sinken.

»Persephone hatte in Wirklichkeit einen Sohn«, sagt Szibilla.

»Was heißt schon ›Wirklichkeit‹ in einem Mythos«, erwidert Nora. »Und übrigens, in dieser ›Wirklichkeit‹ ist Zeus nicht nur Persephones Vater, sondern auch der Vater ihres Sohnes. Toll, nicht? Ich nehme mir die Freiheit, das alles neu zu erzählen.«

Sie setzt sich wieder auf. »Klar kannst du all die Mythen über mächtige Männer und kleingeredete Frauen heute

noch überall nachlesen, und sie variieren wahrscheinlich minimal. Aber du kannst auch ganz einfach andere Bücher lesen. Nämlich solche, die davon handeln, wie noch ältere Mythen als der über Persephone überschrieben wurden. Die davon handeln, wie Göttinnen in der Geschichte ausradiert wurden, zugunsten von irgendwelchen wortgewaltigen männlichen Göttern. Ich könnte dir zig Beispiele nennen!«
»Nora, ich kenne sie«, sagt Szibilla.
»Xiwangmu, Kybele, al-Uzza – das waren Göttinnen, ohne männliche Nebenfigur. Da gab es keine männliche Dominanz!«, führt Nora trotzdem aus, noch immer angeheizt.
»Oder Eva!«, sagt sie. »Als wäre die Story, wie sie heute meistens rezipiert wird, die einzig mögliche Variante. Dabei wurden Eva und Adam in den allerersten Erzählungen gemeinsam geschaffen. Gleichwertig! Nix mit Rippe, nix mit Hierarchie! Wir müssen alles nochmals neu denken, alles, nicht nur den Persephone-Mythos. Wir können uns wahrscheinlich gar nicht vorstellen, wie sehr uns diese Geschichten geprägt haben. Geschichten, die Frauen kleinhalten wollen – aus Angst entstanden!«
Meret patscht mit den Händen von außen an die Vitrine, Nora holt sie, setzt sich mit ihr auf dem Schoß wieder hin.
»Welche Namen haben sie sich eigentlich gegeben, Demeter und Persephone?«, frage ich.
»Nenn sie, wie du willst«, antwortet Nora sofort. »A und B. Alma und Berta. Szibilla und Romi. Vulva und Vagina. Wusstet ihr, dass das ein alter Brauch ist, die-

ses Vulva-Zeigen? Wurde an allen möglichen Orten der Welt gefeiert! Vulva und Vagina, die Pforte zur Welt.«
Szibilla steht auf und verschwindet in der Küche. Ich blicke aus dem Fenster, einige Wolken sind aufgezogen, scharf konturiert auf der einen Seite, verschwommen auf der anderen.
»Seltsam, dass ich das seltsam finde«, sage ich. »Die Vorstellung, dir meine Vulva zu zeigen.«
»Warum?«, fragt Nora.
»Du kannst dir gar nicht vorstellen, wie viel Scham ich in mir habe.«
»Glaub mir«, sagt Nora, »kann ich.«
»Du?«, frage ich. »Du bist doch die Schamlosigkeit in Person!«
»Wenn du wüsstest«, sagt Nora. Und fährt nach einigen Sekunden fort: »Das mit der Vulva klingt vielleicht profan, ist es aber nicht. Dass sich so viele Frauen ihre Vulvalippen verkleinern lassen, kommt doch nicht von ungefähr. Es kommt von den verfluchten Prägungen. Von den Bildern und davon, wie Dinge vorgelebt werden. Ich fände es so wichtig, unsern Töchtern Variationen von Vulven zu zeigen. Ihnen zu sagen: Das ist ein Körperteil, der genauso individuell ausschaut wie ein Bauch, ein Knie, ein Rücken. Kleine Mädchen müssten das ganz dringend früher sehen, diese unterschiedlichen Größen, Ausprägungen, diese ganze Schönheit! So wie sie auch unterschiedliche Geschichten hören sollen.«
Nora beugt sich etwas näher zu mir, als befürchtete sie, dass ich nicht gut genug höre, was sie sagt.
»Meine Mutter hat mit mir nie über irgendetwas geredet. Die hat immer ihr Ding gemacht, und sie hat

das nie reflektiert. Ist von einem Mann zum nächsten gestolpert, nachdem mein Vater weg war. Keiner hat sie gut behandelt, und am Ende ist jeder gegangen. Aber sie hat ihnen trotz allem nachgeheult.«

»Ich verstehe nicht so recht, was das eine mit dem andern zu tun hat«, sage ich.

»Es ist wichtig, die Geschichte zu reflektieren. Die Geschichten. Und die Abhängigkeiten. Wir müssen versuchen, sie zu verstehen, um mit ihnen umzugehen und uns zu positionieren.«

Meret tapst zu Nora; Nora hebt das Kind hoch, auf ihren Schoß, aber Meret will nicht sitzen, sie will stehen, auf den Oberschenkeln der Mama.

»War das psychische oder physische Gewalt, die deine Mutter erlebt hat?«, frage ich.

Meret setzt sich nun doch hin, Bauch an Bauch mit Nora, und greift immer wieder in Noras T-Shirt-Ärmel hinein.

»Alles Vermutungen.«

»Wie war das mit deinem Vater?«

»Stell dir Emrik mal zwei minus Drogen vor«, sagt Nora. Sie fasst nach Merets Händchen, ohne den Blick von mir abzuwenden, und sagt: »Jetzt ist es an uns.«

»Was?«, ruft Szibilla aus der Küche. »Seid ihr noch immer beim gleichen Thema?«

»Ja!«, ruft Nora zurück. »Wir müssen reden! Über unsere Vulven, unsere Fotzen, unsere Muschis, über uns in dieser Welt! Und mit uns meine ich euch und mich und Baubo und all die andern Frauen und überhaupt die Geschöpfe dieser Welt! Über die Scham müssen wir reden, die so vieles verunmöglicht!«

Szibilla taucht im Türrahmen auf.
»Das verschiebst du aber auf später«, sagt sie. »Essen ist fertig.«

Szibilla

Suppenkelle in den Topf. Suppe auf die Teller. Gemüsestückchen. Fetzen vom Hühnchen. Das schöne Fett. Wird sie stärken. Nora löffelt schon.

Ich tauche Merets Kinderlöffel in ihre Suppe. Puste. Sie sperrt den Mund auf. Ich schiebe den Löffel langsam hinein. Sie schluckt.

»Lecker«, sagt Romi. »Tut richtig gut.«

Nora hat ihren Teller schon halb leergegessen. Ich stehe auf. Schneide bei der Ablage eine Zitrone auf.

»Gibt's hier irgendwo eine Zitruspresse?«, frage ich.

Nora zuckt mit den Schultern. »Was weiß ich.«

Ich setze mich zurück. Presse die Zitrone mit der Hand aus. Die Tropfen landen in meinem Teller.

»Wollt ihr auch?«, frage ich. Beide wollen. Ich lasse Saft in ihre Suppen tropfen. Lecke dann über die ausgepresste Zitrone. Beiße das Fleisch aus. Bringe sie zum Kompostkübel. Lasse sie hineinfallen.

»Seit wann stehst du so auf Zitronen?«, fragt Nora.

»Halten meinen Kopf kühl«, sage ich. Schneide eine zweite Zitrone auf. Nehme sie zu meinem Platz.

Nora schiebt ihren leeren Teller von sich weg. Sie könne nicht mehr. Sie lege sich kurz hin.

Nora gibt Meret einen Kuss auf die Stirn. Und dann geht sie. Das Kind schaut ihr nach.

»Wie fandest du eigentlich den Film gestern?«, frage ich Romi. »Außer deprimierend?«
Sie schiebt sich einen vollen Löffel in den Mund. Überlegt. Dann sagt sie: »Ich glaub, ich hab ihn nicht geschnallt.«
»Du hast ja auch das meiste verschlafen.«
Sie legt den Löffel ab und fragt: »Sag mal, sollten wir nicht bald mal weg von hier?«
»Doch. Sobald Nora wieder wach ist.«
Meret fixiert mich. Sie kriegt alles mit.
»Oma wo?«, fragt sie.
Ich nehme einen Lappen. Wische ihr Suppe aus dem Gesicht. Sage: »Die Oma hat vorhin schon angerufen. Und gefragt, wie es der kleinen Meret geht.«
»Wollte sie sonst noch was?«, fragt Romi.
»Nein. Hat sich bloß erkundigt. Ob wir zurechtkommen. Ohne sie.«
Ich wende mich wieder Meret zu. »Die Oma ist ein bisschen wandern. Und wir zwei gehen auch gleich nach draußen.«
Romi schöpft sich eine halbe Kelle nach. Fragt: »Hast du eine Idee, wohin wir gehen könnten?«
»Anni hat mir verraten, wo der Kindersitz ist. Wir fahren irgendwo hin. In die Höhe.«
Meret will vom Stuhl. Romi wringt den Lappen im Waschbecken aus. Putzt dem Mädchen auch noch die Hände. Meret wackelt Richtung Wohnzimmer. Schnappt sich die Fernbedienung.
»Machst du dir auch Gedanken darüber, wie es weitergeht mit Nora?«, fragt Romi.
»Jetzt? Oder in Zukunft?«

»Beides.«
»Step by step. Sie findet ihre Wege.«
Romi isst ein wenig. Ihre Lippen glänzen vom Öl. Sie blickt auf.
»Was bedeutet dir der Film von gestern, Szibilla?«, fragt sie. Nimmt die Pfeffermühle. Dreht daran. Es rieselt in ihren Teller.
»Ein Kunstwerk«, antworte ich. »Jede Szene sitzt perfekt. Jedes Glas. Jeder Schuh. Am richtigen Ort. Jedes Wort. Jede Geste. Alles durchkomponiert. Jede Kameraeinstellung erschafft ein Gemälde. Und auf das eine Gemälde folgt das nächste. Mehr noch. Eins baut aufs andere auf.«
Romi runzelt die Stirn. Zerdrückt mit dem Löffel ein Gemüsestück in ihrem Teller.
»Aber auch verdammt schwer, das Ganze«, sagt sie.
»Andersson zeigt den Menschen. So, wie er ist«, sage ich. »Ich kann darin ausruhen. In diesen Bildern. Weil sie so in sich geschlossen bleiben. Der Rest der Welt hat keine Chance, einzudringen. Dieser ganze übrige Schlamassel. Der bleibt draußen. Ausnahmsweise.«
Romi verstellt die Stimme. Sie spricht höher. Den einen Satz aus dem Film: »Es freut mich zu hören, dass es euch gut geht.«
Ich verziehe mein Gesicht zu einer Grimasse. Sage: »Gevatter Einsam fügt hinzu: Ist ja selten genug der Fall.«
Romi lacht kurz. »Ist wohl einfach nicht mein Humor.«
»Ich liebte ihn«, sage ich. »Den Sarkasmus. Schon immer.«
Romi stellt ihren Teller auf Noras. Trägt beide zur Spüle.

Romi

Ich lege mich im Wohnzimmer aufs Sofa, alleine; es ist gut, diese kleine Einsamkeit. Ich höre Szibilla, wie sie die Sachen für Meret zusammenpackt. Ich strecke mich aus, blättere in den Kinderbüchern, die hier noch liegen. Eine Nachricht von Phil.
Endlich einräumen! (Wir finden es schön, dass du morgen wieder zu uns kommst.) Leon & Phil
Dazu ein Foto von Leon, im Wohnzimmer, Rücken an die Wand gelehnt, neben ihm das Bücherregal, frisch aufgestellt wohl, die silbernen Regalbretter sind leer bis auf ein einziges Buch, ich zoome näher heran, lese den Titel: *1Q84*, Haruki Murakami.
Leons Blick scheint durch die Kamera hindurchzugehen, seine Augen sind sicherlich auf Phil gerichtet, der das Foto schießt; diese hellen Augen, beide, die von Phil, die von Leon: so vertraut. Ich schiebe mir noch eine Ingwerpastille in den Mund. Neunzehn Uhr, ich nehme mein Notizbuch hervor.

Notiz
Es könnte so kommen
Ich bleibe hier, im Rheintal, ich gebäre das Kind, irgendwo im Wald, mit der Hilfe von Baubo, und bleibe einfach liegen, im Grün, und warte, bis das Kind groß genug ist,

weiterzugehen, einen neuen Weg zu gehen, einen ganz anderen.

Es könnte so kommen II
Ich reise nach Japan, ich blicke über die Klippe und bleibe sitzen, schlage Wurzeln und wachse, achthundert Jahre lang. Und wenn sich ein Kind unter mich setzt, sich an meinen Stamm lehnt, dann pulsiere ich da, ganz leicht, klopf, klopf; »ich habe hier gewartet, gewartet auf dich«.

Es könnte so kommen III
Ich tue mich mit Nora zusammen, wir leben gemeinsam, mit unseren Kindern, in einem Haus, wir, wie Schwestern, eine Familie, und Szibilla besucht uns jeden Sonntag, bringt Suppe und Wein.

Es wird so kommen I
Ich gehe zurück, zu Phil und Leon, und zu Dennis; und zurück heißt auch: nach vorn. Zurück heißt: weiter. Weiter heißt: die Räume weiterhin aushandeln, die Grenzen abtasten und auch wahren.

Es wird so kommen II
Ich suche mir ein Zimmer für mich allein, ich schreibe.
Ich schreibe:
Es könnte so kommen IV
Wir gehen noch weiter, wir lösen das auf, den Haushalt, das Besitztum, die Exklusivität, wir lösen das auf, mit Worten und Gesten. Wir versuchen es, zumindest das.

Nora kommt die Treppe runter, mit einem Rucksack; sie geht in die Küche, ich höre, wie sie den Wasserkocher betätigt. Nach einer Weile kommt sie wieder raus, geht durchs Wohnzimmer und öffnet die Haustür.
Draußen steht Szibilla mit dem Gartenschlauch in der Hand, der Wasserstrahl schießt in die Höhe, fächert sich auf und landet etwa zwei Meter vor ihr im Rasen. Meret zieht rennend ihre Kreise um Szibilla, immer wieder unter dem Wasser hindurch; klatschnass ist sie. Erst nach einer Weile bemerkt sie Nora im Hauseingang, rennt sofort auf sie zu und schlingt ihre Ärmchen um Noras Beine.
»Hui, bist du kalt!«, sagt Nora, hebt Meret hoch in die Luft, drückt sie an sich. »Ich zieh dir was Trockenes an, und dann gehen wir.«
Nora dreht sich zu mir. »Kommst du?«

Szibilla

Kurven. Alle Körper schiebt es auf dieselbe Seite. Mal links. Mal rechts. Wir ergeben uns den Kräften. Schwerkraft. Zentripetalkraft.

»Könntest du etwas langsamer fahren, bitte?«, fragt Romi von hinten.

Ich gehe etwas vom Gas. Biege beim Kreisel im Dorf links ab. Wir fahren an Häusern vorbei. Ein Secondhand-Kleiderladen. Eine Pizzeria. Eine Metzgerei. Ein Lidl. Ein Leica-Firmengebäude. Noch ein Kreisel. Schon kommt das nächste Dorf. Dasselbe Bild. Fast. Nach dem dritten Dorf die Abzweigung. Jetzt steigt die Straße an. Wir fahren hoch. Am Restaurant vorbei. Fünfzig Meter noch. Dann parke ich den Wagen. Am Rand einer Wiese.

»Meret schläft«, sagt Nora.

Sie nimmt das Kind sachte aus dem Kindersitz. Schlaff. Und schwer. Romi trägt den Rucksack. Ich die Tüte mit dem Holz. Wir gehen über die Wiese. Zur Feuerstelle. Oben am kleinen Hügel. Das Panorama öffnet sich. Rheintal. Bodensee. Nora legt Meret auf ihre Jacke ins Gras. Frisch gemäht. Ich decke sie mit einer Fleecedecke zu. Romi und Nora setzen sich. Auf die Bank, die hier steht.

Romi

Es knistert, knackt; der Himmel hat sich verdüstert in der Ferne, hinten im Rheintal, das sich gegen Süden erstreckt.
Über uns ist der Himmel noch ungetrübt, und auch dort, wo der Rhein in den Bodensee mündet, überhaupt: über dem gesamten See. Trotzdem ist es etwas kühler geworden. Szibilla legt Holz nach, sofort fangen die Scheite Feuer. Nora nimmt drei Emailletassen aus der Tasche, gießt Wasser über die Teebeutel, lacht auf und hält Szibilla zwei der Tassen hin.
»›Liebe ist ein Zustand von Mitgefühl, in dem Freundlichkeit regiert‹ oder ›Bereits das erste Wort, das du sprichst, bezeugt dich‹?«
»Willst du mir was sagen?«, fragt Szibilla zurück.
»Yogi sagt das. Durch seinen Tee.« Nora dreht eins der Etiketten zu Szibilla: »Hier, dann nimm das.«
»Ist viel zu heiß«, sagt Szibilla. »Für Tee.«
»Und für Feuer etwa nicht?«, fragt Nora, aber ihr muss es klar sein, klarer noch als mir, wie sehr Szibilla Feuer liebt. Das war unübersehbar vorhin, als Szibilla die kleinen Hölzer sorgfältig anordnete, das Zündholz fast schon feierlich an der Reibfläche zum Brennen brachte, ein kleines Feuer entfachte, dann nach und nach die größeren Scheite darauflegte.

Nora reicht mir die zweite Tasse.
»Bald kommt Regen«, sagt sie.
»Steht das auf meinem Tee?«
»Du bekommst das mit dem ›ersten Wort‹.«
Nora bückt sich zu Meret, prüft ihre Temperatur, nimmt sich dann selbst eine Tasse, setzt sich zurück, neben mich. Szibilla hat ihre Tasse bereits neben die Bank abgestellt und blickt wieder ins Feuer.
Der See sieht aus wie ein Teppich, schwebendes Blau, vereinzelt silberne Stellen vom letzten Licht, das sich darin spiegelt; kein Segelboot mehr darauf, kein Schiff mehr; die Sturmwarnleuchten blinken bereits in ihrem eigenen Rhythmus; oranges Licht geht an, geht aus, rings um den See.

Szibilla

Heiße Luft um uns. Immer wieder schiebt sich eine kühle Schicht dazwischen. Romi nippt am Tee. Nora hat sich an sie gelehnt. Beide starren geradeaus. In die Landschaft.
»Was steht eigentlich auf deinem Tee-Etikett?«, frage ich Nora.
»Sei mehr kosmisch als kosmetisch«, antwortet sie. Ohne ihren Kopf zu bewegen. Wir prusten los. Alle drei. Meret murmelt etwas im Schlaf. Ich bücke mich zu ihr. Ein Windstoß lässt eine Ecke der Fleecedecke nach oben fliegen. Ich zurre sie fest.
Sie nähern sich. Immer rascher. Die dunklen Wolken. Das Gewitter. So wird es immer häufiger sein. In Zukunft. Immer längere Hitzeperioden. Immer stärkere darauf folgende Gewitter. Stürme. Überschwemmungen. Das Feuer vor mir brennt weiter. Unbeirrt. Ungebändigtes Leuchten. Dieser scheinbare Kontrast. Einige Funken fliegen in die Luft. Hoch hinauf. Verglühen. Und weg. Ein Donnern. Erste dicke Tropfen. Der Regen wird die Wiesen aufreißen. Die ungeteerten Straßen.
»Wir sollten los«, sage ich. »Bald wird es heftig.«

Romi

Es ist dunkel geworden, wie schnell das ging; das Feuer knistert noch. Szibilla schüttet das restliche Wasser darüber, stampft mit einem Holzscheit auf der Glut herum, als wäre das jetzt noch nötig. Ich will hier nicht weg, ich würde es gerne fühlen: den Wind, den Regen; Meret liegt in Noras Armen, sie ist wach geworden. Wir gehen über die Wiese, zurück zum Wagen. Die Tropfen werden immer größer, der Wind peitscht uns die Haare hoch und reißt uns fast die Kleider vom Leib. Es bleibt uns nichts anderes übrig, als stehen zu bleiben für einen Moment, uns ganz dagegenzuhalten, gegen diese eine Böe, dieses wilde Tun, und ich könnte davonfliegen jetzt, könnte alles von noch weiter oben betrachten; aber wir stolpern zum Wagen, öffnen die Türen und verschwinden so schnell wie möglich im Innern. Szibilla startet den Motor, aber jetzt schüttet es plötzlich wie verrückt, es trommelt aufs Dach und gegen die Fenster, und wir bleiben sitzen, bewegungslos. Ich will etwas sagen, aber ich höre mich noch nicht einmal selbst; Szibilla macht das Innenlicht an, ich sehe Merets verschrecktes Gesicht, an Noras Brust gepresst. Nora dreht ihr Gesicht zu mir, macht eine Bewegung mit der Hand, sieht aus, als wollte sie sagen: Hier kommen wir nicht mehr weg.

Epilog

Notiz
Fragebogen, für Nora und Szibilla / über die Scham
(Was ich euch sagen möchte / Was ich noch nie jemandem so direkt gesagt habe / Was ich noch nie jemanden so direkt gefragt habe / Fragt mich, wieso.)

Kannst du dich erinnern, an die Zeit, als du vier oder fünf Jahre alt warst; wenn ja, was wolltest du werden damals, wovon hast du geträumt? Und was hast du geliebt? Welches ist deine frühste Erinnerung, und wer kommt darin vor?

Sind viele deiner Kindheitserinnerungen mit deinen Eltern verbunden, und wenn nein, mit wem dann?

Gibt es Wörter, die du nicht aussprichst, weil du dich nicht traust; gibt es Dinge, die du gerne einmal sagen würdest, laut und deutlich, zu jemand anderem, oder auch nur zu dir selbst?

Und konntest du als Kind alles sagen, was du wolltest, oder hast du auch darunter gelitten, unter diesem großen Schweigen von Familie? Oder hast du das Schweigen einfach ignoriert und trotzdem gesprochen, frei gesprochen?

Wann ist dir klar geworden, dass du »ein Mädchen« bist? Dass du »eine Frau« wirst? Und was hieß das für dich?

Warst du an einem gewissen Punkt ebenfalls erstaunt über die Größe deines Geschlechts? Ich hatte eine Weile das Gefühl, es wachse und wachse, und irgendwann dachte ich: Es hört nicht mehr auf, die Lippen werden immer länger, werden Fächer, die irgendwann über mich hinauswachsen, mich ganz umhüllen werden; und ich werde dann nur noch Vulva sein gegen außen, und innen, das Menschlein: schwer zu erkennen. Das Problem: Ich hatte damals kein Wort dafür, für die Vulva, und das heißt, ich wäre ein Nichts geworden. (Weißt du, dass du mir dieses Wort geschenkt hast, Nora?)

Hast du sie zu Beginn deiner Pubertät auch ganz genau betrachtet, die glänzenden Schenkel der Frauen in den Modemagazinen, die straffen, großen Brüste; hast du es auch einfach so hingenommen, dieses polierte Schöne, hast du auch gedacht: So sieht man aus, als Mensch, als Frau – so sollte man aussehen? Und bist du auch erschrocken, als du dich dann selbst betrachtet hast, kurz vor deiner ersten Menstruation; hat es dich auch geängstigt, dass plötzlich alles rund und groß wurde, nicht nur deine Vulva, sondern auch deine Hüften, dein Bauch, die Oberarme und Oberschenkel, nur die Brüste: zu klein! Ich erinnere mich an die ersten Dellen im Fleisch und die ersten Risse in der Haut; eines Morgens entdeckte ich einen Streifen links, einen Streifen rechts an meinen Oberschenkeln. Ich versuchte, sie abzuwaschen, wegzurubbeln, aber sie verschwanden nicht, im Gegenteil, es wurden immer mehr, sie färbten sich silbern mit der Zeit.

Hat deine Mutter auch immer wieder Diät gehalten; hast du auch zig Mädchen gekannt, die abnehmen wollten, Mädchen, die an Bulimie litten oder nur noch Früchtetee mit Süßungsmitteln tranken und behaupteten, sie würden das machen, weil es so gesund sei?

Szibilla, welche Frau möchtest du sein, und Nora, welche Frau und welche Mutter?

Mir kommen Erinnerungen. Zum Beispiel an die Zeit, als ich kaum mehr ins Freibad ging; ich wollte nicht mehr im Bikini rumliegen, die Blicke auf mir, dabei wissen: Ich bin nicht glänzend, nicht poliert, meine Hüften sind gezeichnet, mein Körper ist träge. Wenn ich mal da war, blieb ich im Schatten, schlang ein Tuch um mich und behauptete, ich würde nicht gerne schwimmen, und nein, ich hätte keine Lust, und nein, mir sei nicht heiß, ich wolle nach Hause.

Kennst du das, in der Umkleidekabine, die schnellen Bewegungen, so schnell es geht. Kleider wieder an, am liebsten nie wieder aus, hoffen, dass niemand mich sieht, diesen unpassenden Körper, diese Unfähigkeit, zu entsprechen. Ich hatte keine anderen Bilder, keine Bilder von Frauen, die mir etwas vorlebten, was ich gebraucht hätte. Nicht nur körperlich, sondern überhaupt. Ich war fünfzehn Jahre alt, und ich holte mir den Orgasmus, so schnell es ging, aber ich schaute mich so selten an wie möglich; ich wollte meinen Körper in dieser Zeit auf keinen Fall sehen. Ich war fünfzehn Jahre alt, und ich wollte da schon Worte finden, wollte sprechen, aber ich fand sie so selten, die Worte.

Und mit dir dann tanzen, Nora, mit dir wurde vieles so leicht, weißt du das; wenn wir zusammen waren, war diese Schwere fast nie da, und ich hatte das Gefühl: Du verstehst mich; du verstehst auch das, was ich dir nicht sage.

Und dann Vural, und ich schaute auf seinen Körper, immer nur auf seinen, den trainierten Bauch, die jugendlichen Arme, bei ihm kamen die Worte ganz leicht, ganz ungeniert; und er hat nie etwas Schlechtes über meinen Körper gesagt, und so konnte ich das alles ein Stück weit vergessen.

Und dann Phil, mit ihm geborgen sein, aufgehoben. Er bewertet nicht, bewertet meinen Körper nicht. Von ihm fühlte ich mich nie »betrachtet«; ich glaube, er hört mich mehr, als dass er mich sieht, und er hört mich gern, das merke ich.

Und dann Dennis. Ich ziehe meinen Pullover aus, ziehe mein Shirt aus, er betrachtet mich. Ich weiß um die Kleinheit meiner Brüste, aber ich fühle auch, wie sie summen, vibrieren, noch bevor ich sie berühre, oder er. Ich ziehe meinen Rock aus, meine Leggins, ich liege da, im Slip. Ich fühle die Weichheit meiner Beine, bin nackter denn je und weine. Und Dennis bleibt vor mir sitzen, er betrachtet mich weiter, betrachtet meine Schenkel, meine Füße, berührt sie. Und seine Hände gleiten von unten nach oben, bleiben bei den Hüftknochen liegen. Ich streife meinen Slip ab, und er betrachtet meine Vulva, ich fühle, wie ich feucht bin, groß und prall, und obwohl ich Dennis' Blick spüre, lasse ich auf einmal los, lasse alles sein, und in dieser Nacht ist es so, als würde ich mich selbst zum ersten Mal fühlen, zum ersten Mal überhaupt – ganz. Und mit dem Fühlen kommt das Sprechen, von ganz tief unten, von verborgenen Orten.

Und jetzt liege ich hier, fast dreißig Jahre alt, und bin so geöffnet.
Welche Frau bin ich heute?

Ich weiß nicht genau, was das ist, aber ich glaube, dass ich euch noch viel mehr zu sagen habe, zu zeigen habe; dass es da noch so viel gibt, das wir uns noch nie erzählt haben, und dass ich das ändern will.

Ich danke
Zoë Martin von der Literaturagentur Julia Eichhorn für ihr Vertrauen in meine Arbeit, ihren empathischen und genauen Blick und den nachhallenden Dezemberspaziergang;
dem Team der Frankfurter Verlagsanstalt, allen voran meiner Lektorin Nadya Hartmann fürs letzte Schleifen und dafür, dass aus dem Manuskript schließlich das Buch wurde;
meinen Kolleg:innen vom »Schreibraum« von Pro Helvetia für ihr frühes Feedback und Rolf für die herzliche Leitung;
Regina für die verrückte Zeit im Val Müstair, für die Gespräche dort – und auch für die davor und die danach;
Karsten für die vielen Stunden, die er mit dem Text und mir verbracht hat, für seine Inputs, seine Kritik, seine Geduld, seine Liebe;
Julia für die ruhigen Tage zwischen den Jahren, ihren Enthusiasmus, die Schärfe ihrer Analysen;
Brigitta für ihre Begeisterung, ihr Mitschwingen;
Eva für die drei schönen Worte, die ich mir von ihr leihen durfte;
Amanda und Sandra für die Freundschaft, die schon so lange dauert, für die indirekte und direkte Inspiration und für die Gewissheit, dass es funktionieren kann, ein Dreiergespann zu sein;
meiner ganzen Familie.

Die Autorin und der Verlag danken für die Unterstützung durch
– die Kulturförderung Appenzell Ausserrhoden
– einen Werkbeitrag der Ausserrhodischen Kulturstiftung
– die Kulturförderung Kanton St. Gallen
– einen Werkbeitrag des Kantons St. Gallen
– «double» die Mentorats- und Coachingplattform
des Migros-Kulturprozent
– die Gemeinde Flawil
– Projekt «Schreibraum» von Pro Helvetia

FSC
www.fsc.org
MIX
Papier | Fördert gute Waldnutzung
FSC® C014496

Das Zitat auf S. 187 f. stammt aus Maggie Nelson,
»Die Argonauten«, Hanser Berlin 2015, S. 7.
Die Zitate von Susan Sontag stammen aus
Susan Sontag & Jonathan Cott, »The Doors und Dostojewski –
Das Rolling-Stone-Interview«, btb 2016.
Covergestaltung: BoutiqueBrutal, Umschlagbild: AveCalvar /
photocase.de
Herstellung: Laura J Gerlach
Satz: psb, Berlin
Druck und Bindung: GGP Media GmbH, Pößneck
Printed in Germany
ISBN 978-3-627-00314-2